鉴外寄象

中国文学在西班牙的翻译与传播研究

Translation and Dissemination of Chinese Literature in Spain

程弋洋 著

商务印书馆
创于1897 The Commercial Press

图书在版编目（CIP）数据

鉴外寄象：中国文学在西班牙的翻译与传播研究 /程弋洋著. —
北京：商务印书馆，2021
ISBN 978 - 7 - 100 - 19336 - 8

Ⅰ. ①鉴…　Ⅱ. ①程…　Ⅲ. ①中国文学 — 西班牙语 —
翻译 — 研究　Ⅳ. ①I046②H345.9

中国版本图书馆 CIP 数据核字（2021）第005983号

鉴 外 寄 象

中国文学在西班牙的翻译与传播研究

程弋洋　著

商 务 印 书 馆 出 版
（北京王府井大街36号　邮政编码 100710）
商 务 印 书 馆 发 行
山 东 临 沂 新 华 印 刷 物 流
集 团 有 限 责 任 公 司 印 刷
ISBN 978 - 7 - 100 - 19336 - 8

2021年3月第1版　　　开本 889×1194　1/16
2021年3月第1次印刷　　印张 16½

定价：68.00元

序 言

根据塞万提斯学院的最新统计（2018），全球共有五亿七千二百万西班牙语[1]母语者，占到全球人口的7.8%，并且这个数字及其比例还在不断上升之中。预计到2060年，西班牙语将是人口数量上的全球第二大语言，也是国际交流中的全球第二大语言。自2016年特朗普担任美国总统以来，国际政治形势变幻莫测，但可以肯定的是，加强同非英语地区，尤其是同人口众多、地域辽阔的西语地区的文化交流与合作，将是中国下一步文化交流发展的重点。作为一种重要的文化载体，文学艺术是中外文化交流中不可或缺的元素。因此，研究中国文学在海外的翻译和传播，发现中华文明与异质文明间的互动与交流，思量中国文学走出去的路径与方式，为中国的文化推广工作提供必要的借鉴和参考，是繁荣我国文化交流事业必不可少的途径之一。在学术研究层面，自20世纪80年代以来，国内对中国文学在英、法、德语世界翻译与传播的研究已经积累了较为全面、系统的成果，但西班牙文化语境下类似的研究成果仍是凤毛麟角。因此，归纳和分析中国文学在西班牙流传的历史与现状，探究其发展道路，是欧洲文化主体中中国文学翻译与传播研究的一颗遗珠，亟须补充完成。当然，研究中

1 西班牙语即卡斯蒂利亚语。光复时代，卡斯蒂利亚王国统一了西班牙，因此，卡斯蒂利亚语被确立为西班牙的官方语言。随着西班牙对美洲的征服，这一语言也成为今天拉丁美洲绝大部分国家的官方语言。1975年后，加泰罗尼亚语、巴斯克语、加利西亚语成为与卡斯蒂利亚语并列的官方语言。

国文学在西班牙的翻译和传播的着眼点并不仅仅是西班牙这一国，而是整个广袤的西班牙语世界，以西班牙为对象的研究将是未来研究中国文学在拉丁美洲翻译与传播的学术基石。总之，深入归纳和分析中国文学在西班牙文化语境中的历史与现状，探索其发展道路，是既有时代意义，又兼具学术史价值的一次探索。

本书的研究对象是1593年到2018年中国文学在西班牙的翻译和传播情况。本书主要分为三大板块，互为支撑，层层推进。

首先从西班牙的汉学研究发展与现状展开。1593年在马尼拉出版了第一部被翻译为欧洲语言（西班牙语）的中国文学作品《明心宝鉴》。其后数本开欧洲风气之先的“中国主题”作品，如《中华大帝国史》《中国纪行》等都由西班牙人用西班牙语写就。到18、19世纪，传教士们留下了大量汉语语言本体研究和汉西语言对比研究材料，其中最为知名的是瓦罗的《华语官话语法》。20世纪70年代前（中西于1973年建交），黄玛赛、雷孟笃和杜善牧都因为中西交融的人生经历和个人学术兴趣，翻译了相当数量的中国古典文学作品和毛泽东诗词。中西建交后，最初的西班牙驻华使馆随员中更是出现了毕隐崖和拉米雷斯这样的重量级翻译家。两位先生分别因为翻译了《道德经》和《儒林外史》而荣膺西班牙国家翻译奖。80年代起，西班牙外交部国际合作署开始系统选派留学生到中国学习，这些留学生中的很多人已成为21世纪西班牙汉学发展的中坚力量。围绕西班牙三大汉学中心——格拉纳达、巴塞罗那和马德里，本书将就供职于这三地高校的学院派汉学家逐一展开介绍。这些成员也基本都是西班牙各个东亚研究学会的积极参与者。在三大汉学中心之外，西班牙亦有诸多优秀的汉学学者。年轻一代的卡尔瓦尼、马娅莲和马诺也同整个西班牙汉学圈关系紧密，一直积极参与各项翻译及学术活动。卡尔瓦尼已经在巴斯克大学谋得教职；马娅莲在香港浸会大学任教；马诺协调巴塞罗那孔子学院的学术活动，还在巴塞多所高校兼职教授汉西翻译课程。黄玛赛、杜善牧、毕隐崖这些重量级译者的翻译研究活动绝大部分为个体自发，并非在学术体系或者团队框架下展开。因此，他们的个人背景及翻译学术活动介绍散落在作品翻译研究部分，而没有具体呈现在西班牙汉学章节中。莫言作品的主要译者普拉斯·皮涅罗目前在澳大利亚的高校执教，他虽然是一位活跃的译者，但是因为长期远离西班牙，不参与西班牙或者欧洲汉学圈的活动，因而其翻译研究活动呈现出相对个体化的特征。

其次，笔者将考察西班牙出版行业，尤其是中国文学翻译出版的整体状况。在中文语境中，过去对中国文学西译的研究主要集中在翻译文本研究的层面，探讨语言转换中的“信达雅”，以及为达成这一目标所应该采用的不同翻译策略。本书力图在文本研究的基础上，借助社会学的研究工具，依靠西班牙文化部和出版业行会提供的报告和数据库，对西班牙（出版量全球第五的出版大国）的图书出版业、翻译作品出版、西班牙翻译行业现状和2006至2014年西班牙畅销书类型与源语言进行梳理与归纳。笔者借助西班牙文化部的ISBN数据库，又通过访谈汉学家和出版社，对相关书目进行了补充与核实，最终整理出一份中国文学在西班牙的出版名录。本书以这份出版名录为基础，从不同视角处理数据，对中国文学作品在西班牙的翻译出版频次、作品译本在西班牙出版频次最高的作家、出版译作最多的中国文学翻译家（汉学家）、中国文学在西班牙翻译出版情况以及相关出版社等进行了辨析与归纳。

由于中国文学作品的加泰罗尼亚语和巴斯克语（巴斯克地区的官方语言）的译本数量非常有限，传播范围也有限，因此本书的研究还是聚焦于西班牙的国家官方语言——卡斯蒂利亚语译本。当然，笔者关注到，加泰罗尼亚语和巴斯克语译本都是由非常优秀的汉学家完成的，如欧洋安、罗飒岚、裴瑞清和马娅莲。对于这一部分译本的深入研究，期待着由熟练掌握加泰罗尼亚语或者巴斯克语的中国学者来完成。

最后，笔者将通过分类爬梳和个案研究深入了解中国文学在西班牙的翻译与传播。本板块的梳理分别涉及了诗歌（古代诗歌、黄玛赛诗歌译本、毛泽东诗词等）、中国古典哲学作品（《道德经》《论语》等）、中国古代叙事文学（中国古代传说/传奇、明清小说、《红楼梦》）和现当代文学作品（鲁迅作品、《金陵十三钗》、《解密》、《三体》与几米的绘本等）。其一，对诗歌、中国古典哲学作品和中国古代叙事文学在西班牙的翻译与出版进行了系统的归纳和辨析。对于中国诗歌的翻译，从《诗经》到唐宋诗词，再到民国时代的闻一多、戴望舒，20世纪80年代的北岛、西川，最终归于21世纪的新生代诗人及其《我们时代的雾》，毛泽东诗词则是其中独特的存在。对西班牙出版界和文学界对于中国诗歌的翻译和接受无论是从时间跨度还是从阅读深度来考察，都不负众望。作为法国汉学系统的传承者，西班牙对于先秦散文的译介，更是从《论语》《孟子》到《墨子》《韩非子》等均有涉猎。中国古代叙事作品中，从《山海经》、《淮南子》、唐代传奇小说，再到明清小说，特别是中国古典文学中的“四大名著”，也均已进入了西班牙语的文化语境中。其二，对21世纪以来中国当代文学中出现的新事物如何被翻译到西班牙、出版过程如何、民众的接受又如何，进行了深入的辨析，这些新事物包括跨媒介文学的样本——《金陵十三钗》、侦探文学《解密》、科幻文学《三体》和几米的绘本。这些同时承载着中国特点与时代性的新类型文学，是中国当代文学的全新生长点，也在西班牙的文学接受语境中展现出了自己的风采。如果说，过去西班牙汉学界和出版界主要关注的是经典的中国文学作品，那么从21世纪开始，中国新类型文学的被翻译和被接受，则体现出中国当代文学也进入了西班牙大众文学的阅读市场，我们面向的不再是单一的精英读者，以阅读消费为目的的普通读者也成了“中国文学走出去”的目标人群。

这是一项超越文本、以社会学研究为主体的翻译研究，尽管也会涉及文本转换的细节，但那并不是笔者关注的重点。因为并未显现，但迫于纸背的理论框架是特拉维夫学派的多元系统理论和文化翻译学理论。该理论认为翻译文学是一个系统，隶属于目标文化内社会、文学及历史的大系统。翻译文学在目标文化系统内的位置并不固定。当目标文化较年轻或者相对弱势的时候，翻译文学就会在系统中占据中心位置。反之，则属于系统边缘。在整个多元系统中的翻译文学，其价值的被认可和被接受，直接取决于目标文化的需求。而翻译研究文化转向的代表人物安德烈·勒菲弗尔则直接表示“翻译即重写”。他认为，居于权力位置的人参与了文学的“重写”，并影响普通大众的文学消费。重写的动机可能与意识形态有关（迎合或反抗主流意识形态），也可能与诗学形态有关（迎合或反抗主流的、人们热爱的诗学）。

也是在这两大理论框架的引领下，本研究未就译本忠实度或者翻译质量做出简单的评价。考虑如下：中西翻译研究中的语际翻译是个复杂的活动，如何评价其水平高低，存在很大的主观性。不同类型的译本有特定的读者群，往往在一类读者那里颇受欢迎，而在另一类读者那里则遭受冷遇。大量加注的译本非常严谨，但可能只适合专业读者，从接受广度来看，未必效果出众；而面对普通读者的译本，主要考虑接受广度，缺乏一些注解，采取大量的归化译法，专业读者却不一定支持，但在图书市场颇受欢迎。因此，对译本笔者很难以简单的优劣进行定位。在中国文学作品初步进军西班牙图书市场的阶段，一切正式出版的中国文学西译本，起码在行文质量上是为西班牙出版市场所接受的，在文化传播与交流上也起到了它们各自的作用，应对其进行积极支持和正面评价。

2020年4月

目 录

第一章
西班牙汉学

第一节　概　述

西班牙在1492年完成了基督徒对伊比利亚半岛的光复，形成了现代意义上的民族国家，这一背景助其成为大航海时代的先驱者。对美洲的顺利征服，使得西班牙君主和传教士们的目光和雄心逐步投向了遥远的中国。西班牙的军人和传教士们从南部的塞维利亚出发到达墨西哥，再从墨西哥的阿卡普尔科出发去往马尼拉。1571年，传教士们开始了同中国商人最初的接触。1573年，两艘满载中国商品的大帆船离开马尼拉前往墨西哥。终于在16世纪开始了中国—菲律宾—墨西哥—西班牙之间的多边贸易。马尼拉大帆船成为东西方交流的象征与标志。大帆船贸易的发展推动更多传教士怀揣到中国传教的梦想来到马尼拉。1588年，多明我会修士高母羡到达菲律宾，并且开始努力学习中文；1590年，他将中文启蒙读物《明心宝鉴》翻译成西班牙文。这本书于1593年在马尼拉出版，成为历史上第一部翻译成欧洲文字的中国文学作品。《明心宝鉴》并非中国的经典文学作品，只是明朝初年流传于福建、广东一带的儿童启蒙读物，内容主要同儒学和伦理相关。目前，该书在中国大陆地区已经鲜见，却广泛流传于儒学文化圈的日本、朝鲜、越南等国。

整个16至17世纪，西班牙汉学研究开欧洲风气之先。奥古斯都会修士门多萨应教皇之请，完成了《中华大帝国史》写作。该书于1585年面世后，迅速被翻译成了拉丁文、意大利文、法文、葡萄牙文、英文、荷兰文等多种文字。此书在16世纪仅余的15年中，发行了46版，在整个欧洲范围内广泛传播。《中华大帝国史》论及中国的地理、历史、文化、风俗、礼仪和宗教信仰等，是当时在欧洲影响力最为广泛、深远的以中国为主题的著作，可以说该著作建构了16世纪欧洲的“中国观”。然而，门多萨从未踏足过中国的土地，他又是依据哪些材料来完成这本皇皇巨著的呢？学界普遍认为，奥古斯都会的另一位成员马丁·德拉达的作品《中国纪行》对门多萨写作的贡献和影响最大。

18世纪开始，一方面随着国事衰微，西班牙王室无暇东顾；另一方面，中国政府开始打击传教和驱逐传教士，也令东来者们难以进入中国的主流文化圈。坚持研究中国和中文的仅余少量致力于东亚传教事业的耶稣会和多明我会教士，他们为了推进传教事业，留下了大量的汉语语言本体研究和汉西语言对比研究材料，其中最具代表性的是瓦罗撰写的《华语官话语法》。

20世纪上半叶，中西两国均战事频繁，只有少数传教士和中国驻西班牙大使之女黄玛赛进行了自发但并不系统的翻译与研究。1949年中华人民共和国成立后，大批传教士随国民党撤退到了台湾。辅仁大学成为这一时期西班牙传教士汉学研究的中心。雷孟笃是辅仁大学的全职西班牙语教授，他于1930年在巴塞罗那出版了《中国台湾，详尽的地理与历史》。杜善牧从1926年到1950年一直在安徽传教，1950年迁往台湾。在迁至台湾后到1989年去世的漫长岁月中，他始终致力于对中国先秦文学作品的翻译。杜善牧先后翻译了《道德经》《庄子》《诗经》《易经》和《墨子》，并且撰写了几部关于道家思想和研究中国人文主义精神的专著，如《道家思想：64概念》《东方的政治人文主义》和《老子和庄子——伟大的道家思想家》等。1984年，杜善牧凭借对《诗经》的翻译，荣膺西班牙国家翻译奖。黄玛赛是清末外交官黄履和同比利时贵族勃罗特小姐之女，1905年出生在马德里，1913年随家人回到北京求学。父亲故去后，她于1928年结识西班牙丈夫并与之成婚。丈夫病故后，她定居西班牙。出生在一个东西方结合的家庭中，少年时代和求学路上，又浸润于这两种不同的文化（求学于北京的法国学校，同时家中另有私塾老师教授中国传统文化），黄玛赛毕生在工作之余，将她喜爱的中国文学作品翻译成了西班牙语。黄玛赛先后推出了三本中国诗歌选集译本，还翻译出版了三部中国古代短篇小说集。"冷战"背景下，由于分属不同的意识形态阵营，中国和西班牙文化交往寥寥。黄玛赛或许是那段岁月中，在马德里传播中国文化的唯一一人。

1973年中华人民共和国与西班牙王国正式建立外交关系。嗣后，西班牙向北京政府派出了第一批外交官及随员，他们中诞生了20世纪西班牙汉学复兴的代表人物毕隐崖和劳雷亚诺·拉米雷斯。两位先生分别因翻译《道德经》和《儒林外史》而荣膺西班牙国家翻译奖。80年代起，西班牙外交部国际合作署开始系统选派留学生到中国学习，这些留学生中的很多人成为21世纪西班牙汉学发展的中坚力量，他们是：马德里自治大学的达西安娜·菲萨克和伊莎贝尔·塞尔维拉，巴塞罗那自治大学的安妮·苏亚雷斯、罗飒岚、埃莱娜·卡萨斯、华金·贝尔特兰和阿梅利亚·萨伊思，格拉纳达大学的雷林科和胡安·何塞·希卢埃拉。

第二节　汉学重镇格拉纳达

格拉纳达大学（下文简称格大）是全西班牙第一个将中文纳入翻译系课程的大学（1978）。草创阶段，中文课程开设在格大下属的语言学院（即今天格大翻译系的前身）。1985年，格拉纳达大学同北京大学签订交换协议，开始了长达三十多年的师生互换交流，而格大提供给北大教师的待遇，哪怕在三十多年后的今天，依然非常优厚。随着协议的签订，北大西语系每年派出一名教师到格大教授汉语，格大文哲系每年派出一名教师到北大教授西语，两校各自的汉语和西语课程内容得到了充实，水平有了切实的提升。1987年，北大派出赵振江老师赴格拉纳达与西班牙诗人何塞·安东尼奥·加西亚·桑切斯并肩工作四年，二人重新翻译和修订了外文出版社之前推出的西语版《红楼梦》。1991年，格大文哲系下属的普通语言学系开设了“中国语言、文学与思想”系列课程。2006年，在亚洲之家的赞助下，第一届西班牙亚太研究论坛在格拉纳达举办。此后，每两年在一座西班牙城市举办该论坛活动。2007年北京大学与格拉纳达大学签署协议，双方决定共建格拉纳达大学孔子学院。2010年，格大文哲系普通语言学系开设“现代中国语言文学”本科课程；2014年，亚洲研究硕士课程开始招生。相比马德里和巴塞罗那，格大汉学方向的师资相对不足，但是每一位在其研究领域都举足轻重。格大汉学的主要代表人物包括中国古典文学译者雷林科、加西亚·诺布雷哈斯，汉语语言史专家希卢埃拉以及中国现当代文学研究者马丁·里奥斯等。

雷林科

阿丽霞·雷林科是今日西班牙中国古典文学作品翻译和研究方向最重要的汉学家。1977年，雷林科在马德里自治大学学习法律。出于对语言的热爱，她同时在官方语言学校开始学习汉语。也是在马德里的官方语言学校学习过程中，她认识了祖籍北京、来自台湾的冯老师。冯老师在教学中所表现和传递出的汉语文字之美，特别是诗歌语言的魅力，让雷林科坚定了继续学习汉语的决心。1983年，雷林科获得马德里自治大学法学学士学位后，于1984年赴巴黎七大学习东亚语言与文明的硕士课程。作为一个来自普通工薪、多子女家庭的孩子，她克服了重重困难，靠着在宾馆打扫卫生维持自己在巴黎七大的求学生涯。1985年，雷林科获得西班牙政府奖学金，来到了向往已久的北京，在北京大学进行中国语言文学的研究生阶段学习。1991年，她回到巴黎七大，完成了东亚语言与文明的硕士学习；1994年，凭借对《文心雕龙》的翻译与研究获得了格拉纳达大学的博士学位。之后进入该校任教。雷林科曾经担任格拉纳达大学孔子学院的外方院长，也是格大文哲系东亚研究硕士课程的创始人。她发表的主要论文有《背叛的艺术，中国古典文学翻译》《操斧伐柯：论翻译如何改变文学面貌》《“休说是我说”：翻译的归化和异化》《人本主义在中国》等；她的代表性译著有《文心雕龙》《金瓶梅》和《牡丹亭》等。雷林科长期醉心于中国古典文学。除格拉纳达大学的教学和行政工作外，她还在马德里、巴塞罗那、瓦伦西亚和萨拉曼卡等高校和研究机构教授中国古典文学，参加学术活动和指导论文。雷林科的翻译力求保持汉语和中国文化的原汁原味，全面传递语词间所负载的文化信息。因此，大量的脚注和尾注是其译本的一大特色，有的时候，注解所占篇幅甚至会超过正文。此外，她对于古典书籍的版本选择也非常有研究。动手翻译《金瓶梅》之前，她曾经收集了四个版本进行考证和甄选。雷林科四十年来都致力于中国古典文学的翻译与研究。2017年8月，她被授予了第十一届中华图书特殊贡献奖。同年10月，雷林科又凭借译作《牡丹亭》将西班牙首届黄玛赛翻译奖收入囊中。2018年11月，中国国家主席习近平对西班牙进行国事访问期间，在西班牙《阿贝赛报》上发表的署名文章中，特别提到了以雷林科为代表的汉学家，对其所从事的中西文化交流工作给予了充分肯定。

希卢埃拉

胡安·何塞·希卢埃拉精通古汉语，是西班牙唯一的汉语语言史专家，主要研究领域为中国语言学、汉字、中国文化及历史等。目前是西班牙格拉纳达大学文哲系教授、格拉纳达大学孔子学院外方院长和该校亚洲研究中心主任。他于1981年在巴塞罗那官方语言学校学习中文，1982年于巴塞罗那大学攻读西班牙语语言文学本科。1987年夏获得西班牙语外交部奖学金后赴中国进修，在北京语言学院学习中文。1988年开始在北京大学攻读中国语言学的博士学位，修读过古汉语、现代汉语、中国语言学等课程，博士研究聚焦在汉语语言史。在学术研究上他亦曾有幸得到过陆俭明和马真伉俪的指导。由于在博士论文的撰写过程中遇到一些困难，需要长期驻留中国，1990年秋希卢埃拉通过了西班牙外交部的遴选考试，开始了长达11年的西班牙驻华使馆官方翻译生涯。1999年春完成了博士论文《中国语言史》，获得了格拉纳达大学的博士学位。2001年回到西班牙，开始在格拉纳达大学教授汉语。希卢埃拉翻译了《老残游记》和莫言的《十三步》，出版了专著《古典中国的语言学思想史》和《中国文字简史》，主编了论文集《学习和教授汉语》，代表性的学术论文有《汉语的模糊性》《西班牙学生对汉语学习难度感受的若干思考》和《马建忠翻译学院的创建设想及其对中国翻译理论的贡献》等。此外，他多年来长期担任西班牙亚太研究学会的学术委员会及学会会议协调员，是格大孔子学院汉语水平考试的培训协调员，也长期对格大孔子学院的中外方教师进行培训，2011年还曾受中国驻西班牙使馆教育处委托培训汉语教师。

在接触中文之初，希卢埃拉便被古代汉语深深吸引。20世纪90年代，他长期在中国工作，流连于各大高校和图书馆，搜集了大量的宝贵资料。2012年出版了代表作《古典中国的语言学思想史》。欧洲语言学界总是习惯于将世界语言学的研究历史同欧洲语言学发展历史画等号，而希卢埃拉的这部代表作梳理了从公元前5世纪到公元1898年的中国语言学发展脉络，展示了中国语言学同欧洲语言学截然不同的发展道路。希卢埃拉写作此书的目的便是向欧洲语言学界介绍中国语言学的悠久历史。

马丁·里奥斯

马丁·里奥斯是西班牙诗人、散文家和小说家，也是中国现当代文学研究专家。里奥斯于1970年出生在格拉纳达，进入大学后，他先期完成了西班牙语语言文学的学士课程。在此期间，里奥斯也第一次接触到了中文及中国思想文化，并对其产生了浓厚的兴趣。1997年他在北京大学西班牙语系教授西语。1998年赴洛阳外国语学院担任西语教员。2000至2005年，他先后在浙江大学、云南大学和上海交通大学进修中国语言文学课程。北京、洛阳、杭州、昆明、上海，这五座个性鲜明、历史文化积淀深厚的城市滋养了马丁·里奥斯的中文学养，加深了他对中国文化的认识。小说《娜拉》、日记体散文诗集《上海燃烧》、游记散文集《云南游记》、诗集《同一片天空，同一个下午》和随笔集《纸海中的漂流者：文学、书与记忆》都以其在中国求学和游历的人生经历为背景创作。马丁·里奥斯在北大西语系任教期间，结识了胡续冬、臧棣、西川、冷霜和周瓒等一批中国诗坛的中坚力量，也因此对中国现当代诗歌产生了浓厚的兴趣。而此前对西班牙诗歌欣赏与研究的扎实功底，也为马丁·里奥斯对中国诗歌的翻译与研究奠定了基础。2006年，他翻译的闻一多的《死水》和戴望舒的《我底记忆》出现在了西班牙语的接受语境中。马丁·里奥斯为两部译作各贡献了一篇别具匠心的引言。在比较文学视角下，他探讨了中文现代诗歌与西班牙语现代主义诗歌中的异同，并将中西诗人都放置到了20世纪上半叶国际文学的大背景下进行审视。2009年，马丁·里奥斯同北大西语系的青年学者范晔合作翻译出版了《当代中国诗歌十人选》。这部诗歌选集让胡续冬、冷霜、姜涛等人的作品，在英文版和法文版之前，率先拥有了西文版。2014年，他又推出了自己甄选和翻译的《顾城诗选》。2012年，马丁·里奥斯翻译和出版了刘震云的《温故一九四二》。这部小说的翻译，是他的一次自我突破，里奥斯放下了惯常使用的诗歌语言，努力贴近原文，以乡土俗语来表现小说的情节张力。两年后，马丁·里奥斯与中国西语学者孙新堂一起合作翻译并出版了史铁生的作品集《我与地坛》。在学术层面，他的研究志趣始于中国古代诗歌。2003年，他出版了以硕士论文为基础的《月的寂寥：浅谈中国唐代诗歌》。进入博士学习阶段后，马丁·里奥斯决定以对中国近现代文学的研究为其志业，并于2003年出版了以博士论文为基础修改的《西方世界对中国近现代思想的影响：新文化运动》。此后，他主编了“东亚复兴”丛书，《中国现代文学研究》便是这个系列的开山之作。马丁·里奥斯还先后发表了《中国文学现代化的开端》《中国现代文学中的郁达夫》《中国当代文学开放与封闭的边界》等论文，为西班牙了解与接受中国现当代文学贡献了自己的力量。

卡布列尔·加西亚·诺布雷哈斯

加西亚·诺布雷哈斯目前任职于格拉纳达大学翻译系，教授汉西翻译课程。他于1989年毕业于奥维尔多大学西班牙语文学系，获学士学位；1993至1996年求学于首都师范大学的汉语言文学专业；2002年凭借论文《中国文学西译：甘宝搜神记》获奥维尔多大学博士学位。诺布雷哈斯是致力于中国古典文学翻译的专家，翻译的中国文学作品有《韩非子》《山海经》《中国古代神话》《中国古代民间诗歌》《诗经》《孙子兵法》《易经》《道德经》和《庄子》等。此外，他还撰写了专著《古代中国神话》，主编了《中国，一个伟大文明的过去与现在》和《中西翻译研究》。

第三节　汉学重镇巴塞罗那

巴塞罗那自治大学（下文简称巴自治）的中文课程开设于1989年。那一年，在中国工作生活过的爱尔兰人高遁开始担任巴自治翻译系的负责人，决定增设汉语课程。高遁至今仍担任数个重要学术基金会的主要负责人。他既是巴塞罗那自治大学汉语教学的首创者，也是巴塞中国学长期发展的重要推手。2003至2004学年，巴自治与庞培法布拉大学合作开设了东亚研究的本科课程；2006至2007学年，增设“当代东亚研究”的硕士课程。如今，这个硕士课程作为“跨文化翻译与研究”硕士课程的一个专业方向延续了下来。2007至2008学年，巴自治又开设了“跨文化翻译与研究”的博士课程。该课程下与中国相关的博士论文数量可观，截至2015年，已经完成答辩的有30篇，在研的有23篇。2009至2010学年，巴自治独立开设了“东亚研究”的本科课程。2012年，巴自治的中国研究中心和日本研究中心合并为东亚研究中心。同年，“欧盟—中国：文化与经济”硕士课程创立。巴塞罗那自治大学目前是西班牙国内中国语言文化教学与研究学科建制最为完整的高校，也建立了梯队完备的教学与研究队伍，其中国研究中心下辖35名教师和研究人员。巴自治汉学研究的主要代表人物有劳雷亚诺·拉米雷斯、安妮·苏亚雷斯、华金·贝尔特兰、阿梅利亚·萨伊思、罗飒岚、埃莱娜·卡萨斯等。

巴塞罗那除了巴塞罗那自治大学外，另有两所重要高校设有中国语言、文化和历史课程。它们是庞培法布拉大学和加泰罗尼亚开放大学。两所高校中国研究方向的负责人欧洋安和裴瑞清都是当下西班牙的重量级汉学家。

庞培法布拉大学（UPF，下文简称庞校）创建于1990年，是一所年轻但发展迅速的公立大学，在多份高校竞争力研究报告中，都是西班牙人均科研产出率最高的院校。1993年，也就是创校仅仅三年之后，该校就开设了中国历史课程。如今，庞校设有一门中国研究的硕士课程。欧洋安自1993年来此执教，同时也是该硕士课程的负责人。

加泰罗尼亚开放大学（UOC）是一所开放型的网络大学，用西班牙语、加泰罗尼亚语和英语授课。加泰罗尼亚开放大学的东亚研究本科教程始创于2003年，2013年转型成为中日研究的硕士课程。虽然每年注册人数都不少于35人，但仍然达不到学校要求的80人次，该课程有可能会被校方取消。2015年，校方考虑同西班牙历史最为悠久的萨拉曼卡大学合作创办关于东亚文化和商贸的硕士课程。裴瑞清是该校东亚研究方向的负责人，而他本人的研究领域正是中国现当代文学。

巴塞罗那的三所高校同气连枝，一起携手组织了很多重要的学术活动，使巴塞罗那成为目前西班牙汉语教学和汉学研究最为活跃的城市。

劳雷亚诺·拉米雷斯

劳雷亚诺·拉米雷斯出生于1949年。1975年获西班牙康普斯顿大学心理学学士学位，毕业后通过了西班牙外交部入职考试，被派往刚与西班牙建交的中华人民共和国，担任西班牙驻华使馆总务一职。当时的西班牙驻北京大使馆是于1973年刚刚建成的新馆，全使馆上下一共四名西班牙外交官，分别是大使、一秘、二秘和总务。1975年来到中国的拉米雷斯亲历了历史性的1976年，也爱上了汉语。1980年，他决定辞去外交官工作，到北京语言文化大学进行中国语言文学的本科学习。1983年，拉米雷斯获得了中文专业的本科学位，此后分别在外文出版社、《北京周报》杂志社和《中国建设》杂志社任职。全仗着一己好恶与执念，他用17世纪的古西班牙语翻译了《儒林外史》。1992年，西语版《儒林外史》荣膺西班牙国家翻译奖。拉米雷斯因此获得了巴塞罗那自治大学的邀约，去那里教授中文。从1992年一直到2014年退休，拉米雷斯在巴自治培养了大批优秀的新生代中国语言文学研究人员。退休后长期在北京大学和中国人民大学执教汉西翻译课程。他的译作有叶圣陶的《倪焕之》、张天翼的《华威先生》、王统照的《湖畔儿语》、沈从文的《丈夫》、鲁迅的《故事新编》、倪慧如和邹宁远的《橄榄桂冠的召唤——参加西班牙内战的中国人》和《聊斋志异选》《儒林外史》《六祖坛经》《元朝秘史》等古典作品。其撰写的重要专著和论文有《现代汉语翻译》《履字而求文境：现代汉语西译理论与实践》《汉西翻译手册》以及《严复的三重困境》等。佛教典籍翻译与中国少数民族学研究是拉米雷斯现在和未来的工作重点。他的《六祖坛经》译自敦煌本；《维摩诘经》以汉语译本为基础，参照藏语译本，添加了1 066个注解和文末术语对照表；《孙子兵法》虽非首译，却使用了1972年考古新发现的银雀山汉简校勘。西班牙学界认为，正是拉米雷斯这样讲求原作版本，烦琐地加注和评论的翻译态度，使中国古典作品正在获得希腊罗马古典学那样细致的对待。[1]

安妮·埃莱娜·苏亚雷斯

安妮·埃莱娜·苏亚雷斯是混血儿，她的父亲是西班牙知名导演，母亲是法国人。因此苏亚雷斯有别于其他西班牙汉学家的突出特点有二：其一，她深受法国汉学影响，并将一些法国汉学的经典著作从法语翻译到了西班牙语（如井筒俊彦的《苏菲主义与道家：关键哲学概念比较研究》和程艾蓝的《中国思想史》）；其二，她热爱电影，翻译了多部引进到西班牙的中国电影。1978年，安妮·埃莱娜·苏亚雷斯在马德里的官方语言学校初识汉语，也在那里结识了雷林科。此后，在法国汉学家居伊和马如丹的举荐下，苏亚雷斯于1981年入读巴黎七大汉学

1　Albert Galvany, “Reseña de Arte de la guerra de Sunzi”, *Quaderns, Revista de Traducció* 15(2008): 235–237.

系，到1984年完成了中国语言文化专业的本科学习。1984年她获得了前往北京大学进修汉语言文化的奖学金，在那里度过了难忘而重要的三年。1987年，安妮·苏亚雷斯在巴黎七大完成了中国语言文化专业的硕士课程。2009年，凭借对杜甫诗歌西译的研究获得了巴塞罗那自治大学的翻译学博士学位。自完成硕士课程后，苏亚雷斯便在巴塞罗那自治大学翻译系执教，至今已三十多年。在传道授业的同时，她翻译了大量中国古典文学作品，包括《论语》《道德经》《王维九十九首绝句及同时期风格相仿的诗人》《白居易一百一十一首绝句》《李白诗歌五十首》《杜甫》和《苏东坡——〈赤壁怀古〉及其他诗作》。在现代小说方面，安妮翻译了张爱玲的《倾城之恋》、莫言的《变》、余华的《活着》《许三观卖血记》和《在细雨中呼喊》等。作为西班牙知名导演的女儿，进入西班牙的华语电影基本都由她操刀翻译，其中的代表有《大红灯笼高高挂》《霸王别姬》《摇啊摇，摇到外婆桥》《荆轲刺秦王》《我的父亲母亲》《卧虎藏龙》《大腕》《红色恋人》《幸福时光》《英雄》《功夫》《狼图腾》《天浴》《满城尽带黄金甲》等。

华金·贝尔特兰

华金·贝尔特兰1984年获得马德里康普斯顿大学政治学与社会学学士学位；1990至1993年分别在浙江大学和北京大学学习汉语和进行田野调查。1996年凭借对在西班牙中国移民的研究论文，他获得了康普斯顿大学的社会学博士学位。这篇博士论文于2003年正式出版，题名为《八仙过海：中国人在欧陆最西端》。1996年贝尔特兰来到庞培法布拉大学任教。1997年秋季至今在巴塞罗那自治大学工作。1997年开始担任美地出版社“当代中国”系列丛书的主编。2005年开始担任亚洲之间研究团队的首席研究员。2008至2016年担任巴自治翻译系东亚研究方向的负责人。2013至2014年任巴塞罗那孔子学院外方院长。出版的主要学术专著有《拉美和西班牙华人族群的根与新芽》《中国在美洲和伊比利亚半岛》《后危机中国的田野调查》和《中国视野》等。除了个人学术活动外，他组织了相当数量的集体学术活动和出版活动，截至2015年，美地出版社已经推出了27部中国研究专著，3部中国文学作品译著，是西班牙中国研究方向出版体量最大的一家出版社。

阿梅利亚·萨伊思

阿梅利亚·萨伊思是华金·贝尔特兰的人生伴侣。她1984年本科毕业于马德里康普斯顿大学政治学与社会学系。1992年在杭州大学和北京大学进修。2011年在巴塞罗那自治大学获得了博士学位，论文题目是《当代中国的性别文本和语境》。她长期致力于中国女性问题研究，出版了《乌托邦与性别，二十世纪的中国女性》和《跨国主义、母性与企业家身份：中国女性在西班牙》等相关专著和论文。此外，她还是美地出版社中国文学系列的负责人，发表了学术论文《阅读与跨文化，中国文学在西班牙语境中的接受研究》。萨伊思于2004年开始在巴塞罗那自治大学执教。2016年11月至2017年1月在复旦大学访学，进行了“在沪西班牙人”和“中国女性生存发展现状”两个项目的研究工作。

罗飒岚

罗飒岚既是巴塞罗那自治大学翻译学院的科研负责人，也是巴自治东亚研究方向特别是中国语言教学的翘楚，还是西班牙东亚研究学会的主席。她本硕博毕业于巴塞罗那自治大学翻译系。1992年赴北京语言大学进修汉语。2006年在台湾“中研院”访学。她的博士论文的研究方向是汉语量词。作为今天西班牙汉学界的中坚力量，与前辈们的道路略有不同，罗飒岚除了开展大量的翻译实践活动，还做了大量的翻译研究工作，并且出版了大量的学术论文和学术专著，承担了相当数量的科研项目。她近年来出版的翻译作品有三毛的《撒哈拉的故事》、春树的《北京娃娃》、马建的《亮出你的舌苔》和冯梦龙的《三言》。近年来加泰罗尼亚地区民族主义情绪高涨，作为加泰罗尼亚地区的首府和西班牙的出版中心，巴塞罗那的学者相应产出了一些加泰罗尼亚语[1]翻译的中国文学作品。罗飒岚译作中的《撒哈拉的故事》《北京娃娃》和《亮出你的舌苔》皆为加泰罗尼亚语译本。她的代表性学术产出有《中国语言与文字，神话与现实》《新模式，旧方式：欧盟语言框架的中文实施》《东方主义和西方主义：中文形象与现代标准建构下的两股潜流》《诠释中国美女作家作品的关键：社会经济和语言文学》《通过文化负载词翻译所展现的另一种汉语》和《超文本误用中的他者形象误建：以春树之〈北京娃娃〉为例》等。

埃莱娜·卡萨斯

埃莱娜·卡萨斯曾任巴塞罗那孔子学院的外方院长，执教于巴塞罗那自治大学翻译系。她既是罗飒岚的学生（罗飒岚为其博士论文导师），也是其学术上的亲密合作伙伴（两人有多篇共同署名的学术论文，也有数个共同承担的科研项目），更与罗飒岚并肩推进巴塞罗那乃至整个西班牙的汉语教学与研究（她们是目前西班牙最重要的三位汉语语言教学与研究专家中的两位）。卡萨斯于20世纪90年代本科毕业于巴自治翻译系。后赴中国人民大学学习中文一年。之后在伦敦大学亚非学院完成了中国研究的硕士课程学习，方向为中国的国际政治。硕士毕业后，她随即回到中国攻读北京大学的国际关系硕士课程，并修得学位。回到巴塞罗那后，一度在翻译社工作，后开始攻读博士学位，于2009年完成了关

1　加泰罗尼亚语是以巴塞罗那为首府的加泰罗尼亚地区所使用的语言，也是西班牙的官方语言之一。因为巴塞罗那是西班牙出版业中心，而巴塞罗那自治大学是中国文学西译重镇，因此出现了十多部翻译成加泰罗尼亚语的中国文学作品。

于汉语拟声词西译的博士论文。卡萨斯目前发表的学术论文中共有24篇是与马罗飒岚联合署名的，她们二人的学术兴趣广泛，汉语语言学、汉语教学、翻译教学、欧盟语言框架下的汉语教学适用性、中国大众文学作品、文化交流中的媒体力量和中国文学西译都是卡萨斯和罗飒岚关注并产出的研究领域。卡萨斯单独署名的两篇重要学术论文为《汉西翻译中拟声词处理的译者风格：以小说〈活着〉为例》和《汉西拟声词翻译：语料库基础上的分析》。

欧洋安

欧洋安于1986年完成西班牙语语言文学的本科学习后，开始在巴塞罗那官方语言学校学习汉语，并持续了七年。1999年他完成了研究中国历史的博士论文，并获得历史学博士学位，其间于1997年负笈南京大学进修汉语。欧洋安是庞培法布拉大学现当代中国历史与文化终身教授。截至2015年，庞培法布拉大学已有六篇关于中国历史研究的硕士论文完成答辩。而欧洋安指导的、关于中国历史文化研究的进行中的博士论文则有十五篇之多。他参与了我国台湾清华大学历史研究所的“16—17世纪有关中国之南欧史料”项目，还主持了欧盟项目“手稿中的早期儒家哲学”，是北京外国语大学海外汉学研究中心的重要外籍专家。他的研究领域包括16—17世纪的中国沿海、欧洲的中国认知、东亚的葡萄牙人与西班牙人、中国在东南亚的移民、当代中国文化的接受与批评、中国的网络、大众文化与传媒等。欧洋安就这些议题参与撰写了近二十部学术专著，发表了十多篇学术论文。他一直紧跟中国历史进程的前沿，也关注着中国大众文化的发展变化状况，此外，欧洋安还喜好诗歌，翻译过唐诗、宋词和北岛的诗作。出版的主要专著有《中国制造，当代中国的社会政治与文化觉醒》《中国事业，从无敌舰队到马尼拉大帆船》《中国创造，十六世纪菲律宾对中国的认知与战略》。他的主要译作有《西川诗八首》《唐诗选》《北岛诗十首》《笔砚：中国古典诗歌选集》《李清照词五首》《文学的理由》等。其中除《唐诗选》为西语版外，其余译作均为加泰罗尼亚语版。

裴瑞清

裴瑞清于1998年毕业于巴塞罗那自治大学翻译与跨文化研究专业。1997至1998学年曾赴北京语言文化大学进修汉语。2001年在英国威斯敏斯特大学获当代中国文化研究硕士学位。2005年获得巴自治翻译理论与跨文化研究博士学位。毕业后赴美求学，师从著名华裔学者史书美，于2011年获得加州大学洛杉矶分校亚洲语言文化博士学位。他翻译了鲁迅、莫言和林徽因的作品，对老舍作为一个满洲作家的创作进行了深入研究。此外，对西班牙作家笔下的中国和中国文学的全球化进行了长期系统的研究，完成了1898至1949年的中西互动研究项目[1]。作为一名具有深厚英美学术背景的中青年学者，他在一些重量级的学术期刊上都有相关成果发表。从2004年开始，裴瑞清任教于加泰罗尼亚开放大学，是该校人文艺术研究领域的副教授。2018年曾赴美国康奈尔大学访学半年。裴瑞清的主要学术专著有《回到中国》和《中国叙事：小说与其非文学形式》。前者聚焦20世纪上半叶以鲁迅、老舍和钱锺书为代表的中国留日、留美和留欧知识分子，他们在接受了西方思想文化后回到中国，对20世纪中国社会方方面面产生的影响与推动作用。此外，他还翻译了汪晖的《中国新秩序》、莫言的《变》、林徽因的《九十九度中》、鲁迅的《狂人日记》《盘古开天辟地》及其他小说。除《中国新秩序》为西班牙语版外，其余皆为加泰罗尼亚语版。

1　项目成果载体链接如下：http://ace.uoc.edu (Archivo China España, 1800–1950)。

第四节　汉学重镇马德里

马德里自治大学的东亚研究中心成立于1992年，是西班牙首个专注于东亚研究的学术机构。该中心旨在推动西班牙对东亚各国，尤其是中国和日本，在政治、经济、文化和社会等方面的研究与教学。研究中心自成立以来，先后推出了中国语言文化和东亚研究本科专业，在西班牙学界开创了先河。加之身处首都的区位优势，该中心承办了大量的中西交流活动，使其当仁不让地成了21世纪西班牙的三大汉学中心之一。目前，马德里汉学的主要代表人物有达西安娜·菲萨克、宫碧蓝、伊莎贝尔·塞尔维拉、安德烈亚斯·恩斯特·亚努什、马里奥·埃斯特万·罗德里格斯和孙歌迪。

达西安娜·菲萨克

达西安娜·菲萨克是马德里自治大学中国语言文学方向的教授、博士生导师和东亚研究中心主任。菲萨克的父亲是西班牙的知名建筑师米格·菲萨克。这位建筑师在1953年游历亚洲后认为“中文是属于未来的语言”，因而也给他出生在1960年的女儿达西安娜自幼延请中文教师。1979年西班牙国王胡安·卡洛斯一世出访中国，达西安娜·菲萨克以埃菲社记者的身份随团出访。此后，达西安娜多次来华进修汉语。1988年达西安娜在意大利那不勒斯大学完成了本科学习，随即踏上了修学汉语言文化的新征程。1988至1989年赴美国斯坦福大学亚洲语言系进修；1992年在牛津大学圣安东尼学院、1994年在美国北卡罗来纳大学、1995年在荷兰莱顿大学、1997至1998年在北京外国语大学、2002年在中国社会科学院进行访学。1992年，菲萨克完成了博士论文，获得了马德里自治大学的文学博士学位。同年，她受命创建马德里自治大学的东亚研究中心，并在1998至2002年出任马德里自治大学负责国际合作工作的副校长。菲萨克教授为推动东亚研究特别是中国研究在马德里甚至全西班牙的发展壮大做出了历史性的贡献。

在学术领域，菲萨克主要致力于文学作品的翻译、研究和性别研究。1982年起她开始陆续出版译著，首先就是鲁迅散文诗集《野草》中的两篇:《立论》和《这样的战士》。此后，陆续问世的译作还有巴金的《家》、铁凝的《没有纽扣的红衬衫》和《飞行酿酒师》、高晓声的《陈焕生上城》、钱锺书的《围城》、毕飞宇的《大雨如注》。撰写了学术论文和专著如《背叛还是创新？中国当代作家阎连科文学创作中的欧洲影响》《当代中国的权力话语》《今日中国：经济改革、社会凝聚与集体认同》《中国转型：社会、文化、政治和经济》《龙的另一个性别：中国女性、文学与社会》等。此外，菲萨克还利用自己的文化影响力与中国社科院和作家协会合作，邀请中国作家赴西班牙，推动阎连科等现当代作家作品的西译，并为《西方》等重量级期刊组稿介绍当代中国。她与中国文化界联系紧密，对当代中国的认识客观深入，经常在不同媒体发声或撰文澄清西方对于中国的定见与偏见，呼吁西班牙政府简化中国公民赴西签证流程及西班牙高校当为中国学子提供更多奖学金和学习机会。2012年菲萨克荣获第六届中华图书特殊贡献奖。

菲萨克在中西文化交流史上另有一突出贡献。她不仅从事汉译西工作，也进行西译汉的翻译活动。西班牙诺贝尔文学奖得主胡安·拉蒙·希梅内斯的代表作《小银和我》的汉语译者有十多位，除菲萨克外，都是以汉语为母语的华人。然而，菲萨克译本自1984年由人民文学出版社第一次出版后，2005年由中国和平出版社再版，2009年和2013年由浙江文艺出版社两次再版，2018年由中信出版社再次出版，是希梅内斯作品在中国大陆出版版次最多的译本。借此，有中西多篇博士论文以此作品为语料库进行中西翻译和译本风格方面的研究。

宫碧蓝

宫碧蓝是西班牙诗人，也是中国古典与当代诗歌的积极译介者。她于1984年获得马德里康普斯顿大学西班牙语语言文学学士学位。1990年赴北京第二外国语学院担任西语教师。1994年赴法国波尔多三大攻读汉语言文学硕士学位。2004年在马德里康普斯顿大学获得博士学位。1998年至今受聘于马德里自治大学东亚研究中心。

宫碧蓝首先是一位用西班牙语创作的诗人。至今已经出版了《天空和能量》《抽屉里藏着一只手》《比爱情更长的青丝》《伸缩》《戏剧》和《转化》六部诗集。2004年，宫碧蓝凭借诗集《转化》荣膺西班牙"卡门·孔德"诗歌奖。这些作品已经翻译成法语、希腊语、汉语、阿拉伯语等多种文字。宫碧蓝深爱中国古典诗词，尤其是女词人李清照的作品。她陆续出版了《李清照诗词选》《李清照诗词六十首》《一剪梅：李清照》三部译作。宫碧蓝的代表译作还有王维的《辋川集》、司空图的《二十四诗品》、陆机的《文赋》《庄子·内篇》和《宋词与宋画》。在翻译实践的基础上，结合自身对中国文学和文学翻译的认知与思考，宫碧蓝发表了一系列论文，如《中国古典文学中的诗词观》《唐诗中的思乡情怀》《关于中国作品翻译》《中国诗与对过往的概念》《中国诗的核心：思辨》《王维诗中的空间分析与道家思想》等。除了古典诗歌，近年来宫碧蓝组建了一个诗歌翻译工作坊，开始尝试翻译中国当代诗人诗作。感谢这个工作坊，西川、王小妮、吉狄马加和蔡天新的诗歌被更多西班牙人熟知。工作坊同时产出的还有关于中国当代诗歌的研究论文，如《西川诗歌的迂回性》《21世纪中国文学：秋日的昆虫（关于中国当代诗歌）》。最后，中国古典哲学同样是宫碧蓝的兴趣所在，她发表了《中国哲学启蒙中的自然之道》《中国哲学》《新儒家基本概念探》和《女子、龙与水》等相关论文。

伊莎贝尔·塞尔维拉

伊莎贝尔·塞尔维拉是马德里自治大学艺术史教授。她现任北京塞万提斯学院院长，曾任马德里自治大学孔子学院外方院长，研究领域为中国艺术与文化，策划并推广了一系列中国古典和现代艺术在西班牙的巡展（2016年是敦煌艺术马德里巡展年）。塞尔维拉于1981年获得马德里康普斯顿大学艺术史学士学位。1988年在同校获得历史学博士学位后，赴北京大学进修中国语言文化。1990年返回西班牙后，在马德里和巴塞罗那的不同大学中教授中国艺术史课程。1999年开始，长期在马德里自治大学担任艺术史教授。她用西语撰写了米芾、石涛、王羲之和一部分中国画家的传记，出版了《当东方遥远时》《杨福东和视觉艺术在中国》《中国情色意象的建构》《世界艺术史中的东亚》《中国艺术，概念和术语》《承认现代性》《革命意象》《中国的风景与庭院》《宫廷中的亚洲奢华》和《从远东艺术到东亚艺术》等一系列论文与专著。

安德烈亚斯·恩斯特·亚努什

安德烈亚斯·恩斯特·亚努什是德国人，也是西班牙最优秀的古典中国研究专家之一。他于1985至1987年在波恩大学就读中国学预科，1987至1988年在台湾师范大学进修，1988至1990年在海德堡大学完成了中国研究的本科学习，1998年在剑桥大学获得了中国研究的博士学位。2004年开始在马德里自治大学担任中国历史和宗教学的教师。亚努什已经出版的专著和论文有《西方镜像中的中国宗教》《中华帝国的大学》《帝国与个人：汉朝的历史书写》《过去的版本：中国古代史学和宗教》《中国的阿育王：梁武帝和佛教寺院》《皇帝为菩萨：梁武帝的菩萨戒制和集会仪式》《御史碑：晋南盐湖神庙的宗教、制盐与劳动》《中世纪中国的赞助与社区：晋南盐年的襄阳卫戍区》（中国哲学与文化系列）等。

马里奥・埃斯特万・罗德里格斯

马里奥・埃斯特万・罗德里格斯长期致力于当代中国的政治和社会研究，自2013年“一带一路”倡议提出以来，其中心工作则围绕“‘一带一路’倡议展开：中国在全球治理中的影响及其对西班牙的影响”这一主题。他于2001年在马德里自治大学完成中国语言文化的本科学习后赴英国，2002年在伦敦大学亚非学院修完亚洲政治硕士课程，2004年获得马德里自治大学政治学与管理学博士学位。2005年开始入职马德里自治大学东亚研究中心并工作至今。其出版的专著与论文有《中国的劳动法现状：政治经济含义》《中国民族主义与政治变化（1989—2002）》《中国及其全球地位》《关于中国和西班牙未来的战略同盟》《西班牙在中国》《中国的政治体制》等。

孙歌迪

孙歌迪是阿根廷人，也是社会学家。她是现任马德里自治大学孔子学院中方院长。1991年毕业于布宜诺斯艾利斯大学人类学专业，2001年获得了马德里自治大学的社会人类学博士学位。她主要研究在西班牙的华人移民，出版的论文与专著有《中国女性主义运动的道路》《出于爱好的教育——民族身份与中国女性移民》《西班牙的中国移民：同欧洲其他国家的对比分析》《西班牙的中国移民，社会融入的争论与表现》。

第五节　新生代

除去格拉纳达、巴塞罗那和马德里这三个相对集中的汉学研究中心外，另有散落在其他高校中成绩卓著的中青年汉学家，阿伯特・卡尔瓦尼、马娅莲和马诺是其中的代表人物。

阿伯特·卡尔瓦尼是中青年一代（50岁以下）中唯一的一个中国古典哲学和早期中国思想史研究专家。而且，不同于其他出身语言文学或者翻译系的汉学家，卡尔瓦尼最初学习的是西方哲学，研究生之后才开始涉足中国哲学，长期在英、法、德诸国访学交流的职业轨迹给了他广阔的学术视野和扎实的学术基石。1997年他于巴斯克大学哲学系本科毕业，1999年获得巴黎七大东亚研究汉学方向硕士学位，2007年获得格拉纳达大学哲学与比较文学博士学位。此后，在巴黎七大、德国纽伦堡大学和马克斯—普朗克研究所、英国剑桥大学和巴塞罗那庞培法布拉大学访学教书近十年，现在是巴斯克大学文学系的助理教授。卡尔瓦尼出版的译作有《孙子，战争的艺术》《易经，变化之书》，专著有《界外之想：庄子中的鬼怪》《两个怪诞中国人的无政府主义赞歌》和《例外之魅：古代中国的智者、歧途者与独裁者》；主编了《违逆之言：五篇关于庄子的散文》；发表了学术论文近二十篇，《诡辩家还是逻辑学家？古代中国名家起源与发展的认识》《道家手稿“太一生水”初探》《古代中国的强权谱系》《残缺之辨：古代中国的肉体留存与意识形态》是其中的代表作品。

马娅莲现在是香港浸会大学翻译学方向的助理教授。在文学翻译、现当代中国文学、文学接受史、翻译史及数字出版等领域都有自己的建树。2006年她获得巴塞罗那自治大学翻译学学士学位，后赴北京大学中文系进修中文和中国文学；2008年获得巴黎国立东方语言文化学院中国研究方向硕士学位，2012年获巴黎国立东方语言文化学院和巴塞罗那自治大学翻译与跨文化研究双博士学位。在加入浸会大学前，曾经在国立东方语言文化学院和加泰罗尼亚开放大学任教。她翻译了穆时英、刘呐鸥和杜衡的《地狱之上的天堂：三个上海故事》，莫言的《师傅越来越幽默》，沈从文的《边城》和《静》，阎连科的《耙耧山脉》。马娅莲还发表了一系列学术论文,《文学翻译中的间接翻译：方法可能性》《中国现当代文学西译的常见招牌》《西班牙的中国现当代文学翻译简史》《译者对译者的校订：一个卓有成效的联盟》和《当译者不仅仅翻译时：数字出版活动中译者角色的个案研究》是其中的代表性作品。她是西班牙青年一代中中西翻译研究领域的翘楚。

马诺的学术兴趣集中在中国当代思想史和中国现当代文学的跨国流动与接受上。2006年他毕业于格拉纳达大学翻译系。2006年在北京交通大学和北京外国语大学学习中文。2009年在中国网从事时事新闻的翻译和编辑工作。2012年在庞培法布拉大学完成了中国研究的硕士课程。2014年至今在加泰罗尼亚开放大学攻读博士学位。2017年起在巴塞罗那孔子基金会任学术协调员。2019年起在巴塞罗那庞培法布拉大学教授汉西翻译课程。2020年起他开始在拉蒙尤以大学的传播与国际关系学院全球传播管理本科专业教授汉语课程。此外，他还于2012年与蒂拉·迪斯一起创办了释读中国和试读中国网站[1]，借助这个平台翻译和介绍了一些中国当代重要的知识分子及其作品，如王小波、李银河、戴锦华、残雪、刘禾、汪晖、赖非、韩寒等；借助这个平台，西语读者对中国文学的认识跳脱诗歌和小说，拓展到了散文。对承载着中国当代思想的大量散文进行翻译是该网站的重要价值。马诺正式翻译出版的中国文学作品还包括蒲松龄的《古瓶》《变尸》和《赵城虎》、残雪的《不祥的呼喊声》、方方的《声音低回》和李洱的《花腔》。马诺还在一些重要的学术会议上撰文介绍“当代中国思想在欧洲与美国的跨国流动与接受”“1990年以来的中国当代思想：新左派”，开拓出了一片属于自己的学术领域。马诺发表的文章有《介入经典的翻译：何殷震作品的英文版和法文版》《当代中国思想选集翻译：在编目和介入之间》《中国文化

1　http://china-traducida.net.

推广与接受环境：新范例分析与战略》《地缘政治十字路口的思想交流：中国人文社会科学成果的翻译》《全球化的当代中国理论书写：汪晖作品在欧美语境中的传播与接受》《当代中国知识界辩论的传统：方式与愿景》《清末变革背景下的译者：林纾、严复、梁启超和王国维》《中国当代思想在欧美的跨国流转与接受》等。

第六节　回顾与展望

这些活跃在当下的西班牙汉学家，从代际来看，劳雷亚诺·拉米雷斯属于70岁以上的一代人。他在20世纪70年代中西建交之初来到中国，80年代便活跃在翻译领域，直到今天。拉米雷斯更开拓出蒙古学和佛学典籍翻译等新的研究兴趣点。达西安娜·菲萨克、伊莎贝尔·塞尔维拉、雷林科、安妮·埃莱娜·苏亚雷斯、欧洋安、华金·贝尔特兰和阿梅利亚·萨伊思属于60岁以上的一代人，他们在各自的领域——中国现当代文学、中国艺术、中国古典文学、翻译、中国历史和社会学研究等——都已有相当建树，依然年富力强，在自身不断进步的同时也在提携后辈，培养了为数不少的硕士、博士。罗飒岚、希卢埃拉、马丁·里奥斯、恩斯特·亚努什、宫碧蓝、马里奥·埃斯特万和孙歌迪属于50至60岁这一代，他们正是西班牙当下汉学发展的中坚力量，各自承担着一定数量的行政责任，规划学科发展，积极拓展学科领域和影响力。埃莱娜·卡萨斯、裴瑞清和阿伯特·卡尔瓦尼属于50岁以下的一代人，他们同60岁以下的前辈们处于类似的职业发展阶段，承担着类似的责任，因为更年轻一些，有着相对更多一些的学术和行政成长的空间。马娅莲和马诺则是40岁以下汉学家的代表，他们正处于个人不断积累和成长的关键时期，不同于前辈的人生际遇和外部环境赋予了他们不同的学术视野和学术兴趣。

当代西班牙汉学基本承接欧陆汉学特别是法国汉学体系，他们基本都曾经在法国、意大利和德国学习，少数如安德烈亚斯·恩斯特·亚努什和埃莱娜·卡萨斯曾到英国求学，仅裴瑞清一人有美国求学经历。汉学家们普遍有在中国大陆特别是北京的求学经历，北京大学和北京语言大学是出现频次最高的两所高校。2008年经济危机之前，西班牙政府有较为充裕的奖学金名额；2008年之后主要依靠孔子学院奖学金。55岁以上的汉学家基本有在中国较长时间学习和工作的经历；55岁以下的仅希卢埃拉、马丁·里奥斯和马诺有较长时间的在华学习和工作的经历。55岁以上的汉学家学术活动以翻译实践为主；55岁以下的汉学家，因为西班牙的高校评价体系日益英美化，从翻译实践转向更多的学术研究。

西班牙是发达国家，也是欧盟成员国，相对英美法德等汉学研究强国，它虽然起步颇早，如今却有待进一步发展。限制西班牙汉学发展的一个重要因素是自2008年经济危机以来，西班牙政府大幅削减了科研和教育经费，年轻人失去了进入高校教学科研岗位的途径，而这是绝大部分汉学家生存和持续发展的基础。中国政府在持续投入孔子学院建设和拓展奖学金覆盖面的同时，应该考虑如何与西班牙大学合作，为年轻的汉学家创造本国体系内相对稳定的就业岗位，为汉学界代际的更替以及年轻一代的茁壮成长提供一方土壤。

第二章

西班牙当代出版

根据西班牙教育、文化和体育部公布的《2017年文化统计年报》，2015年西班牙图书和报刊产业贡献了国民生产总值的0.8% 和文化活动整体产值的33.7%。此外，图书报刊业还创造了大量的就业岗位。2016年，西班牙文化业总共提供了544 700个工作岗位，其中的9.1%，也就是约49 567个工作岗位是从事图书、报刊编辑或者其他出版活动的。

尽管受到经济危机的沉重打击和技术转型的挑战，2016年西班牙出版业依然新增了281家新成员，整个市场共容纳了3 026家规模不一的出版社。

根据2016年欧洲出版商联合会公布的数据，从图书出版量看，西班牙次于英国、德国、意大利和法国，位居第五；从全球范围来看，西班牙图书市场价值位列第九，次于美国、中国、德国、英国、日本、法国、印度和韩国。[1]西班牙重要的出版集团，如行星集团，出版和营销渠道覆盖25个国家；圣提亚那集团，覆盖22国。根据2017年《出版周刊》的统计，行星集团位列全球传媒集团的第七位。

根据塞万提斯学院的最新统计（2018），全球共有五亿七千二百万西班牙语母语者，占到全球人口的7.8%，并且这个数字和比例还在不断

---

1 Rüediger Wischenbart, *Content and Consulting, How big is global publishing*, Ruediger Wischenbart, 2017, p.19.

上升中。预计到2060年，美国的西语母语者将达到一亿一千九百万，占到全国人口的28.6%。西班牙语将是人口数量上的全球第二大语言，也将是国际交流中的全球第二大语言。

西班牙语的活力，也为西班牙图书开辟了广阔的市场。凭借同西班牙语美洲国家使用同一种语言的优势，双边图书贸易的发展得到了巨大的推动。73%的西班牙出口图书都销往西语美洲国家。西班牙出版社的分支机构遍布29个国家，其中81%都位于西班牙语美洲国家。

为了进一步实现西班牙语的价值，充分发挥其职能，2018年初西班牙政府正式启动了“西班牙语，全球语言”的国家项目。

第一节　图书出版

西班牙出版业活跃而多样，以中小出版社为主。根据2016年的统计，在西班牙每月都有超过5家新出版社诞生，全年有3 026家处于运营中，比2015年多了63家。它们中的大部分全年推出的图书不超过10本。私有出版社占到90%，和2015年相比增长了2.7%。小型出版社处于持续增长中，而中型和大型出版社则呈现出收缩态势。

近年来，西班牙的独立出版社日渐活跃：仅2016年就诞生了281家。这些出版社很大程度地丰富了西班牙出版市场，使得一些不符合主流文化氛围或者商业氛围的作家和作品有机会面世。

2016年共有3 026家出版社出版了图书，超过19%的出版社全年就出版了1本图书，27.7%的出版社推出了2至4本图书，超过65%的出版社全年出版图书不足10本，仅13家出版社年出版图书超过700本。

2016年，出版物数量继续保持增长，新增书号86 000个，比2015年增长了8.3%。这是西班牙出版业从2014年开始的第三年持续增长。2008

年经济危机后，出版业曾经一度下滑，目前年度新增书号量已经接近危机前的数值。同时，每个书号的平均印刷量已经连续四年下降，2016年为2 749册，为过去19年来的最低值。

与此同时，口袋书的书均印刷量增长到了4 281本，相对2015年，增长了5.3%。下降最严重的是社会科学与人文（−18.4%）、词典与百科全书（−42.2%）。然而，实用图书（+17.2%）、文学（+5.2%）和儿童青少年图书（+4.2%）却有了明显的增长。漫画是书均印刷量最高的图书类型，达到每版次4 829本。书均印刷量也同出版社相关，越大的出版社书均印刷量越高。大型出版社的书均印刷量为每版次3 514本，中型出版社的书均印刷量为每版次2 911本，小型出版社的书均印刷量为每版次1 504本。

相对于重印书，新书所占的图书市场空间越来越大。电子书的增长速度高于纸书。有声书市场发展迅猛，是接下来数年图书市场最具潜力的部分。价格将成为有声书在西班牙发展的决定性因素。

翻译作品在西班牙图书市场的占有率进一步下滑（−16.1%），但是西班牙语作品翻译成外语的出版物数量在增长。西班牙本土语言出版物占到了整个图书市场出版物的90%。英语、葡萄牙语和法语是出版量最大的外国语言，其中英语保持了一贯的优势地位，达到了3.9%。

马德里和加泰罗尼亚是西班牙出版业的中心，2016年每10本西班牙出版物中，有6本诞生于这两地。

第二节　翻译作品的出版

西班牙出版业以出版内容多样化，特别是对异质文化的开放性著称。2016年西班牙全年出版了11 323本翻译作品（根据ISBN数据库）。

但是，近年来，翻译作品出版增长缓慢，屡有下降。2016年，翻译作品占到西班牙图书出版总量的13.2%。英国2016年出版的翻译作品占出版总量的3%，德国出版的翻译作品占出版总量的12%至13%，法国出版的翻译作品占出版总量的17%至18%。从数据看，西班牙出版业对异质文化的开放度高于英国，和德国伯仲难分，略低于法国。

但是，翻译作品在出版市场中的分量，并不仅限于出版量。从《西班牙阅读习惯和图书购买报告》中可以看到：2017年西班牙最畅销的10本小说中，翻译作品占据两席，分别是丹·布朗的《本源》和肯·福莱特的《火柱》（“圣殿春秋”第三部）。

西班牙2017年翻译作品源自50多种外语，其中超过五分之四的翻译作品都译自英文。2017年9月，西班牙教育文化和体育部联合西班牙作协下属的译者行会一起发起了“不可见的作者”活动，强调译者在翻译活动中的主体性地位。

出版的翻译作品中31%是文学作品，23%是童书，22.7%为人文社科类，14.8%为休闲阅读类。翻译作品在童书出版总量中占到34.3%，在休闲阅读类图书中占到33.2%，在文学作品中占到23.3%。休闲阅读类图书，因为包含了漫画部分，使日语和法语继英语之后，成为译本主要的源语言。

2016年，共有11 323本外语作品翻译成西班牙语出版；同时有1 176本西班牙语作品翻译成外语出版。西班牙的译入作品在数量上远远超过译出作品。仅从数据分析，西班牙目前是一个文化接收大于文化输出的国度。

第三节 西班牙翻译行业现状

根据西班牙文化与图书产业总署2015年的统计，一个典型的行业平均水平的西班牙译者特征如下:(1)52岁;(2)西班牙国籍;(3)超过10年的行业经验;(4)翻译并非其唯一职业。西班牙译者作为群体,有如下特征:(1)严重老龄化,2009年的平均年龄是46岁,2015年的平均年龄已经是52岁了;(2)职业素养较高,96.6%的从业者接受过高等教育;(3)以翻译为唯一职业的人群中,女性比例日益增高;(4)71.8%的译者都有第二,甚至第三职业,或者将翻译工作视作其主业的补充;(5)47.4%的译者只翻译单行本图书;(6)平均收入下降。译者的年收入已经从2009年的10 854欧元下降到了2015年的5 319欧元。

译者群体年龄老化、女性比例日益增高、多为业余译者、收入下降这些特征,都说明了译者这个群体在经济地位和社会地位上的边缘位置。翻译收入无法维持一种有尊严的生活,翻译工作也没有得到社会的充分尊重与认可。也因此,笔者观察到,中国文学的绝大部分西语译者,都在学院体系内。随着学院评价体系的变化(翻译不再是学术成果,无法成为汉学家在学院体系内的准入和晋升材料),老一代汉学家尚且大量从事翻译实践活动,年轻一代的汉学家为求在学院体系内生存,已经被迫放慢或者放弃翻译工作。

第四节 西班牙图书市场畅销书考察

2006至2014年西班牙畅销文学出版市场历时考察

笔者根据AC尼尔森公司提供的西班牙图书销量数据对2006至2014年西班牙文学出版市场的销量数据进行了统计,并根据不同考察需求对相关信息进行提取和梳理。考察内容主要包括2006至2014年西班牙文学出版市场最畅销作品及其销量、2006至2014年西班牙文学出版市场所有畅销作品中来自不同语种翻译作品的占比情况、历年畅销作品中各创作语种的作品数量和占比、畅销作品的文类（次文类）考察、畅销作品文类与中国文学畅销译本文类的对比等。本部分研究旨在通过考察翻译文学在西班牙畅销文学出版市场中的共时和历时特征，探求对中国文学译本在西班牙传播的影响和启示。本部分实际使用的统计资料中历年涉及的作品数量如下表所示。

表2–1　实际使用的统计资料中涉及的作品数量

年　份	作品数
2006	10
2007	10
2008	8
2009	10
2010	8
2011	10
2012	10
2013	9
2014	10
合　计	85

表2–2　2006至2014年西班牙文学出版市场最畅销作品

年　份	书　名	作　者	文类（次文类）	原著语种
2006	风之影	卡洛斯・鲁依斯・萨丰	小说（历史、悬疑）	西班牙语
2007	穿条纹睡衣的男孩	约翰・伯恩	小说（历史、青少年）	英　语
2008	穿条纹睡衣的男孩	约翰・伯恩	小说（历史、青少年）	英　语
2009	不爱女人的男人	斯提耶格・拉森	小说（侦探、悬疑）	瑞典语

续 表

年 份	书 名	作 者	文类（次文类）	原著语种
2010	时间的针脚	玛利亚·杜埃尼亚斯	小说（历史、西班牙文化）	西班牙语
2011	权力的游戏	乔治·R. R. 马丁	小说（虚幻、史诗）	英 语
2012	五十度灰	E. L. 詹姆斯	小说（言情、情色）	英 语
2013	五十度灰	E. L. 詹姆斯	小说（言情、情色）	英 语
2014	五十度灰	E. L. 詹姆斯	小说（言情、情色）	英 语

2006至2014年西班牙文学出版市场最畅销作品的文类/次文类考察

畅销作品的文类考察——小说与非小说

观察上表中的作品出版信息可以初步发现，2006至2014年西班牙最畅销的作品文类为小说。最畅销次文类为历史小说与言情小说。

除最畅销的9部作品外，笔者还对包含其他76部作品在内的所有畅销作品进行文类考察，以保证统计结果可以更好地反映西班牙畅销文学市场的总体面貌。经统计，所有畅销作品中小说类作品与非小说类作品占比如下表所示。

所有畅销作品中小说类作品占89%，非小说类作品占11%。小说类作品占据了西班牙畅销文学市场的绝大部分。由此可见，与大部分畅销文学市场相同，小说是目前西班牙受众群体最广、传播范围最大、接受度最高的文学体裁。

在被数量庞大的小说类作品占据出版市场的情况下，跻身销量前茅的非小说类作品是观察西班牙读者群体除小说外的其他文学阅读偏好的重要依据，对考察非小说类翻译作品在西班牙的传播情况具有重要意义。在参与统计的85部畅销作品中，非小说类作品共9部，作品出版信息如下表所示。

表2-3　参与统计的非小说类作品出版信息

书　名	出版年份	作　者	原著语种
爱情之旅	2007	爱德华多・彭萨特・卡萨尔斯	西班牙语
秘　密	2007	朗达・拜恩	英　语
古典世界	2007	罗宾・莱恩・福克斯	英　语
拿撒勒的耶稣	2007	本笃十六世	德　语
小丑哲学	2007	佩德罗・冈萨雷斯・卡莱罗	西班牙语
蛾摩拉	2008	罗贝托・萨维亚诺	意大利语
秘　密	2009	朗达・拜恩	英　语
不生病的活法	2013	新谷弘实	日　语
挑衅书	2014	鲁比乌斯	西班牙语

笔者发现，在非小说类畅销作品中，外国文学作品的比重不可忽视，且原著的语种类别也表现出多样性，涵盖了英语、德语、意大利语、日语等四个语种。此外，笔者统计了畅销类翻译作品中小说类作品与非小说类作品占比，如下表：

表2-4　畅销类翻译作品中小说类作品与非小说类作品占比

分　类	数　量	百分比
小　说	48	89%
非小说	6	11%
合　计	54	100%

畅销类翻译作品中，小说与非小说所占比例分别为89%和11%，与两文类在所有畅销作品中的占比相近。对这些作品的次文类和语种占比情况的考察将在下文中详细介绍。非小说类的翻译作品共6部，其中朗达·拜恩的心灵励志书《秘密》分别于2007年和2009年两次成为最畅销的非小说类翻译作品之一。主要的非小说类畅销翻译作品出版信息见下表。

表2-5　非小说类畅销翻译作品出版信息

译本题名	年　份	原著题名	作　者	原著语种	次文类
秘　密	2007	*The secret*	朗达·拜恩	英　语	精神，自助
古典世界	2007	*The classical world*	罗宾·莱恩·福克斯	英　语	历史，古典
拿撒勒的耶稣	2007	*Jesus von Nazareth*	本笃十六世	德　语	神学，天主教
蛾摩拉	2008	*Gomorra*	罗贝托·萨维亚诺	意大利语	犯罪，文化
秘　密	2009	*The secret*	朗达·拜恩	英　语	精神，自助
不生病的活法	2013	病気にならない生き方 - ミラクル·エンザイムが寿命を決める	新谷弘实	日　语	健　康

前文已经提到，非小说类畅销翻译作品涉及英语、德语、意大利语、日语四个语种。不同作品所属的次文类也各不相同（《秘密》在2007年和2009年两次出现），涉及自助类、历史类、神学类、犯罪类、健康类等多种类型。

小说类畅销作品的次文类考察

文类考察方面需要说明的是，本部分研究对作品次文类的考察，主要参考国际知名书评网络平台“好阅读”（Goodreads）的划分标准。该平台通过大众读者投票的方式为特定作品添加、设置相应的文类、次文类标签，并将得票最高的文类、次文类标签及相应得票数展示于书本信息简介页面。笔者通过在“好阅读”网站对所有畅销作品的书本信息进行逐一检视，发现经大众读者群体的共同选择，多数作品被设置有三个或三个以上的文类或次文类标签，一部分数量相对较少的作品被设置有两个文类或次文类标签，极少数作品仅设置有一个标签，个别作品未设置文类标签。就本章所考察的西班牙畅销作品而言，由于各作品读者群体数量大、分布广，其中大多数作品在“好阅读”网站上均被设置有三个或三个以上的文类或次文类标签，并且这些标签都是由读者用户群体投票生成的。

鉴于所考察的作品大多数并不局限于某一种次文类，为更好反映西班牙畅销文学的次文类，笔者提取每部作品得票数最高的前两个次文类标签并进行频次统计。合计85部作品共出现130个、20种次文类标签，经统计，不同标签的出现频次及占比如下表所示。

表2-6　不同标签的出现频次及占比

次文类标签	频　次	占　比
历史（Histórica）	52	35.9%
神秘（Misterio）	22	15.2%
悬念（Suspense）	16	11%
文化（Cultura）	10	6.9%
青春文学（Literatura juvenil）	10	6.9%
幻想（Fantasía）	9	6.2%

续 表

次文类标签	频 次	占 比
爱情（Rosa）	7	4.8%
幽默（Humor）	4	2.8%
古典（Clásico）	3	2.1%
自助（Autoayuda）	2	1.4%
精神（Espiritualidad）	2	1.4%
神学（Teología）	1	0.6%
天主教（Catolicismo）	1	0.6%
哲学（Filosofía）	1	0.6%
犯罪（Crimen）	1	0.6%
冒险（Aventura）	1	0.6%
当代（Contemporáneo）	1	0.6%
健康（Salud）	1	0.6%
艺术（Arte）	1	0.6%
合 计	145	100%

可以看到，“好阅读”上反映出的西班牙2006至2014年畅销作品中，出现频次最高的次文类标签是“历史”，其出现频次和占比相较其他次文类标签均高出一定水平。以上统计表明，历史类作品在西班牙畅销文学市场占有较大比重，对历史类作品的考察有利于进一步分析和认识西班牙畅销文学市场上畅销书的传播和接受特点。笔者就此不难看到，人类的精神需求很多时候具有共性。当中国的文化市场中历史类文学作品一骑绝尘之际，西班牙的图书市场同样表现了对历史类文学作品的极大认可。然而历史类文学作品的广受欢迎，也为中国文学作品进入西班牙图书市场设置了一个较大的障碍，因为我们分属两种完全没有共享历史的文化传统中。如何克服这个障碍，在畅销书市场看到中国文学作品的身影，也是本书相当关注的问题。

2006至2014年畅销作品创作语言占比

在2006至2014年长达九年的时间跨度中，西班牙出版市场历年最畅销的文学作品中翻译作品占有较大比重。最畅销文学作品中，2006年的《风之影》和2010年《时间的针脚》为西班牙语原创，其余7部均为翻译作品，其中原作语言为英语的有6部，为瑞典语的有1部。英语作品译本占据比重较大（2007年、2008年、2011年、2012年、2013年、2014年）。其中2007至2008年连续两年最畅销作品为《穿条纹睡衣的男孩》，原作语言是英语。2012至2014年连续三年的最畅销作品均为《五十度灰》，原作语言同为英语。笔者将从整体上对2006至2014年西班牙畅销作品的创作语言进行分类和作品数量统计，以考察西班牙本国文学和外国文学在其畅销书市场的分布情况。

表2-7　2006至2014年西班牙畅销作品不同语言的数量和占比

语　言	数　量	占　比
英　语	41	48.2%
西班牙语	31	36.4%
德　语	6	7.0%
意大利语	2	2.4%
瑞典语	2	2.4%
法　语	2	2.4%
日　语	1	1.2%
合　计	85	100%

表2-8　西班牙语文学与外国文学占比

作品种类	数　量	占　比
西班牙语文学（西语原创作品）	31	36.5%
外国文学（翻译作品）	54	63.5%
合　计	85	100%

从上表及图可知，2006至2014年西班牙畅销作品中西班牙语原创文学作品合计31部，占比为36.5%，外国文学（翻译作品）共计54部，占63.5%，外国文学在畅销书市场的占有率远高于西语原创文学。外国文学作品的创作语种涵盖了英语、德语、意大利语、瑞典语、法语、日语等六个语种，其中英语文学占比最高（48.2%），相比其他非西语文学呈现出较大优势。在埃文·佐哈尔（Even-Zohar）多元系统理论视角下，英语文学在西班牙文学多元系统内占据中心地位，母语原创文学与其他外国文学翻译处于相对边缘地位。从畅销作品的创作语言占比上看，非英语的外国文学翻译作品，既面临占据多元系统中心地位的英语文学翻译作品的强大压力，也需面对西班牙语原创文学带来的巨大挑战。

表2-9　2006至2014年畅销作品创作语言占比情况表

年　份	作品语种（数量）	翻译作品数量合计	翻译作品占比
2006	西班牙语（4）、英语（6）	6	60%
2007	西班牙语（6）、英语（3）、德语（1）	4	40%
2008	西班牙语（2）、英语（4）、意大利语（1）、瑞典语（1）	6	75%
2009	西班牙语（1）、瑞典语（3）、英语（6）	9	90%
2010	西班牙语（4）、意大利语（1）、英语（2）、德语（1）	4	50%
2011	西班牙语（3）、英语（6）、法语（1）	7	70%
2012	西班牙语（3）、英语（6）、瑞典语（1）	7	70%
2013	西班牙语（3）、英语（4）、法语（1）、日语（1）	6	67%
2014	西班牙语（5）、英语（4）、法语（1）	5	50%

综合以上信息，笔者可以发现西班牙的图书市场，特别是畅销书图书市场，是归化在英语文化出版的市场影响力之下的。虽然有其自身特

点，但是与西方主流图书市场（英法德和美国）的取向差别不大。中国文学作品想要拿到“入场券”，首先要获得英语出版市场的认可，这种认可意味着西方主流文化与资本的双重认同。其次，从文类和次文类的标签分析看，全球图书市场在畅销书领域高度重合，共享着历史、悬疑、青春、爱情、犯罪、冒险这些主题，小说是畅销书市场无可争议的雄主。缺乏共同的历史和宗教背景，可能是中国畅销书进入西班牙市场的最大障碍。然而，在全球化的当下，世界各国的大都会生活高度同质化，反映中国大城市生活的小说，最有可能引起西班牙读者共鸣，是成为畅销书的一个文学类别。

第五节　西班牙出版社中国文学作品译本的出版情况及案例分析

经过统计和梳理，笔者发现出版中国文学作品译本频次最高的前八名西班牙出版社如表2-10所示。

表2-10　出版中国文学作品译本频次最高的西班牙出版社

序号	名称	出版频次
1	芭芭拉费奥出版社	26
2	读者圈出版社	18
3	凯伊拉斯出版社	15
4	冰地图书出版社	15
5	伊培里翁出版社	11
6	图斯盖茨出版社	9
7	埃达夫出版社	8
8	旺泉出版社	6

芭芭拉费奥出版社、读者圈出版社与凯伊拉斯出版社是出版中国文

学作品译本频次最高的三家西班牙出版社，它们在对中国文学作品译本的出版活动中分别呈现出较为显著的自身特点。芭芭拉费奥出版社几乎独占了整个西班牙出版市场中中文绘本图书的翻译出版活动；读者圈出版社又名“读者圈俱乐部”，是“读书俱乐部”模式在西班牙出版业发展和演变的主要代表；凯伊拉斯出版社则以翻译出版莫言作品受到出版业和学界的重视。

下文将基于对中国文学作品译本出版活动的历时考察，分别对上述三家出版社进行介绍与分析。

绘本与漫画的世界：芭芭拉费奥出版社与冰地图书出版社

芭芭拉费奥出版社位于西班牙南部城市格拉纳达。该出版社主要致力于同世界各地的绘本作家合作，将他们的作品呈现给西班牙语读者。[1]该出版社是中国台湾地区绘本作家几米的作品被翻译为西班牙语并出版发行的主力平台。2002至2017年间，该出版社共翻译出版几米的作品至少21部，除大部分作品被翻译为西班牙语外，也有个别作品被翻译为加泰罗尼亚语。此外，芭芭拉费奥出版社近年来也在尝试向西班牙语读者译介更多年轻一代的台湾地区绘本作家及其作品，如小庄（庄永新）的作品《窗》、安哲的作品《不安分的石头》等。该出版社绝大部分绘本作品的汉译西翻译和编辑工作，由在该社供职的翻译家、巴塞罗那庞培法布拉大学翻译学院乔迪·阿依诺德教授完成。[2]

冰地图书出版社位于西班牙巴斯克自治区阿拉瓦市，主要从事漫画书籍的翻译与出版活动。该出版社将香港著名漫画家黄玉郎的漫画作品如《龙虎门》等引进西班牙市场，并对其作品进行翻译出版和再版。

绘本与漫画作品出版社在西班牙的汉语图书翻译出版活动中十分活

1 https://www.barbarafioreeditora.com/informacion/sobre-nosotros

2 https://www.barbarafioreeditora.com/editorial/jordi-ainaud-i-escudero

跃，凭借其通俗易懂、娱乐性强的传播内容和贴近大众文化、流行文化的传播优势获得较大的商业成功，从跨文化传播的角度来看具有突出的时代意义。很多西班牙年轻人对日本文化的亲近感，就在于他们是读着日本漫画长大的一代人。在这个读图时代，我们可以预见，在未来的图书市场中，绘本与漫画的市场份额将有增无减。现在中国在西班牙的绘本和漫画市场上仅有台湾地区的几米和香港地区的黄玉郎两位代表人物。笔者认为，中国文学要走出去，政府和各文化机构应该有意识地推广大陆新生代漫画作家和绘本作家的作品，在国际图书市场中扶持他们的成长。

传媒资本、赞助人与翻译出版活动的嬗变：读者圈出版社

读者圈出版社隶属于西班牙读者圈出版公司。该公司于1962年成立于马德里，其筹建、组织形式源起于20世纪在西方出版界有一定影响力的一种出版营销组织形式——“读书俱乐部”（或称“读者俱乐部”，源自英文名称book club），其主要特点在于通过邮寄等物流渠道，直接将出版书籍送至会员读者处，并且这些书籍的寄送时间通常早于其他出版社的常规出版渠道。该出版社拥有数量庞大的西班牙语会员读者群体。[1]现将读者圈出版社翻译出版中文书籍的情况梳理如下（见表2-11）。

表2-11　读者圈出版社中文书翻译出版情况（按出版时间排序）

译本题名	原著题名	原著作者	出版时间	直译[1]或转译
I ching. El libro del oráculo chino	易　经	—	1986/2001/2008	转译自意大利语/德语/英语

1　Sánchez, P. *Los clubes del libro en el mundo editorial: el caso de Círculo de Lectores*. Trabajo de grado. Facultad de Traducción y Documentación de la U. de Salamanca, 2005. https://core.ac.uk/reader/11888480 (2020-02-03)

1　本书中“直译”均指“直接从源语言译入”，与“转译”相对。

续　表

译本题名	原著题名	原著作者	出版时间	直译或转译
Yo fui el último emperador de China	我的前半生	爱新觉罗·溥仪	1988	转译自英语
Cisnes salvajes	鸿：三代中国女人的故事	张　戎	1994	转译自英语
Adiós a mi concubina	霸王别姬	李碧华	1994	转译自英语
El Club de la buena estrella	喜福会	谭恩美	1995/2001	转译自英语
La última princesa de Manchuria	川岛芳子	李碧华	1996	转译自英语
El libro del Tao	道德经	老　子	2001	直　译
Maestro Zhuang	庄　子	庄　子	2001	直　译
Analectas: reflexiones y enseñanzas	论　语	孔　子	2001	直　译
Los cuatro libros	四　书	孔子等	2002	直　译
Shanghai Baby	上海宝贝	卫　慧	2004	直　译
El libro de la perfecta vacuidad	冲虚经	列　子	2004	直　译
Sueño en el pabellón rojo: memorias de una roca (1)	红楼梦	曹雪芹	2010	直　译
Sueño en el pabellón rojo: memorias de una roca (2)	红楼梦	曹雪芹	2010	直　译
El libro del Tao	道德经	老　子	2014	转译自英语

读者圈出版社从20世纪80年代起开始出版中国文学作品译本，于1986年出版了从意大利语版转译为西班牙语的《易经》，随后又连续发行了多部现当代汉语文学作品的西班牙语译本，这些译作均由英语译本转译为西班牙语。2000年后，该出版社开始出版汉西直译本图书，主题

类型从之前的现当代文学作品，转向重点出版古典文学作品，且集中于先秦古典哲学著作，如《道德经》《论语》等，以及古典小说《红楼梦》。2001年和2008年该出版社又先后分别出版了由德语、英语转译为西班牙语的《易经》。后又于2014年出版了由英语转译的《道德经》。

总体上看，读者圈出版社在2000年前后对汉语书籍的翻译出版方向做出了一定调整，最显著的变化在于两点：（1）2000年之前主要出版中国现当代文学作品的转译本，2000年后则开始将出版重点放在古典作品上，且较多出版汉西直译本；（2）2000年前对出版作品的选择仍表现出一定的商业性，2000年之后则能较为明显地看出，该社在出版选择上更加注重作品的经典性。除较多出版古典作品的直译本外，商业性较强的畅销作品仅《上海宝贝》一部。

读者圈出版社翻译出版活动的嬗变与该出版社所从属的传媒资本，以及代表该资本的赞助人（管理层和编辑工作者）存在密切联系。早在1964年德国传媒巨头贝塔斯曼集团就已经收购了读者圈出版社。1981年德裔西班牙人汉斯·迈恩克接手读者圈出版社的管理工作，其国际视野和文化理念对该出版社的出版战略产生了较大影响。[1]在他的任期内，读者圈出版社开始陆续翻译出版《易经》《我的前半生》《喜福会》等书，均由英语转译。2000年后，贝塔斯曼集团将出版部门与读者俱乐部分离，读者圈出版社易主至贝塔斯曼旗下著名的出版机构兰登书屋，直至2014年被西班牙行星集团全资收购。隶属兰登书屋期间，该出版社开始翻译出版直译本的中国先秦经典思想著作，并出版了汉西直译版《红楼梦》。读者圈出版社的案例对考察传媒资本和赞助人如何影响中国文学在西班牙的翻译出版活动具有一定代表意义。

1　Jimeno Revilla, Raquel. *Semblanza de Hans Meinke (1937–)*, 2016. En Biblioteca Virtual Miguel de Cervantes-Portal Editores y Editoriales Iberoamericanos (siglos XIX–XXI) – EDI–RED. 2016. http://www.cervantesvirtual.com/obra/hans-meinke-1937-semblanza/ (2020–02–24)

从《丰乳肥臀》到《食草家族》：莫言作品在西语世界的重要阵地——凯伊拉斯出版社

西班牙凯伊拉斯出版社成立于2004年，总部设在马德里。建立初期，该出版社就对中国当代文学作品表现出浓厚的兴趣，并致力于在西班牙市场中推广和发行相关作品。马娅莲在其研究中国当代文学在西班牙翻译出版现状的博士论文中提到，凯伊拉斯出版社编辑在接受采访时指出，该社早期在中国当代文学作品的翻译出版活动中，由于汉西翻译专家相对稀缺，且与之合作的经济成本相对较高、出版社翻译活动的预算相对紧张，因此针对大多数汉语文学作品，凯伊拉斯出版社选择通过英语或法语译本转译。[1]

表2-12　凯伊拉斯出版社出版的中国文学作品译本

译本题名	出版时间	原著题名	原著作者	直译或转译
Diccionario de Maqiao	2006	马桥词典	韩少功	转译自英语
Grandes pechos amplias caderas	2007/2013	丰乳肥臀	莫　言	转译自英语
Pa pa pa	2008	爸爸爸	韩少功	直　译
Las baladas del ajo	2008/2013	天堂蒜薹之歌	莫　言	转译自英语
La vida y la muerte me están desgastando	2008/2013	生死疲劳	莫　言	转译自英语
Rana	2011/2013	蛙	莫　言	直　译
¡Boom!	2013	四十一炮	莫　言	直　译
La oveja descarriada	2014	沉　沦	郁达夫	直　译

1　Marín Lacarta, M. *Mediación, recepción y marginalidad: las traducciones de literatura china moderna y contemporánea en España.* Universitat Autònoma de Barcelona. 2012: 386, 392−393. https://www.tesisenred.net/handle/10803/962161 /# (2020−02−03)

续　表

译本题名	出版时间	原著题名	原著作者	直译或转译
El suplicio del aroma de sándalo	2014	檀香刑	莫　言	直　译
Trece pasos	2015	十三步	莫　言	直　译
El clan del sorgo rojo	2016	红高粱家族	莫　言	直　译
El manglar	2016	红树林	莫　言	直　译
El rábano transparente	2017	透明的红萝卜	莫　言	直　译
El clan de los herbívoros	2018	食草家族	莫　言	直　译
Ciudad difunta	2018	废　都	贾平凹	直　译

截至2010年，凯伊拉斯出版社发行的所有汉语文学作品中，仅有一部由汉语直接译入西班牙语，即韩少功的《爸爸爸》。观察该出版社历年来对中国文学作品的关注，可发现其翻译出版活动与一位重要的中国作家息息相关，那就是莫言。尽管其出版的《丰乳肥臀》《天堂蒜薹之歌》《生死疲劳》等三部莫言作品均由英文译本转译而来，但早在2012年莫言获诺贝尔文学奖前，凯伊拉斯出版社便已开始了对莫言作品的译介。2011年，西班牙语版《蛙》的出版标志着凯伊拉斯出版社对莫言作品的译介进入了直译阶段，通过与普拉斯·皮涅罗、希卢埃拉等著名翻译家合作，推出了一系列莫言作品的汉西直译本。

除了出版频次最高的三家出版社外，还有三家在西班牙文化圈公认的中国图书精品出版社。它们的出版频次虽然不高，推出的却都是翻译用心、口碑优良、影响力大的中国文学经典作品。它们分别是特洛塔出版社、行星出版集团和美地出版社。

特洛塔出版社

特洛塔出版社于1990年成立于马德里。今天的特洛塔出版社最初发端于一个旨在“建设一套以跨知识领域为特色的丛书”计划。如今，该出版社已经推出涉及法律、哲学、社会科学、心理学、宗教学等众多领域的优质图书，其中既包含了东西方主流的人文经典，也不乏一些尚未被充分发掘但极具人文价值的作品。正如该出版社总负责人兼创始人阿莱杭德罗·西埃拉介绍的那样：

> 从一开始，我们沿着不同的河流航行，最终发现不过是同一条河流的不同支流：人文科学的河流……[1]

经过近三十年的发展，特洛塔出版社从一个最初仅由三人组成的编辑队伍，逐步成长壮大为如今这样一家名下拥有超过1 000册高质量独立出版作品和多项出版奖项殊荣的出版社。1999年，特洛塔出版社被授予西班牙“全国最佳文化出版活动奖”，该奖项被视为西班牙出版业在文化领域的最高荣誉之一。

此外，对海外作品的翻译出版也是其出版活动的重要组成部分。目前，特洛塔出版社翻译出版的中国文学作品达11部，收录在其“东方书信”系列丛书中。现将相关作品信息梳理如下：

表2-13　特洛塔出版社出版的中国文学作品

译本题名	原著题名	译者	出版时间	直译/转译
Los capítulos interiores de Zhuangzi	庄子·内篇	宫碧兰	1998	汉语直译
Sanzijing El clásico de Tres caracteres: el umbral de la educación china	三字经	伊巴涅斯·戈麦斯	2000	汉语直译

1　https://www.trotta.es/blog/teoria-del-editor/4/ (2019-06-07)

续　表

译本题名	原著题名	译者	出版时间	直译/转译
El arte de la guerra	孙子兵法	卡尔瓦尼·拉劳盖雷	2001	汉语直译
Libro del maestro Gongsun Long o la Escuela de los Nombres	公孙龙子	加西亚·诺布雷哈斯	2001	汉语直译
Relación de las cosas del mundo	博物志	加西亚·诺布雷哈斯	2001	汉语直译
Mitología clásica china	中国古典神话	加西亚·诺布雷哈斯	2004	汉语直译
Poemas del río Wang	辋川集	宫碧蓝	2004	汉语直译
Tao Te Ching: los libros del Tao	道德经	毕隐崖	2006	汉语直译
Los cuatro libros del Emperador Amarillo: (Huangdi siging)	黄帝四经	毕隐崖	2010	汉语直译
Las veinticuatro categorías de la poesía	二十四诗品	宫碧蓝	2012	汉语直译
El pabellón de las peonías o Historia del alma que regresó	牡丹亭	雷林科	2016	汉语直译

特洛塔出版社的汉西翻译出版活动始于1998年，在之后的二十多年内不断有重要译作推出，几乎保持着平均两年推出一部中国文学作品的出版速度。从其翻译出版的作品类型上看，该出版社主要致力于中国古典文学的翻译出版，且所有译本均从汉语直接译入西班牙语，译者主要是毕隐崖、雷林科、宫碧兰、加西亚·诺布雷哈斯这样的重要汉学家。这也意味着特洛塔出版社在汉西译介活动领域的成果不仅体现在数量上，高质量的源文本和高质量的译本是其业内口碑的保障。例如，《道

德经》与《黄帝四经》译者、西班牙著名汉学家毕隐崖是译作出版最丰硕的汉学家之一，其译作水准极高，也以忠于原文著称。[1]《牡丹亭》译者雷林科凭借该译作荣获第一届西班牙“黄玛赛汉西翻译奖”。该奖项评委会指出，《牡丹亭》的译介是特洛塔出版社向西语世界读者展现这部中国明朝戏剧作品的勇敢尝试，（作品）蕴含着极为复杂的文学特征，呈现出与西方戏剧截然不同的面貌。[2]特洛塔出版社负责人阿莱杭德罗·西埃拉曾多次提及特洛塔出版社对致力于出版“思想之书”[3]这一理念的坚持。[4]特洛塔出版社对中国古典文学的翻译出版过程，从精选文本到精选合作译者，便是该理念的一种良好践行。

阿莱杭德罗·西埃拉指出，在当今的时代背景下，西语出版行业为坚持维系“书籍的文化尊严”所不得不面临的几个重要挑战：一是大众文化中“反智主义”盛行，导致了出版业传统精英主义与人文精神的没落；二是新型载体（如电子书、有声书）与传统载体（纸质书）的抗衡；三是其他领域（如经济、科技、政治等）对出版活动的权力话语干涉等。[5]与大多数积极投身市场和商业活动中的西班牙出版社不同的是，特洛塔出版社从诞生至今，几乎一直保持着它对书籍、对文化、对思想最纯粹的珍视和敬畏，尽最大努力坚持自己的出版理念，以求将具有较高人文价值的作品呈现给西语读者。面对西方世界出版行业的高度商业化，这样一家出版社能够在市场的波动和资本的强势干预下得以生存，实属不易。

1 José Ramón Álvarez. “Esbozo de la sinología Española”, *Encuentros en Catay*, 2007.

2 https://www.elperiodico.com/es/ocio-y-cultura/20171016/alicia-relinque-gana-el-i-premio-de-traduccion-del-chino-al-espanol-6357242 (2019-06-08)

3 “libros de pensar”，或为“思考之书”。

4 https://www.elmundo.es/cultura/2015/10/22/5628bfd7ca474146758b45ed.html (2019-06-08)

5 https://www.trotta.es/blog/teoria-del-editor/4/ (2019-06-08)

行星集团

1949年行星出版社成立于巴塞罗那，经过近七十年发展，不断合并包括艾斯帕萨、艾美塞、塞克斯·巴拉尔在内的多家西语世界知名出版机构，逐步成长为一家大型跨国传媒公司——西班牙行星集团。目前，行星集团名下已有逾四十家出版社，在全球不同国家，以不同语言发行各类读物。

在对中国文学作品的翻译出版选择上，与特洛塔出版社专注于古典文学作品、凯伊拉斯出版社专注于现当代主流文学作品有所不同的是，行星集团出版了不同类型的中国文学作品。对中国古典文学作品与现当代文学作品，主流文学作品与畅销文学作品，小说与非小说均有一定涉猎，呈现出更大的多样性。在作品的翻译方式上，行星集团对直译本和转译本均有出版，出版物中还包括海外华人离散作家以非中文创作的作品。行星集团旗下出版了中国文学西语译作的出版社主要为青铜出版社、马丁内斯·罗卡出版社、阿格斯蒂尼行星出版社、塞克斯·巴拉尔出版社、图斯盖茨出版社五家。它们分别出版了《孙子兵法》《道德经》《儒林外史》等古典文学作品，鲁迅、莫言、余华等现当代作家的作品，以及谭恩美、哈金等华人离散作家的作品。

现将各出版社的译本出版情况梳理如下：

青铜出版社

青铜出版社2001至2005年间连续出版了多部中国文学翻译作品，主要包含了卫慧（周卫慧）、山飒等作家的西译作品。这些作家有一个共同的身份特征，即海外离散华人作家，他们大多侨居异国，具有双重或多重文化身份，以非汉语或同时以汉语和非汉语进行创作。[1]

1 Shih, S. M. “Global literature and the technologies of recognition”, *Publications of the Modern Language Association of America* 119−1(2004) : 16−30.

表2-14　青铜出版社出版的中国文学翻译作品

译本题名	原著题名	译者	原作者	出版时间	直译/转译
La puerta de la paz celeste	天安门	曼努埃尔·色拉特·克雷斯波	山　飒	2001	法语转译
Casada con Buda	我的禅	爱依娜拉·蒙特；徐颖	周卫慧	2005	英语转译
Casada con Buda	我的禅	爱依娜拉·蒙特；徐颖	周卫慧	2007	英语转译

马丁内斯·罗卡出版社

马丁内斯·罗卡出版社始建于1965年，1992年成为行星集团的一员。如今的马丁内斯·罗卡出版社出版的作品类型极为广泛，涵盖文学、艺术、经济、哲学、宗教、历史，以及各类少儿读物和词典工具书等多种类型。2001至2012年，该出版社出版了《孙子兵法》与《道德经》的西译本，从网络书评反馈来看，这些译本对原著有一定的改写或简化。

表2-15　马丁内斯·罗卡出版社出版的中国文学翻译作品

译本题名	原著题名	译者	出版时间	直译/转译
El arte de la guerra	孙子兵法	—	2001	汉语直译
Tao Te Ching	道德经	乔迪·费布拉	2010	汉语直译
El arte de la guerra	孙子兵法	—	2010	汉语直译
Tao Te Ching	道德经	乔迪·费布拉	2012	汉语直译

阿格斯蒂尼行星出版社

阿格斯蒂尼行星出版社为1985年由行星集团与意大利传媒公司阿格

斯蒂尼集团合并所产生。2005年，阿格斯蒂尼行星出版社推出了一套名为“东方丛书”的系列丛书，其中主要包含了戴思杰、周卫慧等离散作家作品的汉西直译本。

表2-16 阿格斯蒂尼行星出版社出版的中国文学翻译作品

译本题名	原著题名	译者	原作者	出版时间	直译/转译
El espejo antiguo y otros cuentos chinos	古镜与其他中国故事	黄玛赛	—	1988	汉语直译
El libro rojo: citas del presidente Mao Tse-Tung	毛泽东选集	—	毛泽东	1996	汉语直译
Shanghai Baby	上海宝贝	罗美尔·科尔内霍；莉莉亚娜·阿尔索夫斯卡	周卫慧	2004	汉语直译
Balzac y la joven costurera china	巴尔扎克与中国小裁缝	曼努埃尔·色拉特·克雷斯波	戴思杰	2005	汉语直译
Shanghai Baby	上海宝贝	罗美尔·科尔内霍；莉莉亚娜·阿尔索夫斯卡	周卫慧	2005	汉语直译
Cuentos fantásticos chinos	中国鬼怪故事	加西亚·诺布雷哈斯	—	2005	汉语直译

塞克斯·巴拉尔出版社

塞克斯·巴拉尔出版社1955年成立于西班牙巴塞罗那。该出版社对20世纪后半叶西班牙和拉丁美洲及加勒比地区西班牙语小说的发展有十分重要的贡献及影响力，是20世纪拉美小说“文学爆炸”时期促进西语作家交流和推动西语文学发展的出版业典范。[1] 由该出版社创立和颁发的“简明丛书奖”是西班牙语世界中极具影响力的小说奖项之一。从他们对中国文学作品翻译出版的选择也可看出其对作家与作品质量的重视。塞克斯·巴拉尔出版社翻译出版了莫言的《变》，以及余华的代表作《活着》《许三观卖血记》和《在细雨中呼喊》，这几部作品均由西班牙汉学家安妮·苏亚雷斯从汉语原文直接译入西语。

表2–17　塞克斯·巴拉尔出版社出版的中国文学翻译作品

译本题名	原著题名	译者	原作者	出版时间	直译/转译
Los mandarines: historia del bosque de los letrados	儒林外史	劳雷亚诺·拉米雷斯	吴敬梓	1991	汉语直译
La gourmet: vida y pasión de un gastrónomo chino	美食家	比拉·吉拉尔特·科里纳	陆文夫	1994	法语转译
Cuentos fantásticos chinos	中国鬼怪故事	加西亚·诺布雷哈斯	—	2000	汉语直译
¡Vivir!	活着	安妮·苏亚雷斯	余华	2010	汉语直译
Cambios	变	安妮·苏亚雷斯	莫言	2012	汉语直译
Crónica de un vendedor de sangre	许三观卖血记	安妮·苏亚雷斯	余华	2014	汉语直译
Gritos en la llovizna	在细雨中呼喊	安妮·苏亚雷斯	余华	2016	汉语直译

1 Espósito, F. “Seix Barral y el boom de la nueva narrativa hispanoamericana: Las mediaciones culturales de la edición española”, *Orbis Tertius* 14–15(2009).

图斯盖茨出版社

图斯盖茨出版社成立于1969年，曾出版包括马尔克斯、博尔赫斯、略萨等多位重要西班牙语作家的作品；出版社也致力于对其他国家重要作家作品的翻译出版，如米兰·昆德拉、加缪、村上春树作品的西语译本均由其推出。然而，图斯盖茨出版社对中国文学作品的翻译出版全部从英文转译，没有汉西直译本。鲁迅的《狂人日记》译者是2005年塞万提斯文学奖得主、墨西哥知名作家塞尔西奥·皮托尔。皮托尔本人不通汉语，该译本是20世纪六七十年代北京外文出版社组织大批拉丁美洲译者翻译中国文学作品的产物。鲁迅以外的谭恩美和哈金都是用英文创作的海外华人离散作家，他们的作品都是从英文直接翻译到西班牙文。

表2-18　图斯盖茨出版社出版的中国文学翻译作品

译本题名	原著题名	译者	原作者	出版时间	直译/转译
Diario de un loco	狂人日记	塞尔西奥·皮托尔	鲁　迅	1980	汉语直译
El Club de la buena estrella	The Joy Luck Club	乔迪·费布拉	谭恩美	1990	英语转译
El Club de la buena estrella	The Joy Luck Club	乔迪·费布拉	谭恩美	1995	英语转译
La espera	Waiting（英）	乔迪·费布拉	哈　金	2003	英语直译
En el estanque	In the pond（英）	乔迪·费布拉	哈　金	2003	英语直译
Sombras del pasado	The Crazed（英）	乔迪·费布拉	哈　金	2004	英语直译
Despojos de guerra	War trash（英）	诺埃米·索布雷格斯	哈　金	2005	英语直译

美地出版社

美地出版社成立于1973年，它最初的图书出版主要面向人类学、化学、应用科学等领域。1995年起，该出版社进入新的历史阶段，开始出版具有学术研究性质的社会科学类书籍。[1]主编华金·贝尔特兰为巴塞罗那自治大学跨文化与国际研究中心汉学家，对中国和亚太地区跨文化研究领域做出了较为全面深入的贡献。[2]华金·贝尔特兰在美地出版社主持编纂、译介和出版了一系列以中国研究为主题的中外学术专著，如法国汉学家程艾兰的《中国思想史》，中国香港学者慈继伟的《中国革命的辩证法》，美籍华裔学者周晓的《人民的力量》等。中国文学作品方面，美地出版社翻译出版了沈从文、萧红、丁玲等中国现代作家的重要作品，还有一部南宋戏剧作品《张协状元》。具体出版信息如下：

表2-19　美地出版社出版的中国文学翻译作品

译本题名	原著题名	译者	原作者	出版时间	直译/转译
Licenciado Número Uno Zhang Xie	张协状元	雷吉娜·亚马思	九山书会才人	2002	中文直译
La ciudad fronteriza	边城	马娅莲	沈从文	2013	中文直译
El diario de la señorita Sofía	莎菲女士的日记	蒂拉·迪斯	丁　玲	2014	中文直译
Campos de vida y muerte y otros relatos	生死场（及其他）	特蕾莎·特赫达·马丁	萧　红	2018	中文直译

1　http://www.ed-bellaterra.com/

2　http://www.ed-bellaterra.com/

第三章

中国文学译本在西班牙出版情况的定量考察

笔者所使用的出版信息全部来源于西班牙教育、文化和体育部的“西班牙出版书籍数据库”[1]截至2019年2月所提供的官方资料，筛选和统计工作由笔者手动完成，并以此建立了1593至2019年所有中国文学作品西译本按出版频次统计的自建数据库。“中国文学”这个概念的外延是统计过程中遭遇的最大困难。最终确定为广义“中国文学”，包括狭义“中国文学”（作家在中华人民共和国生活并且用中文写作，包括汉语和少数民族语言）、华语文学（作家用中文写作，但是不在中华人民共国生活）和海外华人文学（华裔作家在海外，用非中文写作）。[2]

国内文学史界常以1919年“五四运动”为时间节点分隔古典文学与现代文学。[3]笔者将参考该划分方式，对整个历史时期，以及分别对古典时期和现代时期的中国文学作品在西班牙的翻译出版情况进行定量考

1 http://www.mcu.es/webISBN/tituloSimpleFilter.do.

2 Shih, S. M. “Global literature and the technologies of recognition”, *Publications of the Modern Language Association of America* 119−1(2004): 16−30. Shil, S.M. *Visuality and Identity: Sinophone Articulations across the Pacific*, Berkeley (Calif.), Los Angeles (Calif.), Londres: University of California Press, 2007.

3 袁行霈等著,《中国文学史》, 高等教育出版社, 2002年, 第19页。

察，考察对象主要为中国文学在西班牙的翻译出版活动中所涉及的中国文学作品、作者、译者和出版社等。

限于篇幅，在对出版频次进行梳理、排序时，仅以降序展示排序最靠前的八项统计结果，并通过出版频次高低对相关作品、作者、译者和出版社的翻译出版活动情况进行描写分析，以揭示西班牙的中国文学作品翻译出版活动所表现出的主要特征，从而进一步探讨其为中国文学在西班牙的翻译和传播活动所带来的启示。

第一节　中国文学作品在西班牙的翻译出版频次

经统计发现，在西班牙翻译出版的中国文学作品中，古典文学作品译本的出版频次整体上高于现代文学作品，其中《道德经》译本、《孙子兵法》译本和《四书》译本位列前三，且前两者的出版频次较明显地高于其他作品译本。出版频次最高的现代文学作品译本中以《喜福会》《巴尔扎克与中国小裁缝》和《上海宝贝》为前三。详情参见表3-1。

表3-1　在西班牙翻译出版频次最高的中国文学作品

序号	译本题名	译本出版频次	原著题名
1	*Tao Te King, Tao Te Ching, Dao De Jing*	93	道德经
2	*El arte de la guerra*	82	孙子兵法
3	*Los cuatro libros*	19	四书
4	*El club de la buena estrella*	16	喜福会
5	*Balzac y la joven costurera china*	13	巴尔扎克与中国小裁缝
6	*Analectas* *Shanghai Baby*	9	论语 上海宝贝

续　表

序号	译本题名	译本出版频次	原著题名
7	*Sorgo rojo*	7	红高粱
8	*Zhuangzi, Chuang-tzu* *El libro rojo, Citas del presidente Mao Tse-tung*	6	庄子 毛泽东选集

鉴于古典文学作品和现当代文学作品在审美、艺术表现手法和受众层面上的巨大差异，笔者将分开考察、梳理与分析在西班牙翻译出版频次最高的古典文学作品和现当代文学作品。

古典文学作品在西班牙的翻译出版频次

西班牙翻译出版的中国古典文学作品主要集中在先秦散文，如《道德经》《孙子兵法》《四书》《庄子》等。《红楼梦》和《西游记》作为仅有的两部古典小说出现在前八位统计结果中。详情参见表3-2。

表3-2　在西班牙翻译出版最多的中国古典文学作品

序号	译本题名	译本出版频次	原著题名
1	*Tao Te King, Tao Te Ching, Dao De Jing*	93	道德经
2	*El arte de la guerra*	82	孙子兵法
3	*Los cuatro libros*	19	四书
4	*Analectas*	9	论语
5	*Zhuangzi, Chuang-tzu*	6	庄子
6	*El libro de la perfecta vacuidad* *Sueño en el pabellón rojo*	5	冲虚经 红楼梦
7	*I Ching, Libro del cambio* *Viaje al oeste*	4	易经 西游记
8	*Relación de las cosas del mundo*	3	博物志

因为第六位和第七位两本并列，因此总计有十部作品。

中国古典文学作品在西班牙的翻译出版呈现出以下特点：

（1）对部分作品表现出较明显的偏好。从译本的出版频次来看，《道德经》和《孙子兵法》相对其他古典文学作品展示出无可比拟的出版优势。

（2）小说在整个古典文学的翻译出版活动中所占比重相对偏低。上表所列古典文学作品译本中，仅有《红楼梦》和《西游记》两部古典小说译本，且出版频次也相对有限。

现当代文学作品在西班牙的翻译出版频次

中国古典文学作品译本在西班牙的出版频次，一定程度上反映出古典小说影响力的相对不足，这与中国现当代文学在该目的国的翻译出版情况有极大的不同。

表3-3所列的在西班牙出版频次最高的现当代文学作品译本共涉及19部，小说所占比重较大。相对于中国古典文学，西班牙翻译出版界对中国现当代文学表现出更加广泛的兴趣，这从也侧面反映出中国现当代文学在西班牙读者群体中更具多样性和包容性的接受情况。

表3-3　在西班牙翻译出版最多的中国现代文学作品

序号	译本题名	译本出版频次	原著题名
1	*El club de la buena estrella*	16	喜福会
2	*Balzac y la joven costurera china*	13	巴尔扎克与中国小裁缝
3	*Shanghai Baby*	9	上海宝贝
4	*Sorgo rojo*	7	红高粱
5	*El libro rojo, citas del presidente Mao Tse-Tung*	6	毛泽东选集

续　表

序号	译本题名	译本出版频次	原著题名
6	*Poemas, poesía completa de Mao Tse Tung;* *Cisnes salvajes* *(La) Familia* *Shifu, harías cualquier cosa por divertirte*	5	毛泽东诗选 鸿：三代中国女人的故事 家 师傅越来越幽默
7	*Adiós a mi concubina* *Rana* *La vida y la muerte me están desgastando* *Las baladas del ajo* *Grandes pechos amplias caderas* *¡Boom!*	4	霸王别姬 蛙 生死疲劳 天堂蒜薹之歌 丰乳肥臀 四十一炮
8	*La última princesa de Manchuria* *Las flores de la guerra* *Trece pasos* *El sonido de los colores*	3	川岛芳子 金陵十三钗 十三步 地下铁

借助表3-3可以初步判断，中国现当代文学作品在西班牙的翻译出版情况主要有如下特点：

（1）现当代小说是主力。除毛泽东的诗词和几米的绘本作品，出版频次较高的译本大部分来自中国现当代小说（共16部），且涉及的作品数量较为丰富。

（2）本土文学与华人作家的“海外书写”并存。从小说译本来看，出版频次较高的16部小说译本中，其中12部来自本土作家的作品（莫言8部，巴金1部，卫慧1部，李碧华2部），4部来自海外华人作家的作品（谭恩美1部，戴思杰1部，张戎1部，严歌苓1部）。这些海外华人作家的作品既有华语语系文学在海外的离散，也不乏外语中国文学的身影，它们代表着置身于西方文化语境中的华人作家的“海外书写”。

（3）文学翻译与电影改编的互动。马娅莲在其研究中发现[1]，一部分20世纪八九十年代的中国小说，如《霸王别姬》《红高粱》等，它们在西班牙被成功翻译出版并且大量传播，与这些作品在电影领域的成功改编和传播有密切关系。此外笔者也发现，《喜福会》的西班牙语译本于1990年在西班牙由图斯盖茨出版社首次出版后，1994年同名电影在西班牙上映，在此期间，不仅图斯盖茨出版社将该作品再版发行，读者圈出版社等其他三家出版社也先后将其再版。这种跨媒介互动的传播模式被沿用至今，如2012年前后与电影同期诞生的《金陵十三钗》西班牙语译本便是一例。

第二节　作品译本在西班牙出版频次最高的中国作家

笔者将沿用前文对中国文学不同时期的划分标准，试按古典和现当代两个时期分别将中国文学作家定义为古典作家与现当代作家。现统计、梳理出作品译本在西班牙出版频次最高的作家，详情参见表3-4。

表3-4　作品译本在西班牙出版频次最高的作家

序　号	作　家	作品译本出版频次
1	老　子	118
2	孙　子	88
3	孔　子	46
4	莫　言	32

1　Marín Lacarta, M. *Mediación, recepción y marginalidad: las traducciones de literatura china moderna y contemporánea en España.* Universitat Autònoma de Barcelona, 2012. https://www.tesisenred.net/handle/10803/96261/# (2020-02-03)

续　表

序　号	作　家	作品译本出版频次
5	毛泽东	30
6	几米（廖福彬）	25
7	戴思杰	22

老子、孙子、孔子以较高的出版频次位列前三，结合前文中国古典文学作品在西班牙的翻译出版情况可知，老子、孙子和孔子的主要出版物为《道德经》《孙子兵法》《四书》等译本。现当代作家中，莫言、毛泽东、几米、戴思杰等的作品出版频次较高，结合前文可知其主要出版物为《红高粱》《毛泽东选集》《巴尔扎克与中国小裁缝》等。

笔者将结合中国古典文学和现当代文学作家的作品译本在西班牙翻译出版的频次，分别对两个时期的中国作家的作品译本在西班牙被翻译出版的具体情况进行介绍。

作品译本在西班牙出版频次最高的古典作家

中国古典文学作品中，先秦诸子百家经典思想著作的译本在西班牙的出版相对广泛，老子、孙子、孔子、庄子、列子是作品被翻译出版最多的中国古典作家。其后是唐代诗人李白和宋代词人李清照，他们的作品成为中国古典诗词在西班牙翻译出版的主要代表。明清小说中，曹雪芹和吴承恩的作品出版频次最高。详情参见表3-5。

表3-5　作品译本在西班牙出版频次最高的古典作家

序　号	作　家	作品译本出版频次
1	老　子	118
2	孙　子	88
3	孔　子	46

续 表

序　号	作　家	作品译本出版频次
4	孟　子	9
5	庄子、列子	7
6	李　白	6
7	曹雪芹、李清照	5
8	吴承恩	4

西班牙出版市场对中国古典作家作品的翻译出版主要呈现了以下特点：

（1）先秦经典名家，尤其是老子、孙子和孔子是被翻译出版最多的古典作家，与前文展示的中国古典文学译本在西班牙的出版频次特征基本一致。

（2）李白和李清照分别作为唐诗、宋词的代表人物，受到一定程度的重视。这一点在前文对古典时期作品翻译出版情况的考察中未能直接体现，极有可能是因为诗词作品常被选择性收录到不同选集中出版发行，如李白的诗歌被收录在六部不同的诗歌选集译本中出版，李清照的词则被收录在五部不同的词集译本中。

作品译本在西班牙出版频次最高的现当代作家

莫言以最高的出版频次（32次）位居第一。其后是思想家和文学家毛泽东（30次），结合前文可知其主要出版物为《毛泽东选集》与《毛泽东诗集》的译本，上述作品是承载其思想理论和文学成就的主要载体。台湾绘本作家几米的出版频次最高（32次），此外还有香港漫画家作家黄玉郎（16次）。紧随几米之后的是旅法作家戴思杰（22次）。此外还有美籍华人女作家谭恩美（16次）。值得注意的是，观察作家的作品译本出版频次可发现，林语堂、鲁迅、巴金（9次）等中国现当代重要作家的作品译本在西班牙也受到一定程度的关注，尽管这在前文对现当代文学作品译本的出版情况统计中未被完全体现。详情参见表3–6。

表3–6　作品译本在西班牙出版频次最高的现代作家

序　号	作　家	作品译本出版频次
1	莫　言	32
2	毛泽东	30
3	几米（廖福彬）	25
4	戴思杰	22
5	黄玉郎、谭恩美	16
6	鲁迅、卫慧、巴金、林语堂、哈金、裘小龙	9
7	张　戎	8

观察中国现当代文学作家作品在西班牙被翻译出版的频次，可发现以下特点：

（1）从作家的数量和文化背景上看，西班牙在对中国文学作品的翻译出版活动中，对现当代作家有较广泛的关注。表3–6统计结果中共涉及13位中国现当代作家，他们中既有本土作家（莫言、毛泽东、鲁迅、巴金等），也有海外离散华人作家（戴思杰等），以及用外语创作的中国文学作家（如谭恩美、哈金等）。

（2）从创作内容上看，小说作家占更大比重。同时，以几米和黄玉郎为代表的绘本、漫画作家的作品译本也有较高的出版频次。近年来，中国绘本、漫画在西班牙的翻译出版活动中有越来越不可忽视的位置。20世纪末以来，几米及其绘本作品以台湾地区文学先锋代表的身份出现在西班牙的中国文学翻译出版活动中。[1]

1　Ku, M. “La literatura taiwanesa cruza la frontera: observaciones sobre la traducción de los libros ilustrados de Jimmy Liao al español”, *Estudios de Asia y Africa* 45–2–142 (2010): 471–490.

第三节 译作出版种类最多的中国文学翻译家（汉学家）

经统计，在西班牙出版译作种类（本文中，一部译作经首次出版记为1种，同一部译作多次出版仍计为1种）最多的翻译家（汉学家）如表3-7所示。

表3-7 在西班牙出版译作种类最多的翻译家（汉学家）

序 号	翻译家（汉学家）	译作种数
1	乔迪·阿依诺德	22
2	卡布列尔·加西亚·诺布雷哈斯	17
3	赫苏斯·玛利亚·比耶那	15
4	劳雷亚诺·拉米雷斯	14
5	安妮·埃莱娜·苏亚雷斯	13
6	毕隐崖	12
7	普拉斯·皮涅罗	11
8	陈国坚	7

现对表3-7中未在第一章出现的翻译家（汉学家）及其主要译作介绍如下：

（1）乔迪·阿依诺德供职于巴塞罗那庞培法布拉大学翻译学院，他翻译了相当数量的中国文学作品，译作主要集中在几米绘本作品如《地下铁》《森林里的秘密》等。除将几米作品翻译为西班牙语外，乔迪·阿依诺德还完成了数本几米作品的加泰罗尼亚语译本，如《拥抱》等。

（2）赫苏斯·玛利亚·比耶那的主要译作为漫画作品，其中以香港漫画作家黄玉郎的作品为主，主要由冰地图书出版社出版。

（3）毕隐崖，西班牙著名翻译家、汉学家、藏学家。译有《道德经》、《庄子》（庄子）、《冲虚经》（列子）等道家经典著作，以及杜甫、王维等的诗歌作品。1979年凭借《道德经》西语译本获得国家翻译奖，被誉为西班牙现代汉学的开拓者。[1]

（4）普拉斯·皮涅罗是中国现当代文学翻译家，其译作以莫言小说为主。自2014年起，他与凯伊拉斯出版社合作，完成了包括《檀香刑》《红高粱家族》《食草家族》等共5部莫言小说的西班牙语直译本。此外还译有《骆驼祥子》（老舍）、《沉沦》（郁达夫）、《废都》（贾平凹）等中国现当代小说。

（5）陈国坚，西班牙籍华人翻译家。他在西班牙的主要译作集中在古典诗歌类主题，包括李白诗歌以及孙洙编纂的《唐诗三百首》等。

尽管在绝大多数情况下，高产和影响力有着密不可分的关系，但是我们也应当看到翻译漫画和绘本对于中文理解力和西语文字功底的要求都相对不高；此外，一本几十页的绘本翻译同一部900页的《金瓶梅》翻译，从工作量上来说也远难等同。因此，不能简单地从译本数量来判断一位汉学家对中国文学西译的贡献。此外，是否在高校传道授业，是否在汉学圈活跃，推动各项文化活动，都是决定汉学家影响力构成的综合因素。在发现这几位译作种类最多的汉学家的同时，也要对数据保持一种审慎和理性的态度。

第四节　中国文学在西班牙翻译出版情况的历时考察

笔者分别以1973年（中国、西班牙建交）、1989年（改革开放十年）和2012年（莫言获诺贝尔文学奖）为时间节点，对以下四个时间段内中国文学作品译本在西班牙的出版频次进行统计：

1　https://www.trotta.es/autores/inaki-preciado-idoeta/1023/

（1）中西建交前（1972年及之前）；

（2）中西建交至改革开放十年（1973至1989年）；

（3）改革开放十年后至莫言获得诺贝尔文学奖（1990至2012年）；

（4）莫言获诺奖后至今（2013至2018年）。

结果如表3-8所示。

表3-8　不同时段翻译出版频次统计

单位：次

时间段	出版频次
中西建交前（1972年及之前）	30
中西建交至改革开放十年（1973至1989年）	75
改革开放十年后至莫言获得诺贝尔文学奖（1990至2012年）	351
莫言获奖后至今（2013至2018年）	177

为能更准确地反映不同时间段内翻译出版频次的活跃程度，笔者对以上数据做进一步处理，分别得到四个时间段内的年均翻译出版频次，如表3-9所示，其变化趋势如图3-1所示。

表3-9　各时间段的时间跨度、翻译出版频次与年均频次

时间段	时间跨度	译本出版频次（次）	年均出版频次（次/年）
中西建交前	—	30	<1.0
中西建交至改革开放十年	17年	75	4.4
改革开放十年后至莫言获得诺贝尔文学奖	33年	351	10.6
莫言获奖后至今	6年	177	29.5

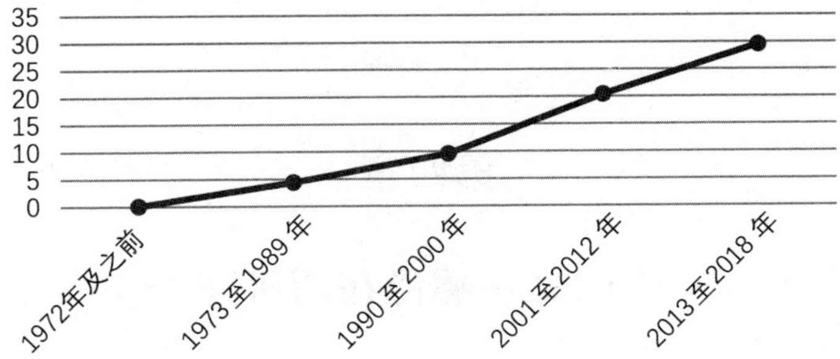

（单位：次/年）

图3-1　各时间段内年均翻译出版频次变化趋势

可以看到，自1973年中国与西班牙建交起，至2018年的四个时间段内，中国文学作品译本在西班牙的年均出版频次呈现出不断增长的趋势。也就是说，随时间推进，翻译和出版活动呈越发活跃的态势。这不仅从整体上反映出越来越多的中国文学作品在西班牙被翻译并出版，也说明了在各个时间节点所发生的这些重大历史文化事件，对书籍在西班牙的翻译和出版活动起到了一定的促进作用。因此，中国文学在西班牙的翻译、出版和传播，绝对不仅仅是简单的翻译活动，它和中西外交关系、国际政治的大形势、中国的综合国力、中国文学的国际影响力都息息相关。

第四章

中国文学翻译在西班牙

第一节　诗歌翻译

在西方，首次被翻译的中国诗歌是拉丁语版本的《诗经》。该书于1733年由在中国工作和生活多年的法国传教士孙璋翻译完成，但他的译作在将近一个世纪的时间里并未被出版，直到1830年经法国汉学家朱利斯·莫尔重新审定后在德国出版。法国知名汉学家德埃尔韦·圣德尼侯爵1862年在巴黎出版了《大唐时代的诗歌》，这是用法语出版的第一部中国诗歌集。同时期，第一部有英语译本的中国诗歌是《中国经典》，译自《诗经》，由理雅各翻译完成后在1871年正式出版。

在19世纪后半叶的几十年里，西方完成了相当数量的汉学译著，这使得人们有机会接触到具有异域特色及启发性的古典作品。在先锋与表达危机共存的欧洲，一些试图更新传统的年轻诗人就会取法唐朝的古典诗歌作品，在里面汲取意象书写的养分。在20世纪的欧洲与美洲诗歌中，对中国古典诗歌的追求与喜爱变得持久且显著。庞德以他的方式重新整理和表达了中国诗歌，而对此T.S.艾略特给出的评价是“这开启了现代诗歌的新时代”。

通选本

20世纪30年代第一本西班牙语的《中国诗歌选》问世。这本选集内容的挑选、前言的写作和全集的翻译都由胡安·鲁伊斯·德拉里奥斯完成。他是《维多利亚——英国女皇》《简·爱》《劳伦斯·德·阿拉伯》《英国画家》等众多小说的西班牙语译者。这部选集共计61页，在巴塞罗那由塔尔特所斯出版社出版。书中包含20首翻译成散文形式的诗歌，主要参考了阿瑟·韦利的《一百七十首中国古诗选译》。书中没有指明出版日期，但是根据巴塞罗那大学和巴亚多利德大学图书馆的数据，应该是在20世纪30年代。

黄玛赛，是第一位直译中国诗歌，并将其介绍给了西班牙和整个西班牙语世界的人。关于如何了解陌生国度的诗歌，精通中国诗歌文化的西班牙著名诗人安东尼奥·科利纳斯在他的文章《我们当中的中国诗歌》中赞扬道:"纵观关于中国诗歌的选集，最流畅通达、表达最精准的就是黄玛赛为我们提供的版本。对作品高质量的筛选和作品的涵盖数量引导读者去认识中国诗歌的宽广纬度和重要性"[1]。

黄玛赛1905年1月1日出生于古巴哈瓦那，1981年在西班牙马德里逝世，是中国外交官黄履和与西班牙裔比利时人朱丽叶·布罗塔-吉尔的女儿。黄履和1905年举家从哈瓦那迁往马德里，任职中国驻西班牙的外交使团全权代表大臣，相当于（现今）中国驻西班牙的大使。他们在1905至1913年间居住于马德里。在马德里，黄玛赛和妹妹一起接受了西式教育。他们全家还与公共教育部部长纳塔利奥·里瓦斯、罗马诺内斯伯爵、何塞·卡纳莱哈斯以及作家皮奥·巴罗哈、埃米莉亚·帕尔多·巴桑来往密切。1913年，因父亲要回北京外交部就职，一家人来

1　https://elcultural.com/La-poesia-china-entre-nosotros (2020-02-05)

到中国。在北京，黄履和一家与驻华外交官们，如在法国驻华使馆任职的亚力克西斯·莱赫（也就是诗人圣-琼·佩斯，1960年诺贝尔文学奖得主）等来往密切。黄玛赛曾经参加过中国最后一位皇帝溥仪的大婚仪式；和中国知名文人胡适、林语堂有过交往；曾在法国工商银行北京分行工作；还曾与《新青年》杂志合作。1926年黄玛赛的父亲去世。她于1928年回到西班牙，在那里和费尔南多·洛佩兹·罗德里格斯·阿科斯塔结婚，但丈夫在两年后去世。此后，黄玛赛在西班牙外交部翻译室工作，直到退休。她还业余兼任记者和会议主持人。

1948年，黄玛赛出版了她翻译的第一部西班牙语中国诗歌选集《中国诗歌概选》。在长达22页的前言中，除了对中国诗歌的整体介绍，还列出了中国诗歌中的常见主题。黄玛赛还指出，中国诗歌除了对风景类主题的强烈偏好外，其他方面与西班牙诗歌有不少相近之处。之后，介绍分析了把诗歌从汉语翻译成西班牙语整个过程的复杂性。该书共收录了89首中国古典诗歌，其中包括李白诗作19首，杜甫诗作3首，白居易诗作2首。唐朝的诗歌共收录了49首，这是中国诗歌的黄金时代；30首宋代诗词，算是对唐朝的延续，这其中收录了7首朱淑真的词、5首李清照的词，她们都是中国诗词史上重要的女词人。书中收录的年代最靠后的诗人是18世纪的袁枚。

1954年，黄玛赛为西班牙读者贡献了她的《中国诗歌选二》。在这本选集中，12首《诗经》作品后面，有一些唐代之前的诗歌作品，比较有代表性的是有陶潜的诗歌，共4首。唐代（40位作者的92首诗）和宋代（17位作者的40首诗词）的作品在书中占据了重要地位，其中李白的有33首，杜甫的有9首，王维的有4首，白居易的有3首；而宋代的朱淑真有10首，李清照有7首，苏东坡有5首，王安石有4首。选集中也收录了一些20世纪的作品，比如毛泽东、闻一多、郭沫若和艾青等知名诗人的诗作。这本书共收集了192首诗词作品，体量是《中国诗歌概选》的两倍。

1958年的布宜诺斯艾利斯出现了一个颇为有趣的中国诗歌译本：《中国诗人》。译者是阿根廷作家、短篇小说家、诗人阿尔瓦罗·云雀。他是自20世纪20年代起阿根廷文学的代表性人物。这本书从法语转译而来，从中国诗歌发展史中挑选了不同诗人的98首作品：从公元前1世纪到公元20世纪，其中唐代的诗歌（47首）和诗人（20位）最多。除白居易和李白因地位特殊，分别被收录了9首和8首作品外，其他诗人都仅有1至2首作品入册。2000年，这部译作正式在西班牙面世，书名变更为《中国诗人：双重雾霭下的风景》，由巴塞罗那蓝色出版社出版。

20世纪60年代，另一部非常重要的中国诗歌译本在布宜诺斯艾利斯出版面世。这部译作名为《中国诗歌》，由西班牙著名诗人拉法埃尔·阿尔贝蒂和他的妻子玛利亚·特蕾莎·莱昂合作完成译稿。翻译这部诗集时，他们正流亡于阿根廷。因为夫妇二人并不通晓中文，所以基本是从英语或法语（他们掌握的外语）转译。全书以《关于中国诗歌》为引言开篇，简短地介绍了中国诗歌历史上最重要的几位诗人。该译本首先指出"诗歌是寄托于感受的"，诗歌有表达感受与情感的目的。这一点和儒学所推崇的原则不同。儒学认为诗歌是意愿和个人志向的表达，强调诗歌的说教功能。《中国诗歌》所选作品包含了中国诗歌历史发展的各个时期。从公元前的《诗经》时代到20世纪（8位作者的13首作品），汇集了63位作者的129首诗。译诗均为自由体诗歌。其中重点关注的诗人诗作有李白的诗作9首；杜甫、白居易和苏东坡每人各8首；还有陆游、陆机和梅尧臣每人各5首。这是倾注了拉法埃尔·阿尔贝蒂和玛利亚·特蕾莎·莱昂心血的一本译作。该选集质量高，影响力大，在西班牙和使用西班牙语的美洲传播广泛。1972年，《中国诗歌》在布宜诺斯艾利斯再版。2003年由马德里取景器出版社再次推出。

1973年，黄玛赛在联合出版社出版了《中国诗歌：从公元前21世纪到“文化大革命”》。这个译本涵盖了104位作者的215首诗。由于时代原因，这个新译本的最大特点在于对毛泽东诗作的关注，共有12首毛泽东的诗词被选入和翻译。2007年，联合出版社再版了《中国诗歌选二》，以《对黄玛赛的回忆与致敬》开篇。

因为熟悉和了解两种语言和文化，黄玛赛的翻译保留了原作中的优美与简洁，完美地传达出了其中的精神与诗意。尽管西班牙语译本的形式是自由体诗歌，但是在卡斯蒂利亚语之下完全做到了诗意的准确表达，并获得了读者的喜爱。

李白《访戴天山道士不遇》的原诗：

犬吠水声中，桃花带雨浓。树深时见鹿，溪午不闻钟。
野竹分青霭，飞泉挂碧峰。无人知所去，愁倚两三松。

而黄玛赛的译本回译到中文是：

远处的犬吠声混进了溪水潺潺中，
轻柔的雨落下，玫瑰与桃花更为艳丽，
时不时害羞的羚羊飞速跑过。
一股泉水轻轻流过，
远处的钟声没有扰乱它的低语。
尖尖的竹子插进了
青云中。
小山丘的北面，水倾泻而下。
我来拜访，却没有找到你们。
气氛忧伤，有时我倚靠着脆弱的躯体，
松树挺拔。

将原文与黄玛赛的译文比较，可以看到译本很忠实于原文，加上译者个人的微调后，译文文本非常优美。这样的微调在翻译中不但是被允许的，而且是值得鼓励且必要的。此外，黄玛赛的翻译还有一个重要特点，她几乎将诗歌中所有的注脚都去掉了。250页的译本总共只有12个注，加起来不足一页的篇幅。这样的处理有利于增加阅读诗歌的顺畅性和快感，让中国诗歌被更多的西班牙读者所阅读和了解。

1982年在巴塞罗那，阿迪亚科斯出版社推出了由胡里奥·桑切斯·特拉巴隆从法语转译的《中国诗歌》。这本诗歌集涵盖了自《诗经》时代到17世纪的100首诗歌。诗的作者也都负有盛名，大部分来自唐朝，像李白、杜甫、王维、白居易、杜牧、李商隐和贺知章等。书中没有说明是参考了哪些资料，也没有说明文本排列布局的标准（因为同一作者的诗作被安排在了不同地方）。这部作品中的诗歌挑选得当，翻译到位，忠实原文且文本优美。

2001年巴塞罗那鲁蒙出版社推出了《中国诗歌一百首》。这部诗集由美国诗人肯尼斯·雷克思罗斯选编，卡洛斯·曼萨诺·德弗鲁托斯从英文译本转译而来。雷克思罗斯是20世纪北美最优秀的诗人之一。

同年，马德里讲席出版社推出了陈国坚翻译的《中国古典诗歌》。全书387页，收集了从公元前11世纪到公元20世纪初的92位中国诗人的252首诗。年代最靠后的一位作者是逝世于1918年的僧人苏曼殊。全书开篇用63页介绍了四千年间中国古典诗歌的历史、诗歌的主要形式（古体诗、近体诗、律诗、绝句、排律）、词、曲、不同的阶段和时期、最重要的诗词人、诗歌的特点和主题、格律与作诗技巧等。译者还阐明了自己编撰和翻译此书的目标：首先，在不仅仅迁就字面意思的前提下忠实地传达诗歌含义；其次，在符合西班牙诗歌韵律的基础上，努力达到音韵的和谐。

2003年，马德里克雷多斯出版社出版了毕隐崖的《中国诗歌文集》。

书中的作品涵盖了从《诗经》时代一直到20世纪，来自114位诗人的258首诗。译者表示："在这一译本中，为了尽可能忠实于原文，我们十分努力地去想把每一个哪怕不重要的元素都译进西班牙语诗句中。努力使用更少的变位、尽量不加修饰，只要他们不影响对一个感受的直观理解。我们相信用这种方式可以模糊地向卡斯蒂利亚语读者传达出中国读者所感受到的东西，来促使他们获得一种创作者的体验。"就像诗人、批评家安东尼奥·科利纳斯在2008年7月31日的《世界报》上所评论的："毕隐崖将'勇气与无畏'放在工作中，并在'无所畏惧'的路上前行。或许道路和方法并不为大部分读者所喜好，但却是对诗歌翻译一次颇富意义的尝试。如果这本书仅面向专家学者或许更为适合，因为他们有更多的兴趣想要体会和理解原文的各个细节到底在表达什么。"在正文部分的225页中，以《诗经》的30篇歌谣开篇，之后主要是唐朝诗歌，再之后是宋代诗词。书中收录的诗人诗作都是大家名篇，如李白、王维、苏轼、杜甫、白居易、陶潜、孟浩然、朱淑真、李清照、屈原、王昌龄、张可久。海梅·西莱斯在2004年4月8日的《文化》中评论道："就像毕隐崖说的，中国诗歌源自中国独特的世界观，而中国独特的世界观则来自中文粘连与单音节的特性，这些特质决定了中文诗歌很多时候是不可翻译的。因此最冒险但也最值得的方式就是我们自己去靠近它的语调、主题、形式和变迁，中文古体诗歌始于《诗经》，到1918年因为新诗的出现而结束。因此，中国诗歌的历史，也是一种在时光与诗歌文类中的漫步，构建中文诗歌丰富广博的传统：唐朝的诗、宋代的词、元朝的曲，对应着我们知道的形形色色的抒情文学。"

2005年还出版了《兰舟：中国女诗人》和《中国最佳爱情诗》。卡洛斯·曼萨诺·德弗鲁托斯将《兰舟：中国女诗人》从英文转译成西班牙文，由马德里的加迪出版社推出。这本书收集了从公元前三百年开始至今出现的杰出女诗人的作品，主题广泛，包括爱情类、对美的描写、对感官的记述以及对一些敏感事物的描述，凸显出女性对于中国诗歌发展所做的贡献。海梅·西莱斯说："112首诗对于理解女性书写的中国诗歌历史的变迁是足够的。"[1]玛尔塔·纳瓦罗·加西亚评论说："这本书是一本真正能带给人欢乐的好书。通过阅读可以穿越到女诗人们创造的时间中去。她们在历史上多是寂寞无声的，因为当时的社会传统并不支持女性抒发自己的才情与感受。在这本书一页页、一行行中有太多的美和审美……"[2]

同年，陈国坚编选、翻译和注释的《中国最佳爱情诗》，由马德里拆读出版社推出，该诗集挑选了从公元前16世纪至今的90位诗人的126首诗。西班牙皇家语言学院成员路易斯·玛丽亚·安森在《前言》中评述："陈国坚在中国诗歌传统和历史中不断搜集和整理优秀的爱情诗歌，可从公元前14世纪一直追溯到公元21世纪……这本书，对于渴望阅读并热爱诗的人来说是纯粹的享受，它就像永不停歇的泉水或泉眼一般。"

2008年陈国坚有两个译本面世，分别是米拉瓜诺出版社在马德里推出的《中国诗歌初级读本》和伊卡利亚出版社在巴塞罗那推出的《一百首诗》。

《诗经》的翻译

1983年，玛利亚·克里斯蒂娜·戴维挑选翻译的《中国古歌谣》由特奥莱玛出版社在巴塞罗那推出。这是中国第一部诗歌选集《诗经》的部分作品译本：从305首诗中挑选了62首，是一本小开本的双语对照译本。根据司马迁的记载，《诗经》本有3 000首诗歌，孔夫子从中挑选了305首，也就是我们现在看到的版本，用它们来做精英阶层的教育文本。

1　*Diario ABC*, 2007-03-24.

2　http://entrenomadas.wordpress.com/2007/04/29/el-barco-de-orquideas-poetisas-de-china/

玛利亚·克里斯蒂娜·戴维按主题将内容分为六个部分，它们分别是相遇、邀请、缺席、漫步、婚俗和生活，与《诗经》原文的排列方式完全不同。然而在《前言》中，译者并没有说明就此分类的依据或者源头，也没有说明是从中文直译还是从其他外语转译，依据的是哪个版本。

1984年，在马德里出版了杜善牧翻译的《诗经》全译本。杜是在中国生活多年的耶稣会修士，20世纪最杰出的西班牙汉学家之一。1923年，杜善牧第一次来到中国。在安徽芜湖地区学习汉语并做传教工作，之后移居台湾，执教于辅仁大学，参与了《汉西综合词典》的编撰工作。翻译了大量的中国古代经典文本如《易经》《老子》《墨子》等。因为对《诗经》的成功翻译，杜善牧被授予西班牙国家翻译奖。

这一译本严格遵守了原文的顺序，划分为四个版块:《国风》中收录了当时中国15个领地中的160首诗;《小雅》包含了64首用于宫廷仪式的吟唱诗歌;《大雅》由30首用于皇家重要仪式、伴有音乐、主要溢美君王功德的作品组成;《颂》是5首宗庙祭祀的诗歌。

供职于墨西哥学院的汉学家拉塞尔·玛斯指出:“杜善牧神父是知名汉学家，他的翻译工作不仅丰富了西语汉学中的文学部分，更在世界范围内为这一研究做出了极大贡献……我们认为他的译本的价值在于为我们提供了某种视野来理解诗歌作品。”[1]

汉学家加西亚·诺布雷哈斯指出:“杜善牧应该被认为是汉译西的伟大翻译家之一，因为他硕果累累的翻译工作。他直接翻译了中国古典哲学作品，在他之前还没有能为我们理解中国不断变化的文明提供参考的卡斯蒂利亚语文本。”此外，关于杜善牧对《诗经》的翻译，加西亚·诺布雷哈斯表示:“杜善牧的译本的宝贵之处，在于他努力寻找术语翻译的精准性、诗句与诗句之间的对等性，以及句法结构上的

1 *Estudios de Asia y África* XXVII: 2(1986). El Colegio de México.

平行性。”[1]

2008年，联合出版社在马德里推出了《古中国民间诗歌》。这是一个双语对照译本，由执教于格拉纳达大学的汉学家卡布列尔·加西亚·诺布雷哈斯从中文直译。这个译本共有140首诗歌，67首来自《诗经》。著名诗人和翻译家安东尼奥·科利纳斯指出：“这本书从形式到内容都颇具美感，挑选了自公元前11世纪到公元3世纪中国文明中最古老的文本。在这里我们可以重新找到那些古老的《诗歌集》中的歌谣，以及起源于汉朝的诗歌。之前的研究也能让我们回忆起这些源头诗歌对李白、王维和苏东坡的影响。”[2]

唐　诗

1983年，普拉萨·哈内斯出版社在巴塞罗那推出了译本《唐朝诗人》。译者是一对跨国夫妻，台湾地区西语语言文化学者帕丽娜·黄和西班牙作家、诗人卡洛斯·萨斯·奥罗斯科。唐代诗歌代表着中国古典诗歌的高潮与顶峰。这个译本涵盖了62位诗人的175首诗歌，其中比较重要的有李白（22首）、杜甫（24首）、王维（17首）、孟浩然（10首）、白居易（8首）、李商隐（8首）、韦应物（7首）、刘长卿（5首）、杜牧（4首）以及王昌龄（4首）。书的开篇就是28页的引言，其中概括介绍了唐诗的背景、中国诗歌的总体特点、五言和七言诗的格律以及之前一些比较重要的诗人。特别说明了原文《唐诗三百首》于1763年问世，作者为蘅塘退士。这本书在中国流传很广，备受推崇，是了解中国诗歌不可缺少的经典读物。这两位译者同样也阐明了他们在翻译过程中遵循的原则：尽可能用诗意的西班牙语将诗歌意境表达出来。最后读者会发现

1　http://cvc.cervantes.es/obref/china/cancionero.htm

2　*El Mundo*, Cultural, 2008-07-31.

共计11页的译名对照表：地域列表、诗人列表和这一历史阶段的编年列表。由于对中国与西班牙的语言和文化差异有深刻的认知，这部译作的翻译完成忠实度非常高，是一部用心之作。

据墨西哥学院中国文学的著名专家拉塞尔·玛斯称，这个译本之所以突出，"是由于其在有限的作品当中用非同一般的筛选标准来挑选，保证了译作的文学质量极其微妙与优美。并且构建了一个相对完整的关于那个时代的伟大诗人的信息框架，便于读者去了解和把握，然后逐步引导读者去感受这些优秀作品给人所带来的精神上的享受和愉悦……二人在翻译的时候努力贴近原文，这份对语言的热忱直接反映在了他们译本的精确度中。两人完成了一个关于中国诗歌黄金时代的完美介绍，这值得所有对这一主题感兴趣的人的关注"[1]。

1988年，讲席出版社在马德里推出了陈国坚的译本《中国诗歌的黄金时代，唐代诗歌》。这是一个直译本。书的开篇是9页关于唐诗的介绍，介绍了它的背景、特点和在中国诗歌中的重要性。此外，阐明了该译本的翻译准则，即努力表达接近原文的诗意并获得某种音韵上的和谐。同时，还说明了筛选、翻译诗歌所参考的书目：1983年上海辞书出版社出版、136位知名学者主编的《唐诗鉴赏辞典》和1978年版中国社会科学院选编的《唐诗选》。译本内容包含37位不同朝代诗人的137首诗，着重介绍了比较有影响力的诗人，如李白（22首）、白居易（37首）、杜甫（14首）、王维（10首）、孟浩然和李商隐（各4首）。

时任西班牙皇家语言学院院长的马努埃尔·阿尔瓦尔对这本书的评价是："将一个诗歌世界缩减到数页纸中握于掌心是很令人惊喜的。阅读过程中，这种惊喜感会进一步增强。将目光锁定在这本书，干净的印刷会把我们带入一个因时光流逝的美好而产生的充满着思故感怀情绪的

1 *Estudios de Asia y África* XXVII: 2(1991). El Colegio de México.

世界。那是一个和我们当下的生活完全不相干的所在……我想了很多，关于那些命中注定。不好的东西已经丢失在翻译中了。一场迁移就会有不可避免的需求，尤其是说到诗歌的时候，或者我们在尝试靠近几乎没有相似处的文化时更是这样。然而，我们拥有了这个文本，尤其用西班牙语表达出了如此繁茂的异域诗句令人欣喜。”[1]

1988年，马德里的伊培里翁出版社推出了《李白诗歌五十首》。译者是安妮·苏亚雷斯。这部译作严谨深入，有4页对李白诗歌的介绍和29条注释。《李白诗歌五十首》是苏亚雷斯第一部中国诗歌相关的翻译书籍，翻译质量很高。

1989年12月，巴塞罗那伊卡利亚出版社推出了另一本李白诗歌译本《李白的诗，中国古典诗歌》，由陈国坚从中文直译。该书引言共有8页，除对诗人李白进行简短的介绍外，还介绍了这些诗歌的来源，即由专家们编辑的《唐诗鉴赏辞典》。这本书有98首诗，按编年形式排列，其中还有帮助读者理解文本的68条注释。

马努埃尔·阿尔瓦尔这样评论：“几年之前，陈国坚将唐诗选集翻译成了西班牙语。现在我们有机会接触的可能是中国有史以来最伟大的诗人……阅读这些诗歌就是感受一种新鲜与活力。在书中可以发现人类共通的感受和那些勾勒出的风景画面带给我们的形象感。”[2]

1999年，知名汉学家毕隐崖和克拉拉·哈内斯合作翻译的《辋川集》在马德里面世了。这本书由东方与地中海出版社出版，是附有精美插图的双语对照译本。

毕隐崖是杰出汉学家、译者，哲学博士，也是广泛并深入了解中国文化的少数西班牙人之一。1973年，他曾在西班牙驻华使馆担任中文翻

1　*ABC*, 1989-05-21, p.14.

2　*ABC*, 1991-07-21, p.12.

译专家。1980年，因为翻译《老子》获得了国家翻译奖。1983年，他开始从事西藏语言与文化方面的研究，曾在藏东一个偏远的寺庙生活过。在他众多的译本和旅行游记中，比较知名的有《列子》《空之书》《密勒日巴的历史》《强大的瑜伽士》《庄子，来自老子的传承》《在雪域高原》《左旋》《西藏的宗教与幻术》和《西藏叙事文集》等。

对于很多西方人来说，王维是位于李白之后的第二重要的诗人，而不是像在中国那样默认为他排于李白和杜甫之后。当然批评界还有一种看法，就是这三位诗人其实同等重要，只是风格各不相同。王维的作品中较为突出的特点是“诗中有画，画中有诗”。因他对禅宗的倾向性，很多研究者称他为“诗佛”。也正是他诗歌中大量的风景意象，构成了对西方读者的独特吸引力。

《辋川集》是毕隐崖从中文直译而来，原作皆为绝句或是四言诗。我们来欣赏一下毕隐崖的译作。

《栾家濑》（原诗）

飒飒秋雨中，浅浅石溜泻。跳波自相溅，白鹭惊复下。

西语译文回译到中文如下：

《栾家的风暴》

在秋雨中

能听见水声

从石头和岩间

一泻而下

浪花跳起、蹦起水珠

互相迸溅

受惊的白鹭
从高处飞落

这一译本很忠实于原文，诗句间有节奏感，兼具诗韵和语音的美感。为保持四言绝句的风格，将其拆分成八句，以尽力保证在翻译时可以将原文内容和形式相对精准地传达。

下面是书中的另一首诗：

《北垞》（原诗）
北垞湖水北，杂树映朱阑。逶迤南川水，明灭青林端。

西语译文回译到中文如下：

《北垞》
北垞，坐落在湖水
的北面
在树木间闪耀的
是朱色的栏杆
逶迤的水
流向南方
在青林中
忽隐忽现

王维的四言诗，再次被翻译成了八句，忠实度高，具有诗歌美感。以这样的方式挑选出的书中的40首绝句被分成两部分：一部分被翻译成八句形式；另外一部分只有两首，被翻译成了九句。关于这一点，有一些评论家认为，在翻译成西班牙语的过程中也应保留四句的形式，这样才能保留住中国诗歌中结构与音韵的精华。在笔者看来，毫无疑问这是最理想的方式，但也常常是一件无法完成的使命。实际问题是每一个中国字都需要两个、三个或四个西语单词来对应；一个古汉字需要更多的对应；一个充满诗意的古汉字尤甚。充满诗意的古文精准凝练，在当今汉语中都不太可能用四句话传达出古代四言诗中所表达的内容。我们来看一个例子：在1988年由人民文学出版社出版的、超过150位著名专家和诗人共同合作完成的《唐诗今译集》有96首律诗，其中只有37首被翻译成了八句的形式，剩下的诗的诗句数量都被翻译了两倍还不止。在148首绝句中，只有50首被翻译成四句的形式，71首被翻译成超过八句的形式，其中14首还被译成多于十二句的形式。大量的译者不得不将绝句用超过四句的形式来翻译是为了不牺牲、不缩减原诗中的内容与精神，这比形式更重要。这样做的还有黄玛赛、宫碧蓝和帕斯等。保留一个与自己文化完全不同的诗歌中的所有细节也是不可能完成的任务，只有译者自己来决定哪些是诗歌中应该保留下来的。在这本诗集的筹备过程中，毕隐崖和克拉拉所坚持的就是尽量保证内容传达的精准性和忠实度，以及一个更符合西班牙格律的译本，以达到文辞和语音上的双重美感。

由于插入了大量的中国画和书法作品，此书受到了前所未有的推崇。著名诗人路易斯·安东尼奥·德比耶纳在1999年9月25日的《世界报》上撰文称赞译本说："优美的风景诗，思绪与精神的勾勒。道教具有了文学美。"皇家历史学院院士卡洛斯·马丁内斯·肖恩在1999年11月13日的《世界报》上评论道："应该这样说：这本书是一本真正的艺术著作。作品（原文与译本）不仅包含了一部分唐代最美的诗歌，还有来自明代的插图，这些画作是依据王维诗作所画的图景，正是这些景象给了王维诗歌创作的灵感。"巴塞罗那庞培法布拉大学汉学家欧洋安在

1999年11月13日的《文化阿贝赛》上表示："由毕隐崖和克拉拉共同翻译完成的20首诗再现了雾气缭绕于山间之景象，独居的清冷和令人愉悦的友情在此碰撞。伴随这20首诗的还有像回声一样的来自诗人朋友裴迪的诗作……翻译很细致，没有语句不通或者晦涩难懂的语言。配着诗文的书法以及图画都使这本书成为赠人赠己的佳品。"

2000年，毕隐崖再次携手克拉拉推出了杜甫的《微风燕子斜》。这本书由同一家出版社同样以双语对照的形式出版，制作精良，收录了46首诗。关于这个译本，西班牙著名诗人海梅・西莱斯表示："中国诗歌是印象多于表达：构建的东西多于含义本身。只有杜甫不同：他的作品是用诗歌撰写的历史，或者说使用诗歌来讲述……他是有悲剧意识的诗人，细致入微地书写着他意识到的构成自己悲剧人生的现实、战争、饥荒……是关于历史和生命深层的书写和控诉。在混杂了感受与批评、存在的交流以及逼仄的内部空间后，他的作品实际上开创了一种现代性抒情的先河……更棒的是，杜甫有'失败之士'的意识，接纳自己'徒劳一场'的现实，下面的话很好地反映了他内心深处的情感：'静夜的风来过之后/便轻柔又悄无声息地侵蚀你的一切。'克拉拉找到了让我们能获得相似感受的语调，那其中包含的就是精简表达与沉痛思考的复合。"[1]阿拉贡诗人费尔南多・安度评论说："杜甫是一个倾向于欣赏和享受简单平静事物的人。但他却生活在一个政局动荡、皇室阴谋不断、权臣储君欲望不止的时代。这将战争的灾难和恐慌带给了国家，因此必将经历一番残忍。这才是我们应该从《微风燕子斜》中读出的东西。"[2]埃米里奥・索拉列举了书中最重要的信息并在评论中称赞道："如果诗歌爱好者们知道如何与毕隐崖和克拉拉这本书中留下的信息互动，他们就

1　Jaime Siles. "El vuelo oblicuo de las golondrinas", Madrid. El Cultural, diario *El Mundo*. (2001-03-07)

2　http://www.orienteymediterraneo.com/25.html (2001-03-15)

会像‘杜甫坐在驶向死亡的船中’那样平静地前行。需知：一、这是一本双语书，有着客观的美感，展现了中国的表意文字……二、这是一本有着杜甫足迹的中国地图……三、书中有大批那个时代的书画作品做插画……四、关于本书的介绍也是一样的凝练质朴，不到十页，但是所有的人物和历史信息都很准确……能花力气去读这样一本好书真的是一种奖赏，是一种真正的快乐。”[1]

2000年，安妮·苏亚雷斯在瓦伦西亚出版了新的译作《王维的九十九首诗及其他》。这是一个直译本，并且有一篇能够帮助读者了解王维及其作品特点的篇幅较长且颇有趣味的引言。书中也包含了其他作者的绝句，有裴迪的也有王维家人的，多是为了回应王维的诗作或是双方一起就同一主题来创作，这也反映出在那个时代的文化交往中诗歌的重要作用。这部译作一个最大的特点，就是全部由绝句组成，且都被翻译成了四句诗歌的形式。译者的努力可见一斑。正如海梅·西莱斯所言：“绝句到处都林立着影射的文本，是一块为了引用与互文而被施肥的土壤，期待的是富有学养的读者群体来欣赏它那复杂的象征与所指系统。不了解这些的读者，就很容易迷失，因此应该感谢这一版本的问世，其中很多仔细周到的注释，引导我们去探索和了解文本背后的历史文化内涵，同时也能让我们更好地了解和理解中国诗歌。我们享受这些‘漂浮的色彩’，也努力在象征的森林里辨清方向，在这里那些经常被使用的表达与思想就会成为读者应当提前掌握的信息。相反的是，他（们）待在诗的外围，像很多批评家一样，迟疑地绕着圈而不进入诗歌内部。主题、引用和那些回应的诗歌都交叉构成了某种东西：一切都是明了又模糊，模糊又明了。我们所面对的文本十分独特，接近诗句的无限浓缩：绝句是没有时间情感的风景画，重新创造了一些时刻，或者说

1 http://www.orienteymediterraneo.com/25.html

某个时刻的体验，这能让读者产生联想，就如同亲自见到一般。”在谈到王维的《鹿柴》时，他评论说：“这首诗突出的主题是宗教性的，能确定这一系统的是其中几个术语的象征价值。翻译这首诗是困难的，并且出现了几个意外状况：苏亚雷斯进入到自己的节奏并且调转了迷失的读者的节奏，将更多关注放在词语而非诗句上……从象征意义上讲，这些词语阻挡了读者去看清文本背后的东西。这一译本的贡献在于，在不失其神秘性与多重光辉的前提下，让词语的含义变得更加明了。”[1]

2001年，卡洛玛特出版社在马德里出版了北京外国语大学常世儒教授同安东尼奥·萨亚合译的《唐诗三百首》。

2003年，瓦伦西亚的文前出版社出版了《一百一十一首白居易绝句》。安妮·苏亚雷斯负责遴选诗歌、撰写引言、翻译诗歌和为文本加注。关于这个译本，格拉纳达大学教授、翻译家、杰出汉学家雷林科在2003年10月25日的《阿贝赛报》评论说：“这部诗集是了解隐仕白居易的一次独特的机会。尽管白居易的诗歌形式简短，我们依然能够欣赏到，诗人观察环境和日常事物，然后通过中国诗歌最优秀的传统将它们表现出来的能力。这一版本的翻译十分精彩，为西班牙对中国诗歌的翻译提供了不多见的严谨版本。译者在忠实度和诗歌美学方面找到了一个完美平衡。”

2004年，马德里特洛塔出版社推出了宫碧蓝翻译的《辋川集》。书中除了王维的20首诗外，还有关于作品的阐释和说明来帮助读者理解这些带有佛教意味的诗句。里卡多·洛佩兹·高提克教授评论说：“这些由宫碧蓝翻译注释的诗句，都带上了她对每一首诗深刻的思考，帮助并让读者一头扎进象征的海洋里感同身受，让已经准备好聆听的读者去倾

1 Jaime Siles. “El vuelo oblicuo de las golondrinas.” Madrid. El Cultural, diario *El Mundo*. (2001-03-07)

听那些低语。”[1]这本书入围了2005年西班牙国家翻译奖评选。

2005年，最重要的一本是瓦伦西亚文前出版社出版的《起航：李白诗歌一百首》，由知名汉学家安妮·苏亚雷斯从中文直译。苏亚雷斯不仅保留了同诗歌原文一样的诗句数量，还保证了它们之间的平衡性。我们来看书中李白写给孟浩然的一首诗：

红颜弃轩冕，白首卧松云。醉月频中圣，迷花不事君。

西语译文向中文的回译为：

年轻人放弃了车马妆奁，
白头的人退隐到松和云中。
已醉的月亮，从酒中掉出。
爱花的人，不侍君。

另一首李白的对仗诗，在该书的第107页：

人分千里外，兴在一杯中。谷鸟吟晴日，江猿啸晚风。

西语译文向中文的回译为：

朋友之间相隔千里之外，
透过一只杯子看到我们的欢愉。
谷间的鸟儿鸣唱晴朗的天。

1 http://lecturasrlg.blogspot.com.es/2013/04/poemas-del-rio-wang-wei_3.html

江边的猿伴着晚风啼叫。

诗人何塞·安赫尔·西列鲁埃罗评论说："对仗在中国诗歌中不仅是一种复合形式或文法，它也和概念相关，是'可以相通或相反'。关于这方面的努力就主要放在如何让它与卡斯蒂利亚语结合以及结合时的准确性，这是这一译本的主要特点。"[1]这一译本不但忠实于原文，在诗歌的美感和语音方面也都很符合原文，所有的诗句都是十一音节。可以说这本书显示出了苏亚雷斯在翻译和汉学研究方面的新高度。西班牙诗人、小说家安娜·玛利亚·莫伊斯在2006年4月8日的《国家报》上撰文称赞安妮是一位"颇有名望的汉学家，在翻译、诗歌出版和古典诗歌研究方面所做的成绩很了不起"，且"同她的其他译本一样，这部书可以极大地满足读者，简直可以说是用被译成的语言直接写就的"。

宋　词

1992年，《李白诗歌五十首》的译者安妮·苏亚雷斯在马德里出版了另一部中国古典诗歌译本《赤壁怀古和其他词》。原诗的作者苏东坡是中国第二个诗歌高峰——宋代——最杰出的诗人。他的一生都作为文人为统治阶级服务，这也是他命运沉浮不定的原因，但他并未因此而放弃诗歌创作，并在创作中将音乐审美与关于社会政治担忧结合、将人类整体的形而上思想与自然结合。词是被唱出的诗歌或为吟唱而创造的作品，苏东坡被公认为诗词发展的推动者与大师。同时他还是画家和书法家，在中国文化中绽放过自己多面的华彩。译本花费了近10页的篇幅来介绍他的生平并分析了其作品，主体部分有70首诗歌。这是当时西班牙关于苏轼作品的唯一单行译本。

1　http://jac-domicilios.blogspot.com.es/2008/02/mtrica-de-la-luna.html

2003年，西班牙第二个宋词单行译本《李清照选集》面世。之前奥克塔维奥·帕斯曾在《翻译与休闲》中翻译过李清照的6首诗词。此外，在之前出版的《中国古典诗歌》和《中国诗歌文集》中各收录了6首和5首李清照作品。《李清照选集》是关于李清照的第一本个人作品译本，在马拉加出版，由汉学家宫碧蓝遴选了27首她的代表诗词，直接从中文翻译。

时隔六年，宫碧兰翻译的另一李清照词选《一剪梅》面世，由托雷莫萨斯出版社在马德里出版。

现代诗歌

在很长时间里，中国现代诗歌都是中国诗歌西译中的一个短板。但2006年，在马丁·里奥斯的推动下，这一情况开始出现了转机。他的第一个单行译本就是闻一多的《死水》。马丁·里奥斯的译本包含了对闻一多生平和作品的介绍，并选译了他的28首诗。阿梅利亚·阿雷亚诺在书评中评述道："闻一多的诗歌参与到了当时中国诗人对现代性的憧憬中，他们都在新文化运动期间进行创作。这本书为研究中国现代诗歌开辟了道路，在这之前我们几乎没有译本以及相关的研究成果可以参考。"[1] 海梅·西莱斯指出："这本书最突出的特点不是它的名声或意义，也不仅仅是对新文字技巧上的使用，而是用一种可见的比喻和超现实的复合将两者结合起来的使用。马丁·里奥斯将这一有趣又细致的过程细致化，并在译本当中用合适、相应的术语表达了出来。多谢马丁·里奥斯，让西语读者认识并了解闻一多的地道和纯正，在翻译过程中也没有将其语言的质量和纯粹性改变太多，而是尽量照实反映与翻译过来。不

1 http://artesanosliterarios.blogspot.com.es/2010/07/wen-yiduo-aguas-muertas-cuadro-de.html

管是对于作者、读者还是这些诗歌来说，这部译本都是最好的。”[1]

同年，“诗歌，伊达尔戈先生”出版社在巴塞罗那推出了马丁·里奥斯的另一本译作戴望舒的《我底回忆》。戴望舒深受法国文学影响：在上海念教会大学，曾旅居法国（1932—1934）和西班牙（1934）。他将加西亚·洛尔卡以及“二七年一代”的其他诗人翻译介绍到中国。他还翻译了数位西班牙语重量级诗人及作家，如鲁文·达里奥[2]、布拉斯科·伊巴涅斯[3]、乌纳穆诺[4]和阿索林[5]的作品。马丁·里奥斯的译本开篇有20页的评论与介绍，是很好的双语译本。海梅·西莱斯在评论这本书和这位中国诗人时说：“戴望舒的《我底回忆》，因主题和语言的现代性而变得突出。”“他的贡献——同那些西语美洲的现代主义者一样——是在节奏秩序方面，在于诗句的音乐性以及形式方面的研究：他是一位真正的诗人，他的诗歌是具有普世价值的。”[6]

2008年，一个关于中国现代诗歌的重要译本——《我足下的天空（1918—1949）：中国现代诗选》，由知名汉学家、莫言绝大部分小说的译者普拉斯·皮涅罗操刀，伊培里翁出版社在马德里推出。

毛泽东诗词及当代诗歌

1966年，巴塞罗那的奥义克斯—陶出版社出版了《毛和中国革命及

1 Diario *ABC*, Cultural, 2006-07-01.

2 鲁文·达里奥（Rubén Darío，1867—1916），尼加拉瓜诗人、记者和外交家，拉丁美洲现代主义诗歌最重要的代表人物，代表作有《生命与希望之歌》。

3 维森特·布拉斯科·伊巴涅斯（Blasco Ibañeg，1867—1928），西班牙现实主义作家、民主共和运动领导人，“九八年一代”代表人物，代表作有《碧血黄沙》《五月花》。

4 米格尔·德·乌纳穆诺（Miguel de Unamuno，1864—1936）西班牙诗人、哲学家，“九八年一代”代表人物，代表作有《生命的悲剧意识》《流亡的谣曲》。

5 阿索林（Azorín），原名何塞·马丁内斯·鲁伊斯（José Martínez Ruiz，1873—1967），西班牙记者、散文家，“九八年一代”代表人物，代表作有《志向》《堂吉诃德之路》。

6 Diario *ABC,* Cultural, 2007-03-24.

毛泽东诗词37首》。这部译作共460页，主要阐述了毛泽东思想。其中的毛泽东诗词，先由迈克尔·布洛克和陈志让从汉语译成英语，再由伊西德罗·莫拉斯和路易斯·阿维莱斯·奥尔特加将其从英语翻译成西班牙语。这个译本很受欢迎，1968年推出了第二版，1987年第三版问世。

西班牙语世界中最初面世的几个毛泽东诗词译本中，最重要的一个是路易斯·恩里克·德拉诺翻译的版本。他是智利杰出的作家与诗人，也是智利共产党的知名成员，更是巴勃罗·聂鲁达的好友。20世纪六七十年代，他在中国工作，在中国译者的协助下，进行了毛泽东诗词的翻译工作。因为具有作家与诗人的灵活性，加之有中国译者的协助，译本以很高的质量完成。译本《毛泽东：诗歌》在北京和布宜诺斯艾利斯面世后，又于1970年由马厄杜出版社在巴塞罗那推出。西班牙版译本包含了周振甫的批注和评论。

1971年在马德里出版了双语对照的诗词选集《毛泽东》。这个译本先由知名汉学家杰罗姆·曼库索直接从中文翻译成意大利语，再由何塞·帕劳从意大利语转译成了西班牙语。

2001年，马德里取景器出版社出版了中国当代重要诗人北岛的《零度以上风景》。译者是任教于台湾大学的知名西班牙语文学学者张淑英教授。海梅·西莱斯在2001年11月21日的《世界报》上撰文指出："北岛让人惊讶的地方在于他摆脱了封闭与古老传统之后的创新：他用一种方式让不同元素在自身交汇。他是一位有自己表达方式的现代性诗人，这一方式就是能够了解和结合美好与疼痛。"这是第一部在西班牙出版的中国当代诗人的作品。北岛如今执教于香港中文大学，是诺贝尔文学奖候选人名单中呼声最高的中国诗人。

2009年出现了填补空白的中国当代诗歌选集，由知名西班牙语文学学者范晔和汉学家马丁·里奥斯合作推出了《我们时代的雾：当代中国诗歌十人选》。这部诗歌选集由格拉纳达虚构出版社出版，其中包含了陈舸、赀河、范雪、胡续冬、姜涛、冷霜、马燕、倪湛舸、王敖、周伟驰这十位诗人的作品。他们中的绝大部分人出生于20世纪70年代，有在北京大学中文系或者外文系求学的经历，很多人负笈海外，因此个人学养上可谓东西融通，这种文化与表达方式上的融汇在这本诗集中得到了充分的展现。

2016年普拉斯・皮涅罗推出了另一部中国当代诗歌选集《裹挟我们的暴风：1949年以来的中国诗歌选集》。2017年一本中国台湾地区当代诗歌译本《台湾的声音：当代台湾诗歌选集》面世。

结 论

西班牙对中国诗歌的翻译与出版，从被译介对象看，重点有先秦的《诗经》；唐代的李白、王维、白居易的作品；宋代的苏轼、李清照的作品；现代的闻一多、戴望舒的作品；当代的毛泽东诗词和改革开放后的新生代诗人群体的作品。整体看，通选本相对单一作品集，或者单个诗人作品集及断代选集，在数量上有压倒性优势。这也说明了西班牙读者及图书市场对中国诗词的认识与了解还处于比较初级的阶段，因此倾向于去了解中国诗歌发展的整体面貌，阅读最具代表性的经典作品。

从译者来看，从汉语直接翻译成西班牙语来介绍中国诗歌，黄玛赛是第一人。此后，汉学家杜善牧、毕隐崖、安妮・苏亚雷斯、加西亚・诺布雷哈斯在《诗经》和唐诗宋词的翻译上皆有出色表现。宫碧蓝致力于李清照作品的翻译与介绍。马丁・里奥斯专注于中国现代诗歌的翻译，考察西方现代诗歌与中国现代诗歌之间的互动与流通。北岛是第一个被翻译成西班牙语的中国当代诗人。此后，三部当代诗人集体选集的面世，印证了当代西班牙汉学界同中国诗歌创作界的良好互动。莫言作品的译者普拉斯・皮涅罗近年来先后推出中国现代和当代诗歌选集，似乎有意将现当代诗歌翻译拓展为自己的汉语作品翻译研究的新领域。西班牙重量级诗人拉法埃尔·阿尔贝蒂位列中国诗歌译者行列令人惊喜。陈国坚先生多年来致力于中国诗歌西译，让西语界同行钦佩。

从评论家层面看，西班牙诗人海梅·西莱斯和安东尼奥·科利纳斯同为“新锐派”诗歌的代表人物，都是诗人、翻译家和学者，他们多次在西班牙主流媒体如《阿贝赛报》和《国家报》参与中国诗歌译本的评论，说明中国诗歌已经进入了西班牙主流诗歌界的视野。马努埃尔·阿尔瓦尔曾任西班牙皇家语言学院院长，他进入到中国诗歌评论家的行列，也意味着中国诗歌得到了西班牙主流学界的重视。

第二节 中国古典哲学

概 述

目前，有诸多中国古典哲学文献已经译为西班牙语，其中，《易经》就有多达26个译本，当中多数译本诞生于1992至1994年，相关出版社主要集中于马德里、巴塞罗那，其中较为重要的译本为拉法埃尔·拉萨雷塔、杜善牧和阿伯特·卡尔瓦尼翻译的版本以及北京外文出版社的版本。众多儒家典籍中，《四书》有7个全译本，出版时间多集中于20世纪90年代初期，其中华金·佩雷斯·阿罗约的译本与何塞·费兰·伊玛约拉的译本又在2007年前后多次重新出版。除《四书》全译本之外，《论语》还有3个译本，分别在1989年与1990年出版，其中较为重要的一版由汉学家安妮·苏亚雷斯翻译完成。除此之外，《寒山子》《无君》与《初经》等典籍也被译为西班牙语，译者分别为罗拉·迪亚兹·帕斯托和阿伯特·卡尔瓦尼。《公孙龙子》在2010年出版，由汉学家加西亚·诺布雷哈斯翻译和注释。墨子的《非攻》也被译为西班牙语。

道家典籍在西班牙传播甚广，其中仅《道德经》便有多达40个译本，并且多个译本多次再版。当中大部分译本是在1996至1999年间翻译出版，并且多个版本是从英语或者法语转译而来。后来在2009年、2010年与2016年又有新版问世。在《道德经》的诸多译本中，毕隐崖译本和安妮·苏亚雷斯的译本是其中最重要的两个版本。《庄子》有5个译本，毕隐崖版最具影响力。此外，1995年和2010年于巴塞罗那翻译出版了列子的《冲虚经》两个译本。《冲虚经》的译者毕隐崖也是《道德经》的译者。还有《化胡经》与《文子》的译本分别在1995年与1999年由阿方索·克罗德隆从英语转译为西班牙语。2008年，毕隐崖翻译的《黄帝四经》在马德里出版。

佛教典籍方面，汉学家劳雷亚诺·拉米雷斯是该领域最重要的译者，他翻译了《法显传》《维摩诘经》《坛经》等。另外，《冤魂志》由加西亚·诺布雷哈斯于2002年翻译出版。此外，《增经》《无量义经》《信心铭》等也被译成西班牙语。

《韩非子》的西译本于1998年出版，2007年再版。《孙子兵法》在西班牙语世界传播也很广，集中于2000年与2007年左右，其中比较著名的版本是劳雷亚诺·拉米雷斯与阿伯特·卡尔瓦尼从汉语直接翻译的译本，曾多次再版。《孙膑兵法》也在1999年由阿方索·克罗德隆从英语转译为西班牙语。

纵观中国哲学典籍领域，较为重要的西班牙语译者有：毕隐崖在道家典籍方面涉猎甚广，主要经典作品基本都有他的译本；劳雷亚诺·拉米雷斯钻研中国佛教典籍多年，为译佛典，深入学习了宗教史和版本学，有数部重量级的译本；阿伯特·卡尔瓦尼具备深厚的哲学学养，他所翻译的《庄子》《孙子兵法》与《韩非子》译本被认为具备哲学和思辨的表达形式；加西亚·诺布雷哈斯翻译了《冤魂志》《公孙龙子》《韩非子》等，在中国古典哲学翻译领域属于高产译者；另外译作较丰的古典哲学译者还有安妮·苏亚雷斯、杜善牧和阿方索·克罗德隆等。

《道德经》

《道德经》在西班牙的翻译出版频次

不管是从中国文学作品的总体范畴来看，还是将作品锁定在古典文学范畴，《道德经》在西班牙的翻译出版频次都是最多的，共93次；当然因年代、译者与出版社的不同，书名的译法也会有些许变化，但总体上受英译本影响，仍主要以威妥玛拼音为基础来确定标题拼写，也有使用现代汉语的拼音，如“*Tao Te King*”“*Tao Te Ching*”“*Dao De Jing*”等。部分译本因译者或编纂者对内容的理解或侧重点不同会再加相应的副标题。至于《道德经》译本出版频次的数量概念，可与以下其他中国经典文集做一简单比较：如《孙子兵法》是在上述提及的范畴内能达第二高出版频次的译本，共计82次；其余作品则不论是古典思想、小说类（如《红楼梦》《西游记》等），还是现当代文集类（如《喜福会》《红高粱》《毛泽东诗选》等），都远不及《道德经》。从数据上看，《道德经》译本在西班牙的出版频次都是上述作品的几倍甚至十倍以上；相应地，老子也分别成为在古典作家范畴与中国作家范畴内出版频次最高的作家，达到118次。近几年莫言的作品在西班牙广受欢迎，笔者拿他来做一个数量上的对比，可对老子这一被翻译的最多的作家有一个概念：莫言的一系列作品被译成西班牙语出版，故莫言在西班牙范围内荣登现当代出版频次最高的中国作家榜首，共计32次，但与老子的118次相比仍稍显逊色。

《道德经》在西班牙的译本

在西班牙翻译中国文学作品质量不俗、数量较高的名家中，有四位都曾对《道德经》在西班牙的翻译和传播起到过重要作用，他们分别是安妮·苏亚雷斯、毕隐崖、加西亚·诺布雷哈斯和杜善牧。

1. 安妮·苏亚雷斯译本

苏亚雷斯的《道德经》译本，正文部分主要以罗马数字来分隔排列每一章节的译文，并且在每一章译文之前都有对这一部分内容的详细解说和阐释，之后才是对应的西班牙语译文。译者关于《道德经》的认识和对翻译的理解主要集中在本书的“介绍”部分。从苏亚雷斯的观点来看，后人虽然有幸能读到流传千年的《道德经》，但是对于原作者本人的身世与生平依然认识模糊，原因在于并没有具体的文献资料可供参考，因而老子的神秘性便与《道德经》同步流传至今。至于人物起源则有诸多说法，苏亚雷斯列举了英国汉学家葛瑞汉的假设：孔子曾向老子请教关于礼教的看法，这个故事又被记入了《论语》，所以关于老子的传说可能就源于《论语》中的这一记载。但是仅凭只言片语未免显得单薄，没办法让老子的身份与经历进一步明朗化。由此，苏亚雷斯提出，或许正是因为人物形象与经历的不确定性，在后续的历史进程中，才为后人依据统治者或时代不同需求，不断改编扩充《道德经》提供了更小的阻力与更多的机会。因而，除郭店楚墓版与马王堆汉墓版外，后续也有了或被扩充内容，或带有明显政治倾向的更多改编版本。在苏亚雷斯看来，原作者身份的模糊性也让学术界的关注度都主动转移到了作品内容上，久而久之，不管是在中国的《道德经》研究者群体中，还是各国专注于《道德经》研究的汉学家之间，都形成了以针对文本本身做研究为主的学术传统。

关于翻译，尤其是对《道德经》这种晦涩难懂的古文典籍的翻译，苏亚雷斯有自己的观点：首先应当尽力保证译本对原文的忠实度，这是前提。其次，即使是将作品用另一种语言（这里应指西班牙语）呈现，像一些在中国古典书籍中出现的专有名词，如“道”“德”等，作者也认为应将拼音或者拼音和汉字一同放到译本当中。原因有二：（1）很多中文（尤其古文）中的词汇在西班牙语中并没有精准对应的词，这是无法忽略的事实；（2）从可用外文阅读或在海外生活的中国读者立场分析，若是读者没有关于中国古典文学及华夏文化方面的基础知识积累与深厚学养，那么即便是读到译本中的拼音或汉字，凭借对母语文化的敏感性和基本反应，他们对这些词汇的领悟也会有一个基本正确的概念；但若是将中文汉字或拼音完全省去，只用外文词汇来表达这一术语的含义，那造成的对词义理解的偏差就会比较大。此外，若在译本中放弃外文与拼音或汉字的同步表达方式，会让多数读者止步于一种“无非是《道德经》中的一个简单概念”的认知和理解，而忽略词汇背后的历史、宗教、哲学渊源与深度。

所以作者提到了在译此书时的三个主要困难：（1）关于老子的身世无从考证，因而在介绍人物背景时，只能凭借历史典籍与资料尽可能呈现与老子相关的信息，但无法给出准确系统的介绍；（2）关于中国古代文学作品中部分特有的名词术语，因无法在西班牙语中找到能够完全精确对应的词汇，可能对于异文化读者来说在理解文本内容上存在一定困难；（3）古典中国书籍没有标点（停顿），因此在翻译及印刷时只能尽量按照可行、可被理解的语言节奏来进行间隔和断句。强调这一点在作者看来十分重要，原因在于苏亚雷斯作为一位通晓中文的翻译家，深知就中文来讲如果停顿的位置不同可能会直接影响文本意思的表达。

虽然翻译《道德经》是一个不小的挑战，但译者还是尽己所能将这一文本尽可能明白晓畅地呈献给西语读者，特地在译本中加了术语列表对专有名词进行解释，以方便读者比对。译文所参考的基础文本主要是王弼的《道德经》版本，此外还特别参考了以马王堆汉墓版为基础翻译的毕隐崖的《老子——道之书》版本与河上公的《道德经》版本。

2. 毕隐崖译本

关于老子和《道德经》，毕隐崖有持续且深入的研究。在因翻译

《道德经》荣膺西班牙国家翻译奖后，毕隐崖并未就此止步。此后三十多年，他一直致力于老子和《道德经》的研究与翻译，不断更新和拓展自己的认识与了解，并将这些新知翻译介绍给西班牙读者。1979年后，毕隐崖出版了与《道德经》相关的两部新作品。

一部是《老子的训诫》，1998年由卡伊洛斯出版社出版。这本书从中国哲学的起源、道教、老子、老子的政治思想、军事思想以及《道德经》中出现的“道”和“道”中的“空”等诸多方面对书中内容做了阐释，书中还穿插了具有中国风格的插图，在丰富文本内容同时也方便读者和研究者比照研读。

另一部则是毕隐崖《道德经》的新译本，2006年在马德里由特洛塔出版社出版，2010年和2012年再版。这是一部集大成的译本。译者不遗余力地将三个版本的《道德经》都囊括在这一译本中。从最古老的郭店一号楚墓竹简版本到马王堆汉墓丝帛版本，再到我们今天大多数人看到的通行本，都一一呈现在西班牙语读者面前，让读者们在阅读和比较的过程中体味古本的玄妙深意和不可言说的宏大格局。译本的开头是玛利亚·特蕾莎·拉蒙撰写的引言。这一部分内容与其说是对译本的介绍，不如说是介绍西方对道教及其思想的接受情况。从她的陈述来看，西方概念里的“道”主要有两层含义：一种是指哲学层面上的道家，以老子、庄子、列子等人的思想为代表；另一种则是宗教层面的道教，其中又衍生了不同的流派，信徒们在追随或信教过程中相信并努力追求永生。因为理解的角度与层面不同，让原本同源的道家与道教在进入西方的文化视野后变得针锋相对。出现这一现象或许是因为东西方文化的不同，在看待同一事物时会有不一样的思维模式。西方关于“道”的认识的两派各持已见：哲学层面上的道家认为人死后就代表生命的完结，应顺其自然；但宗教意义上的道教是让人们追求永生的，这在坚持从哲学层面上理解“道”的那派看来是与自然规律背道而驰的。

这个译本一共分为三部分。第一部分从宽泛多样的角度来介绍《道德经》的总体情况。先介绍了《道德经》是什么，文本的由来以及不同版本被发现的过程，以及对于目前发现的不同版本，各方研究人员所持的关于不同版本残缺性、完整性和真实性的态度。尤其引起争议的地方是从郭店一号楚墓中发现的更久远的《道德经》版本，因竹简版残缺不全，所以研究者分成了两大阵营：一方认为这是所有关于老子思想的文字性记述的完整版；另一方则坚持这只是部分记载，其余部分并未找到或已经遗失。而相对可以确定的是在郭店版本发现之后，人们都较一致地认为之前的马王堆汉墓版本以及我们接触到的后期版本都是来自郭店版的《道德经》，前两者是在后者基础上做了一定的改编与扩充。关于这一点哈维·普斯塔曼特·都纳斯和胡安·路易斯·巴罗那在合作完成的论文中也曾表达过类似观点[1]：公元前4世纪末的郭店版本是初本，《道德经》始作于竹简，篇幅与其他两版相比更少，并且不管是语言还是内容都没有后期版本明显的形而上风格。

译本中其他相关信息的介绍则包括：对老子的介绍，从历史意义层面对老子身份与性情的探究；对以郭店楚墓与马王堆汉墓出土的版本为基础的后续多个《道德经》版本的比较研究；对直到郭店版本出现才发现的《太一》篇的介绍，对后期《道德经》版本及其编者的介绍，以及自古以来的中国文人对这一作品的评论和研究。可以说译者在对正文内容进行正式翻译之前，做了大量的资料搜集与考证工作，从研究的深入性和受众的接受角度出发，让读者尽可能多地了解与这一文本相关的历史背景、发展历程以及人物信息，在有认知准备的前提下去阅读译文。进而探究中国哲学的渊源，认为古代中国最初的统治者们敬畏天地自然

---

1 Javier Bustamante Donas, Juan Luis Varona. "Bibliografía seleccionada y comentada sobre Taoísmo Clásico (II): *Dao De Jing* (*Tao Te King / Laozi*)", *'Ilu. Revista de Ciencias de las Religiones* 21(2016): 211–246.

的传统、诸子百家争鸣以及战国动荡的时局都直接或间接地促成了道家思想的出现。第二部分是对《道德经》正文内容的翻译，与大多数译本不同的是，译者在这一部分对郭店楚墓版本、马王堆汉墓版本和后期我们熟悉的《道德经》版本同时做了翻译。尤其应提到的是，对于郭店版本作者呈献的是中西双语本，且中文所用排版为古典书籍惯用的竖版。尤为细致的是，在每一版《道德经》的翻译中，每一段（或节）译文内容的开端都标注了上述三个版本对应的章节篇目。第三部分主要是作者对《道德经》中传达出的某些概念与想法的阐释，这就包含了一些译者个人的认知和理解。这里参考的主要是郭店楚墓版与马王堆汉墓版两个古本《道德经》。

此外，书中还提到了在翻译这一西班牙语译本时的侧重点，最重要的便是忠于原文和让读者能最大限度地接受与理解译本。而将两者维持在相对平衡的状态下并非易事。由此也可见译者在进行翻译工作时付出的艰辛努力。

3. 杜善牧译本

1961年西班牙的奥涅出版社出版了杜善牧的《道德经》译本，这是第一部中西直译本《道德经》。1996年马德里特克诺斯出版社再版了1961年杜善牧译本。除上述译本外，杜善牧还出版了两本与《道德经》及老子相关的作品：1972年在委内瑞拉加拉加斯的安德雷斯・贝略天主教大学出版社出版了《道家思想：64概念》；1983年在马德里国家出版社出版了《老子和庄子——伟大的道家思想家》。

2012年，阿那亚集团旗下的特克诺斯出版社推出了杜善牧的完善版《道德经》译本。全书在结构的编排上极为细致：每一节译文，前一页都是中文原文与相应的拼音原文，后一页是相应的西班牙语翻译。在杜善牧的《道德经》分析部分对《道德经》中一些重要概念，如“天地”“万物”等进行了详细的阐释，风格上倾向于形而上的叙述方式。

在《〈道德经〉词汇》部分罗列了《道德经》中出现的一些重要汉字及汉字术语，标注了符合西语读者习惯的发音标记以及对汉字意思的解释等。

4. 其他译本

除上述几位重要译者外，还有更多学者和翻译家致力于《道德经》的翻译和传播工作。1972年巴塞罗那的蓝色出版社出版了奥诺里奥·费雷罗的直译本《道德经》，1999年再版这一译本；1985年凯尔出版社出版了萨缪尔·沃尔平从英语转译的《老子与道德经》；2009年，巴塞罗那的西里奥出版社出版了卫礼贤《道德经》译本的转译本；2011年，马德里的联合出版社出版了豪尔赫·维涅斯翻译的《道德经》，这个译本是从斯蒂芬·米切尔的直译本转译而来；2013年巴塞罗那的卡伊洛斯出版社出版了约瑟夫·马利亚·罗梅罗的《道：深藏智慧的教育》；2014年在美国查尔斯顿的安纳姆内希出版社出版了亚历杭德罗·巴尔森斯的《道德经》，这是从中文版本直译而来。

与《道德经》及老子相关的研究成果

维克托·加西亚的《东方的智慧——道家、佛家和儒家》，1986年由马德里的西克勒出版社出版；梅拉尔的《中国美学的智慧——儒家、道家及佛家》，1995年由马德里的阿卡尔出版社出版；雷孟笃的《充满活力的混沌——中华民族道家思想的起源》，1992年由台北辅仁大学出版社出版。雷孟笃的《道与统治的艺术》由阿根廷布宜诺斯艾利斯的阿玛赫斯托出版社出版。雷孟笃的以上两本著作解释了道家思想及其对中国文化和思想的影响。毕隐崖的《老子的教导》于1998年由巴塞罗那的卡伊洛斯出版社出版，此书简短阐明了道家思想哲学。胡利安·穆尼奥斯的《道教》，2001 年由马德里的重音出版社出版；恩里克·巴拉格尔的《东方的回音——佛教、道教与文学》于1999年由瓦伦西亚的3i4出版社出版，该书简单介绍了几位加泰罗尼亚作家所受到的中国古典哲学影响。

陈鼓应的《老子：文本，注释与评论》由雷特·杨和罗杰·阿姆斯翻译成西班牙语，1977年在台北出版。这本书在台湾地区最开始是以《老子今注今译及评价》为题出版，出版年份是1970年。杜善牧的《老子和庄子——伟大的道家思想家》于1983年由马德里的国家出版社出版。加布里厄尔·特罗尔的《中国道教在日本》发表于传播日本文化的期刊《心》2012年第9卷。

其他与之相关的研究工作，则主题更为微观，多从具体视角以论文形式将成果发表于西语国家的期刊。如巴塞罗那大学的塞萨尔·古阿尔德2012年完成答辩的博士论文内容就与《道德经》相关。《美德与成效在先汉历史文学与哲学中的表现——中国哲学与中国社会中的伦理困境》，是从伦理、道德、自然的角度对道教所展开的分析。卡洛斯·阿古尔图与索尼娅·莉迪亚·盖哈那则从政治学研究角度合作完成了《关于老子的〈道德经〉中的政治、哲学及律法简析》，并于2014年发表在学术期刊《权利与社会变革》上。雷尔玛·佩拉埃斯和胡安·冈萨洛则从语言、逻辑与修辞学的角度在2013年完成了他们的博士论文《相似与不同：先汉时期思想的相近性》。对老子身份的神秘性、永生性及宗教性的探究也是《道德经》研究中的一个永恒主题：伊莎贝尔·杜索2005年在墨西哥学院亚非研究中心主编的《亚非研究》上发表了《早期道教的传播形式》；上文多次提到过的中国典籍翻译与研究的先锋人物杜善牧就曾发表过三篇相关文章，分别是1966年发表在《西班牙东方学者协会期刊（卷二）》上的《无名之“道”》、1968年发表于《西班牙东方学者协会期刊（卷四）》的《老子和他的无极观念——道的传播》和1971年发表于《西班牙东方学者协会期刊（卷七）》的《“道”，源于创造》。关于老子思想中的审美、艺术与诗歌方面的研究则有劳尔·安特罗2015年发表于阿根廷国立科尔多瓦大学人文、哲学和文学研究中心学术期刊《激流》上的《“无为”与历史的交替》。关于老子与其他现当代西方作家方面也有不少研究成果：如程抱一2001年发表于墨西哥*VV.AA.*的《拉冈[1]与中国思想》；2007年由格拉纳达大学出版社出版的安东尼奥·马丁·莫里亚斯撰写的《海德格尔的虚无主义与东方的空：相对抗的阐释学》。至于老子与中国其他流派代表人物也有人做了相关研究，如巴雷拉·帕拉2003年发表在学术期刊《社会研究》的《孙子中的伦理与战争》一文中就介绍了《道德经》对孙子在思想上的影响；马蒂亚斯·索伊奇2015年在《埃依多斯》杂志发表《密尔高原上的概念回响与东方形象——道与宫中的空壳与战争机器》。甚至还有学者就老子及《道德经》探究其与心理、病理及医药方面的关系。如弗朗西斯科·维尔杜曾于2015年将《道教及其对中医的影响》发表于学术期刊《自然医学》。

《道德经》的译本出版分析

20世纪90年代之前关于《道德经》的译本及相关研究的论文并不多，出版相对零散；且在当时只有少数学者与传教士从事《道德经》翻译与研究工作。这一中国古典哲学作品在西班牙并未引起相对广泛的关注与反响，相关的研究成果更是屈指可数。

1997年可看作《道德经》译本出版频次的高峰年份，多数译本是不同译者通过英译本或法译本进行的转译，共发行了16版。1996年之前与1997年之后出版译本，译者基本上都是西班牙的汉西翻译大家，如安妮·苏亚雷斯、杜善牧、毕隐崖、高遁、加西亚·诺布雷哈斯等，并且均为直译。

从总体来看，《道德经》译本在西班牙的出版集中在20世纪90年代，尤其是1995年，共出版发行49次，兼具直译与转译版本。1995年之前关于《道德经》译本的发行寥寥无几，1999年之后也有将近十年西班牙语《道德经》出版的空白期；直至2009年《道德经》译本又开始重新出现在西班牙图书市场，虽然出版频次远不及20世纪90年代，但依据所

1　雅各－马利－艾弥尔·拉冈（Jacques-Marie-Émile Lacan, 1901—1934），法国精神分析学大师。

搜集的数据信息，从2009至2017年，该作品的翻译出版总体上一直未曾中断。

《道德经》译本在西班牙的发展经历了巨大的变化过程：从20世纪90年代之前的小范围翻译与研究到90年代之后越来越多的译者与学者的加入；从一开始只局限于文本到后来根据《道德经》中的不同方面和内容进行的比较研究；从一开始形而上的晦涩书写风格到越来越全面并努力在忠于原文与贴近读者之间平衡的不同译本；译者的翻译能力与视野也在随着两国交流的加深和时代的发展而进步。《道德经》是超越国界与时代的经典，不会随历史的远去而销声匿迹，其恒久的神秘性与阐释的多样性更会引导着一代又一代的读者、译者与研究者去徜徉在它思想的深邃海洋中。

《论语》

《论语》在西班牙的译介：开端和发展

尽管人们通常认为，《论语》在欧洲的传播最早可追溯到16至17世纪耶稣会士利玛窦留华期间对儒家思想的研究以及向欧洲的译介活动，然而实际上在利玛窦之前，耶稣会士罗明坚已经开始了《四书》的西文翻译，其最早的手稿所使用的译入语正是西班牙语。[1]在此之前，汉学界曾普遍认为，利玛窦出版的《四书》拉丁语译本，是儒家经典在西方最早的译著。随着《利玛窦中国札记》先后以拉丁语、法语、德语和西班牙语等出版，中国文化和儒学思想在欧洲得到一定传播。[2]近年来，一些重要的汉学研究成果表明，1590年罗明坚的西班牙语版《四书》手稿实

1　梅谦立，王慧宇：《耶稣会士罗明坚与儒家经典在欧洲的首次译介》，《中国哲学史》2018年第1期。张西平：《西方汉学的奠基人罗明坚》，《历史研究》2001年第3期。

2　Gallagher, L. J. “China in the Sixteenth Century”, *The Journals of Matthew Ricci: 1583–1610*, 1953; Sequeiros, L. “Ricci, el jesuita que supo hacerse chino”, *El Ciervo: Revista Mensual de Pensamiento y Cultura* 717(2010): 32–33.

为儒家经典西传的第一份译本，它对于中西文化交流研究的重要意义，以及罗明坚在儒家经典西传方面的开创者地位，长期以来都受到严重的忽视。[1]汉学界重利氏而轻罗氏的问题，国内最早已由张西平通过多项研究指出。在此基础上，法国汉学家梅谦立的研究发现，约在1584年罗明坚已经开始《四书》翻译的准备工作，后于1590年完成。但目前仍暂时无法确认该译本为罗明坚从汉语原文直译，抑或是先译为拉丁语再转译为西班牙语。梅谦立指出，这部西班牙语《四书》手稿翻译质量较高，被作为面见西班牙哈布斯堡王朝费利佩二世时献给君主的礼物，藏于马德里的阿尔卡萨尔堡。该手稿包含三个部分，即《大学》《中庸》《论语》的前两篇。[2]由此可见，尽管欠缺完整性，西方最早出现的《论语》译本，正是罗明坚的《论语》西班牙语译本。

西班牙文化部的图书出版数据库显示，《论语》的西班牙语译本最早出现于1968年出版的《东方哲学》一书中。该书收录了由胡安·戈多和海梅·乌雅基于其他语种译本转译的《四书》和《道德经》西译本。尽管如莫里娜·奥尔蒂斯所指出的，该译本在译文准确度上仍存有待改善之处[3]，但这是向西班牙读者译介中国传统哲学典籍的首次尝试，对促进以《论语》为主的儒家典籍在西班牙的翻译与传播起到了开辟先河的作用。随后近半个世纪内，经过一部分西班牙汉学家和翻译家的努力，

1 张西平：《西方汉学的奠基人罗明坚》，《历史研究》2001年第3期。梅谦立，王慧宇：《耶稣会士罗明坚与儒家经典在欧洲的首次译介》，《中国哲学史》2018年第1期。Meynard, T. “The Jesuit reading of Confucius: The first complete translation of the *Lunyu* (1687)”, *West. Brill*. 2015. 麦克雷，张晶晶：《〈论语〉在西方的第一个译本：罗明坚手稿翻译与研究》，《国际汉学》2016年第4期。

2 梅谦立，王慧宇：《耶稣会士罗明坚与儒家经典在欧洲的首次译介》，《中国哲学史》2018年第1期。

3 Molina Ortiz, G, trans. “Reseña de Juan Godo, Jaime Uyá”, *Filosofía oriental: Confucio, Laotse*. Barcelona: Ediciones Zeus, 1968. (Colección Podium). *Estudios de Asia y África,* Vol. 4, Núm. 2 10(1969)，Mayo-Agosto.

先后有一定数量的《论语》西语译本在西班牙正式出版。这些译作或从汉语直接译入西班牙语，或由英语、法语等其他语种转译而来；从出版形式来看，或以《论语》为题单独成册，或被纳入《四书》系列与其他儒家经典的西译本一起出版。

数据显示，截至目前，直接以《论语》为题的西语译作共九部，其中汉语直译西语两部，其余均为从英语转译。非卡斯蒂利亚语译本一部，为帕西·埃奇卡·拉萨所翻译的《论语》巴斯克语译本。最早单独成书的《论语》西语译本，为1975年恩里克·黑格维茨从庞德版《论语》英译本转译而来，而庞德的译本则是20世纪《论语》外译最重要的译本之一。杨平指出，庞德译《论语》是以“创译”为特点的诠释型翻译，译文贴近原文简约凝练的语言风格，内容上存在很大程度的挪用与误读。[1]例如，面对资本主义和工业化高度发展的西方社会，他将《论语》视作一种寻求全新出路的“解药”，并将这一理念践行在其翻译改写中，甚至利用儒家思想中追求社会秩序的理念诠释法西斯主义，在西方世界“创造了另一个孔子”，受到一些西方读者的欢迎。另外，阿方索·克罗德隆转译比利时裔澳大利亚汉学家西蒙·莱斯所译的《论语》，是目前西班牙再版次数最多的《论语》译本之一。姜哲指出西蒙·莱斯的《论语》译本在国内外儒学研究界中“毁誉参半”，该译本在文体风格上受到较多好评，它对原文在文化、政治、宗教、哲学等方面的思想诠释则招致中外学者从不同角度进行批评。[2]但总体而言，西蒙·莱斯在译介《论语》时所秉持的“协调知识与文学间关系”的翻译理念是促成其在西方广泛传播的重要原因之一。

由汉语直接译入西语的《论语》主要有西班牙汉学家安妮·苏亚雷

1　杨平:《20世纪〈论语〉的英译与诠释》,《孔子研究》2010年第2期。

2　姜哲:《西蒙·莱斯〈论语〉英译本“前言”及“导论”研究》,《中国文化研究》2014年第1期。

斯和华金·佩雷斯·阿罗约分别完成的两个译本。下表为在西班牙正式出版的《论语》单行译本。

表4-1　西班牙正式出版的《论语》单行译本信息

译本题名	译者	出版年份	出版社	直译/转译
Analectas	内斯托·卡布雷拉·洛佩斯	2014	凯伊拉斯出版社	转译自英语
Analectas	阿方索·克罗德隆	2013	埃达夫出版社	转译自英语
Analectas	内斯托·卡布雷拉·洛佩斯	2009	人民出版社	转译自英语
Analektak	帕西·埃奇卡·拉萨	2008	伊拜扎巴尔出版社	转译自英语
Analectas	阿方索·克罗德隆	2008	读者圈出版社	转译自英语
Analectas: reflexiones y enseñanzas	华金·佩雷斯·阿罗约	2001	读者圈出版社	汉语直译
Lun Yu, reflexiones y enseñanzas	安妮·苏亚雷斯	1997	卡伊洛斯出版社	汉语直译
Las Analectas: conversaciones con los discípulos	米尔塔·罗森伯格	1982	阿迪阿克斯出版社	转译自英语
Las analectas, El gran compendio, El eje firme	庞德，恩里克·黑格维茨	1975	劳动出版社	转译自英语

除单独成书的形式外，《论语》西译也出现在对《四书》的译介当中。目前，将《四书》译入西语并出版的译者主要有华金·佩雷斯·阿罗约、胡安·贝尔古、奥里奥·费那·桑格拉斯、费兰·马约拉尔和弗朗西斯科·卡尔多纳·卡斯特罗等。详细出版信息如下表所示。

表4-2　西班牙正式出版的《论语》非单行译本信息

译本题名	译者	出版年份	出版社	直译/转译
Los cuatro libros de Confucio: el gran estudio, la doctrina del medio, comentarios filosóficos y el libro de Mencio	胡安·贝尔古	2010	伊比利亚出版社	汉语直译
Los cuatro libros	华金·佩雷斯·阿罗约	2002	伊比利亚·帕依多斯出版社	汉语直译
Los cuatro libros	华金·佩雷斯·阿罗约	2002	RBA 出版社	汉语直译
Los cuatro libros	华金·佩雷斯·阿罗约	2002	读者圈出版社	汉语直译
Los cuatro libros clásicos	奥里奥·费那·桑格拉斯	1999	B出版社	汉语直译
Los cuatro libros clásicos	奥里奥·费那·桑格拉斯	1997	B出版社	汉语直译
Los cuatro libros de la sabiduría	弗朗西斯科·卡尔多纳·卡斯特罗	1987	艾迪交流出版社	转译自法语
Los cuatro libros	华金·佩雷斯·阿罗约	1982	旺泉出版社	汉语直译
Los cuatro libros de la sabiduría	弗朗西斯科·卡尔多纳·卡斯特罗	1980	藏书圈之友出版社	转译自法语
Los cuatro libros clásicos	奥里奥·费那·桑格拉斯	1978	B出版社	汉语直译
Los cuatro libros clásicos	奥里奥·费那·桑格拉斯	1975	B出版社	汉语直译

续 表

译本题名	译者	出版年份	出版社	直译/转译
Los cuatro libros clásicos	奥里奥・费那・桑格拉斯	1974	B出版社	汉语直译
Los cuatro libros clásicos	奥里奥・费那・桑格拉斯	1973	B出版社	汉语直译
Los cuatro libros clásicos	奥里奥・费那・桑格拉斯	1972	B出版社	汉语直译
Los cuatro libros	费兰・马约拉尔	1972	奥古斯塔出版社	不详

与《论语》独立成书并出版的情况相比，已出版的《四书》西译本中汉语直译本占大多数，仅1980年由藏书圈之友出版社出版的《智慧四书》为弗朗西斯科・卡尔多纳・卡斯特罗从法国汉学家、传教士顾赛芬的法语译本转译而来。该译本采用汉西双语对照的形式编排原文和译文[1]，并于1987年由艾迪交流出版社再版发行。1972年出版的费兰・马约拉尔译本和奥里奥・费那・桑格拉斯译本是最早的《四书》西译本，前者对源语文本的具体选择和使用情况未被提及。

在汉语直译的各版本《四书》中，以奥里奥・费那・桑格拉斯与华金・佩雷斯・阿罗约两译者的译本再版次数最多，尽管如此，两部译作的传播和接受情况却表现出较大差异。奥里奥・费那・桑格拉斯译本最早由布鲁盖拉出版社发行并多次再版，到20世纪90年代该出版社被收购、解散并重组为B出版社后，再版该译本数次。在西班牙出版界，布鲁盖拉出版社与B出版社素来在大众读物出版领域有着良好的销售业

1 https://www.todocoleccion.net/libros-antiguos-filosofia/los-cuatro-libros-sabiduria-confucio-circulo-bibliofilo-1980~x49210469 (2019−06−04)

绩，其出版的畅销读物拥有广泛的受众群体。这或许在一定程度上决定了该版本的《四书》西译本是一个面向大众读者的"亲民"读物，这同样也使其在学界受到不同程度的批评和质疑。有研究者通过例证指出，该译本中不难发现译者在原文基础上所进行的改写和内容增添，这种翻译或许一定程度上达到了将经典变得更为"大众化"的目的，但也大大掩盖了原文所具有的文学、哲学、美学高度。[1]

1982年旺泉出版社出版的《四书》西译本由西班牙汉学家华金·佩雷斯·阿罗约翻译。华金·佩雷斯·阿罗约在20世纪70年代赴台湾研习汉语语言文化，是当时为数不多的赴华求学的汉学家、翻译家之一。该译本被学界视为最好的《四书》西语译本，从问世至今被多次再版。尽管在此之后他还有杜甫诗歌等译本面世，但鲜有达到《四书》西译本的影响力与水平的其他译作出现。[2]

从西班牙的《论语》研究看《论语》西译的接受情况

对儒学的研究必然无法脱离对《论语》的研究，在西班牙亦是如此。笔者通过梳理西班牙《论语》研究的相关情况，观察《论语》在西语汉学界产生的各种影响，可以为进一步认识《论语》在西班牙的传播和接受情况提供一个可供参考的侧面。

几乎与首部《论语》西译本的出版时间并行，卡洛斯·萨斯·奥罗斯科在台湾大学供职期间连续发表论文，通过研读和解析以《论语》为主的儒家经典著作，从本体论角度对孔子的"个体观"做了较为细致的阐释，并将其与西方经典哲学思想对比，是西班牙首位尝试从《论语》文本出发探析儒家思想的学者。萨斯·奥罗斯科通过对《论语》的详细

1 Corsi, E. "Reseña de Confucio. Los cuatro libros clásicos", trans. Oriol Fina Sanglas. Barcelona: Ediciones B, 1997. (Biblioteca de bolsillo) *Estudios de Asia y África 33*−2 (1998): 420−423. https://estudiosdeasia yafrica.colmex.mx/index.php/ eaa/article/view/1483

2 雷孟笃:《西班牙汉学研究的现状》,《汉学研究通讯》2007年第26期。

评述和严谨论证，揭示了孔子在人文主义层面对世界哲学思想的重要贡献。[1]

此后直至20世纪末，《论语》研究在西班牙几乎处于停滞状态。尽管《论语》在一部分中国或东方历史文化研究的文献中时有被引用或提及，但仍缺乏对其更为详细深入或具有创新性的研究。

21世纪初，西班牙的儒学研究逐渐复苏，针对《论语》的研究也开始呈现出逐渐活跃的态势，研究内容不断丰富、角度越发多样，但依旧存在深度和广度上的不足，研究创新性也仍显匮乏，形成较完善的研究体系更是道阻且长。这些研究在对《论语》认真解读的基础上从不同角度展开论述，其中主要包括：

（1）对儒家思想中蕴含的核心人文、哲学概念的研究。如“人”与“和谐”的相互关系[2]、儒家思想的哲学隐喻研究[3]、儒家思想的伦理道德观解析[4]等。

（2）在全球化、现代和后现代语境中赋予儒家哲学思想的全新阐释。例如对西方民主和人权的启示[5]、对全球化背景下人文建设的启示[6]、协调人类在当前全球政治经济发展中所面临的诸多不确定性与信心

1 Saz-Orozco, C. *Confucio y el fin ético del individuo*. 1967; Saz-Orozco, C. del. *Confucio y el fin ético del individuo (continuación)*. 1968; Saz-Orozco, C. del. *Confucio y el fin ético del individuo (conclusión)*, 1969.

2 García, A.D.P. “Confucio y la escuela de los letrados: humanidad y armonía”, *La Albolafia: Revista de Humanidades y Cultura* 4 (2010) : 51–64.

3 Manrique, J. F. “La metafásica de Confucio”, *Saga: Revista de Estudiantes de Filosofía* 7–14 (2006).

4 Zhao, Z. “Confucio, ética y civilización”, *Co-Herencia* 11–20 (2014) : 165–178.

5 García, A.D.P. “Entre confucianismo y derechos humanos. Individuo y rey”, *Cuadernos Electrónicos de Filosofía Del Derecho* 23 (2011) : 119–145; García, A.D.P. “Confucianismo y democracia: ciudadanos, príncipes, individuos”, *Isegoría* 0–49 (2013): 615–627. https://doi.org/10.3989/isegoria

6 Lemus Delgado, D.R. “Confucianismo como humanidad: claves para complementar la modernidad”, *México y La Cuenca Del Pacífico* 3–9 (2014) : 77–104.

问题[1]、儒家思想与民族身份[2]等。

上述研究中不乏独到见解与重要发现，但在一些方面也显现出一些不足。

（1）对象上，以《论语》为考察对象的针对性研究匮乏。目前西班牙对《论语》的考察多伴随视角更为宏观的儒学研究进行，仅简单将《论语》作为引证来源，鲜有专门针对《论语》的深入考察。《论语》作为孔子和儒家思想的重要语录，在西语国家社会各界的知名度和影响力较大，但更具针对性的系统研究亟待加强。

（2）视角上，传播视角的研究存在较大空缺，译本研究被极大忽视。一方面，现有研究多从哲学、政治和文化角度解析《论语》和儒家思想，对《论语》在西班牙传播情况的研究有不同程度的忽视。另一方面，目前无论从语言或非语言层面关注《论语》西译的研究仍较为稀少，该课题具有极大发展空间。《论语》在西班牙的翻译出版已初具规模，各类译本不断丰富市场，为考察《论语》的传播和接受创造了条件基础。《论语》向西班牙的译介对促进中国文化在西班牙的传播具有重要意义，翻译活动对跨文化传播过程的作用和影响应得到进一步重视。

（3）方法上，方法创新与跨学科性仍显不足。尽管现有研究已对《论语》在当今社会历史语境下的解读做出重要尝试，但传统文学、哲学研究中以内省、阐释为主的研究方法仍是目前西班牙《论语》研究的主流方法论，这在一定程度上由该领域在研究对象和研究视角方面现有的局限所造成。传播视角和翻译研究视角的引入可将更多和更新的学科领域的理论框架和方法论应用于《论语》研究，如社会传播学理论、话语分析理论、语料库翻译学理论等。方法创新和跨学科研究有利于在现

1 Sánchez, I. J. G. “Confucio y el mundo que viene”, *Bie3: Boletín IEEE* 6 (2017): 92−103.

2 Rojas, H.“Confucio padre de la nación más antigua del mundo”, *Revista Relaciones Internacionales, Estrategia y Seguridad* 2−2 (2007): 189−205.

有研究成果的基础上为《论语》在西班牙的研究发展注入新鲜活力，对寻求和创造我国传统思想文化传播与现阶段国际传播策略的契合点有重要的现实意义。

第三节　中国古代叙事文学

中国古代志怪/传奇故事

从总体的翻译出版情况来看，中国古代志怪/传奇故事不像哲学经典《道德经》《易经》那样曾被西班牙学者和翻译家反复地研究、一版接一版地翻译，也不像中国现当代小说那样一直在西班牙受到出版界和读者相对广泛而持久的关注。但这类文学作品也有过集中出版的高峰期，并且不乏中西翻译和汉学名家对这类作品翻译与出版的努力和关注。

古代中国故事在20世纪70年代，在西班牙达到了翻译和出版的高峰阶段。各种直译与转译以及再版的古代故事传奇涌入了西班牙读者的视野，为他们从另一角度了解遥远的东方文化提供了一个重要窗口。70年代之前只有少量相关作品被翻译出版，21世纪之后此类作品在西班牙翻译出版的中国文学作品总数中所占比重也并不高。

20世纪40至50年代只有少量的中国古代故事译本在西班牙翻译出版。黄玛赛于20世纪40年代在马德里文艺界非常活跃，她借书刊和演讲向西方社会介绍华夏文化，并翻译了短篇小说、诗集和戏曲等不同类型的中国古典文学作品。她的《中国说书人选集》译本1947年在阿根廷布宜诺斯艾利斯的艾斯巴萨·卡佩出版社出版。次年，黄玛赛翻译的《中国古代故事》在马德里的艾斯巴萨·卡佩出版社出版，该作品于1973年再版。1954年，在马德里的同一出版社出版了黄玛赛翻译的《东方幽默故事》，这个译本在1975年再版。1958年，E.迈赛格继任者出版社出版了埃米利奥·弗莱以撒翻译的《中国精选故事十则》。

从20世纪70至90年代，越来越多的中国古代传奇故事被译介到西班牙出版发行。《古老的中国故事》是由恩里克·卡通和伊梅尔达·黄·王合作翻译，分上下两册，出版于1974年，后来分别在1986年及1987年由马德里的阿纳亚出版社再次出版。同样在1974年，C.S.布兰奇编译的《中国故事》由巴塞罗那阿法出版社出版。上文提到过的中西交流的重要使者黄玛赛，在1975年还由马德里的艾斯巴萨·卡佩出版社出版发行了她翻译编纂的另一部重要作品《古镜与其他中国故事》，这个译本于1983年再版。

1981年，巴塞罗那方尖碑出版社在创建之初就编辑出版了关于中国鬼怪的作品《中国鬼怪故事》，全书共128页，编译者为阿玛利亚·佩拉德乔迪·萨拉萨。1983年，方尖碑出版社又推出了G. 佩拉德乔迪转译的《中国魔幻故事》。同年出版的中国故事翻译作品还有《中国佛教传说故事》，由巴塞罗那的MRA创造与实现出版社出版；魏清驰从其他语言转译的《中国古代寓言故事》，由巴塞罗那艾迪交流出版社出版。1984年，巴塞罗那图斯盖茨出版社出版了另一本关于中国的故事集《淳朴之美及其他中国故事》。1986年，巴塞罗那帕依多斯出版社出版发行了转译自理查德·威廉英文版中国故事集系列的《中国故事》，译者为帕斯·奥尔特加·蒙特斯。该作品共分两册，分别是《中国故事之中国神话故事集》和《中国故事Ⅱ之婴宁及其他奇幻故事》。

20世纪90年代以来，依然有不少同类译作陆续传播到西班牙。《龙的脚印》在1990年由海鸥出版社出版发行。上文提到的跨文化合作夫妇恩里克·卡通与伊梅尔达·黄·王还将中国佚名故事《山丘之王》译成西语，1991年由欧洲通信与信息出版社出版发行。一直以来致力于中国文化对外传播的中国西语译者常世儒教授，曾用西班牙语撰写《古典中国的一百零一个经典故事》，1992年由马德里的埃达夫出版社出版。同样在这一年出版的译作还有楚冰洁翻译的《中国古代神话故事》，由马德里的米拉瓜诺出版社出版。这本书包括了从盘古开天辟地到中国古代主要神灵、英雄、巨人等19个传说故事，是了解中国神话的优秀译作。1999年，马德里的新图书馆出版社出版了胡安·伊格纳西奥·科斯特罗·德拉弗洛和阿韦拉多·希奥亚尼·佩雷斯合作选编、翻译及评注的《唐代传奇》。该书中的一部分故事与更早期的古代寓言有着千丝万缕的关系，另一部分则融入了唐代文化中的佛教与道教影响。不管是从了解中国文学的角度，还是从感受中国宗教哲学发展的角度，《唐代传奇》译本都是值得一读的作品。

进入21世纪以来，中国古代传奇故事的翻译出版并未中断。2000年，巴塞罗那的塞克斯·巴拉尔出版社出版了姚宁与知名汉学家卡布列尔·加西亚·诺布雷哈斯合作编译的《中国奇幻故事》。除该译本外，两人还曾多次合作出版译著。同一年，安德雷斯·贝略天主教大学出版社出版了《十大中国故事》。2005年，玛古勒基出版社出版了古斯塔沃·普埃塔·莱斯翻译的“廖燕平选集系列”《守株待兔及其他中国故事》。这套书属于儿童读物，适合八岁以上的儿童阅读。2007年加西亚·诺布雷哈斯编译的《古代中国神话》由马德里联合出版社出版，全书厚达600页。译者因为通晓汉语，对中国文化有深入的研究，所以通过译作展现的不仅仅是中国古代神话传说，更是在用另一种语言向异文化读者勾勒一个遥远的民族和社会在千百年前的生活图景与社会习俗。姚宁与加西亚·诺布雷哈斯合作翻译的中国经典作品《搜神记》于2009年由马德里的幕布之语出版社出版发行。在同一年出版的中国故事类作品中还有一本颇为特别：由凯卓和德斯帕编译、瓦伦西亚的白月骑士出版社出版的《西藏寓言故事》。这本书是关于西藏的寓言故事，同时也是为数不多的除马德里与巴塞罗那以外在其他城市出版的中国古代故事集。

近几年也有不少关于中国古代故事的优秀译作。希梅内斯·罗梅罗和苏珊娜合作编译的《中国故事五则》是适合0至12岁儿童阅读的青少年文学作品，2015年由时代出版社出版。《禅宗集——悟道故事百则》转译自托马斯·克利里的英文版，译者是阿方索·克罗德隆，2016年由马德里的埃达夫出版社出版。该译本包含了一百多个故事，许多故事在西班牙语当中都是第一次出现，是一本方便西班牙读者用故事的方式接触与感受禅道的优秀读物。

中国古代志怪与传奇故事虽然不如先秦散文、唐宋诗词那样译本众多，在汉学研究领域的分量也无法与之匹敌。但是，对于想了解中国文化、入门阶段的读者而言，这些故事有趣生动而且大都简短，是非常合适的入门级读物。此外，盘古开天辟地、女娲炼石补天这样的故事对于中国文化的意义，丝毫不比《论语》《易经》逊色。因此，这些志怪与传奇故事的翻译与介绍，对西班牙专业读者和普通读者了解和认识中国传统文化意义深远。鉴于两国文化与文字使用习惯（尤其对于古代文字的使用和理解习惯）不同，所以多数中国古代传说故事或神话作品的名称（中文中的“传”“记”“传奇”“史”等不同叫法）在翻译成西班牙语后多被笼统地用“cuentos”“historias”“relatos”等来指代，难以传神表述题目的含义，这可算是译介过程中的小小遗憾。值得庆幸的是，我们的优秀文化作品在传播过程中逐渐也有了儿童版译本，这在无形当中扩大了潜在的读者群，更为以后中西两国之间的文化交流创造了更多可能性。

明清小说

明清小说是在经历了魏晋的志人志怪、唐宋的传奇与话本后，中国叙事文学发展的一个高峰。在中国文学史上，与唐诗、宋词、元曲并驾齐驱。中国古典长篇小说中的四大名著《红楼梦》《三国演义》《水浒传》和《西游记》便皆为明清小说。

《红楼梦》

在现代中西文化交流史上，相比于英、法、德在20世纪初就出版了相对完备的《中国文学史》和《红楼梦》译本，西班牙对中国文学的译介要滞后很多。一方面是因为西班牙在地理位置上距离中国非常遥远，另一方面则是因为其在16至17世纪以后经济、政治、军事、文化发展上处于滞后状态。18世纪起，波旁王朝入主西班牙，伊比利亚半岛一心效仿法国融入欧洲，根本无暇顾及遥远的东方。

作为宗主国的西班牙，传统上与殖民地西班牙语美洲的文化关系是输出大于输入。但是随着19世纪的美洲独立战争的深入，到1898年美西战争中西班牙失去了最后的海外殖民地，而西语美洲国家在获得政治独立后，文化上也有了长足的发展。阿根廷和墨西哥是独立后美洲国家文化发展的典范。20世纪，西语美洲国家开始在文化上反哺曾经的宗主国西班牙。阿根廷作家博尔赫斯便是一位具有全球影响力的重要作家。他在西班牙语世界中，针对《红楼梦》完成了一系列开创性的工作。博尔赫斯对《红楼梦》部分章节的选译出版于1940年。那一年他在布宜诺斯艾利斯出版了《玄幻故事选集》，其中包含了《红楼梦》中的“游幻境指迷十二钗，饮仙醪曲演红楼梦”和“王熙凤毒设相思局，贾天祥正照风月鉴”两章。太虚幻境和风月宝鉴，都是典型的为博尔赫斯所痴迷的主题与美学意象。由于博尔赫斯不通中文，有充分的理由相信，他是从英文转译而来。1977年这个选集登陆西班牙，在巴塞罗那由西语美洲出版社正式推出。

此后，要等到1988年9月28日，第二部在西班牙正式出版的《红楼梦》才会在伊比利亚最南端的格拉纳达面世。这是北京大学西班牙语系赵振江教授与格拉纳达诗人何塞·安东尼奥·加西亚·桑切斯合力翻译修订的第一卷西语《红楼梦》（前四十回）。此后，赵加合译本的第二卷和第三卷陆续于1989年和2005年问世。西班牙语版《红楼梦》终于有了第一个最为完备和权威的版本。而在赵加合译本第一卷出版后的1991年，中国外文局出版了秘鲁专家米尔克·拉乌埃尔从英文转译的西语《红楼梦》。拉乌埃尔的译本本该先于赵加合译本在西班牙出版，奈何这个版本在西班牙某权威出版社盘桓数月之后，被弃用。因为这个决定，赵振江先生在1987年被请去西班牙从事西语版《红楼梦》的翻译校订工作；而赵先生希望能有一位西班牙诗人与其合作翻译，这则促成了加西亚·桑切斯的加入。

赵振江教授是国内最为知名的西班牙语教授之一，毕生从事西班牙拉丁美洲文学的翻译和评述工作。唯一一次将中文作品翻译成西班牙语，便是中国文学的经典之作《红楼梦》。赵先生与《红楼梦》结缘的起因，是他诗歌翻译的开山之作《马丁·菲耶罗》（阿根廷民族史诗）。1987年，任中国驻西班牙使馆文化参赞的是张治亚先生。张先生80年代初，任中国驻阿根廷文化参赞时，对赵振江先生翻译的《马丁·菲耶罗》印象深刻。因此，当格拉纳达大学找到中国大使馆，希望能推荐一位中国的西班牙语学者来参与《红楼梦》西译本的翻译与校订时，张治亚毫不犹豫地推荐了赵先生。赵振江先生在1987年夏天来到了格拉纳达。本以为不过是校阅一遍，最终却发现自己要做的远不止校订，而是大改乃至重译。为保证《红楼梦》中大量诗韵在翻译过程中能得到最大程度的保留，赵先生特别向格大校方申请了一位西班牙诗人来合作翻译。那位疏阔不羁却安下心来修订了《红楼梦》中大量诗歌译文的合作者就是何塞·安东尼奥·加西亚·桑切斯。最终，西文版《红楼梦》第一卷（前四十回）在1988年出版，甫一面世，便告售罄；1989年出版了第二卷；第三卷，因为赵先生的回国和加西亚先生的工作变动，出版工作一拖再拖，直到格大汉学家雷林科参与到校订工作中，才使得该卷终于在2005年面世。

格拉纳达大学出版社出版的三卷本西文版《红楼梦》有两个底本，第一个是原来格大与中国外文局合作，邀请了秘鲁专家米尔克·拉乌埃尔从英文转译的西语《红楼梦》；第二个则是人民文学出版社于1982年出版的新版《红楼梦》（由红楼梦研究所校注）。前者是赵加合译本的底稿，本该略为修订，最终却是几乎重译了全本；后者则是赵加合译本主要参考的中文底本。

赵加合译本《红楼梦》是目前最为完备也是在西班牙影响最大的译本。该译本问世后，西班牙主要媒体（平面媒体和网络媒体），例如《国家报》和《阿贝赛报》的《书评版》都进行了专题介绍，特别是《阿贝赛报》1989年第2期的《书评家推荐图书》栏目中，十四位书评家中有两位同时推荐了《红楼梦》。其他的文学杂志，如文化季刊《拾遗》上刊登了小说的第十七回译文，并附有译者赵加两位先生合写的介绍文章《曹雪芹与红楼梦》；《比特索克》上发表了第十八回译文；格大校刊的特别副刊上刊登了第一回译文以及何塞·蒂托写的短评《红楼梦：雄心勃勃的出版业绩》；《读书》和《奇美拉》上相继刊登了评介和推荐文章。格大副校长加西亚·卡萨诺瓦教授在该西文版《红楼梦》的《前言》中称格大与两位译者是“将这智慧与美的遗产译成西班牙语的先行者”。2009年，古登堡出版社从格大出版社购得版权，再版了两卷本的西语《红楼梦》。不同出版社购买版权再版的行为本身就是对赵加合译西文版《红楼梦》权威性的一种承认与接受。同时，古登堡出版社凭借其在出版业的地位，也将赵加合译本《红楼梦》推向了一个影响力的新高度。

赵加合译本外，北京外文出版社推出由秘鲁人米尔克·拉乌埃尔操刀完成的《红楼梦》译本，也是西译《红楼梦》中的重量级存在。

米尔克·拉乌埃尔1947年出生在捷克，是秘鲁当代著名的作家、诗人和政论家。他是拉美文学博士，目前在数所大学任教，也是知名的专栏作家和秘鲁绘画艺术的推广者。青年时代的米尔克·拉乌埃尔曾经是积极的左翼活动家，正是在这个阶段，他与后来的秘鲁总统阿兰·加西亚结下了深厚的友谊。20世纪70年代初，抱着对共产主义运动和东方的满心向往，拉乌埃尔来到遥远的中国，开始了对中国传统名著的翻译之路。1971年巴塞罗那塞克斯·巴拉尔出版社出版了拉乌埃尔翻译的《易经》，12年之后，该译本被阿卡出版社购下版权后再版。1991年中国外文局出版了拉乌埃尔翻译的《红楼梦》(全卷一百二十回)。1992年外文局又出版了拉乌埃尔与杰西卡·麦劳奇兰合译的《水浒传》。然而，令人费解的是，米尔克·拉乌埃尔本人对自己所完成的翻译工作几乎绝口不提，无论是从其个人简历还是维基百科上，都看不出这位秘鲁知识分子曾经翻译了三部重量级中国古典名著。尽管《红楼梦》和《水浒传》的前言中都不曾涉及翻译过程及译者信息，令人惊喜的是，在1971年版的《易经》前言中，译者拉乌埃尔表示自己不通中文，该书西文译本是从英文转译。曾有巴塞罗那自治大学翻译学的博士生将论文选题定为赵加合译本与拉乌埃尔译本的对比分析，专辟一章指摘拉乌埃尔译文里种种脱离或缺失文化背景的翻译谬误。或许是因为这种种曲折，令译者从此对自己曾经从事过的翻译工作三缄其口。

在今天这个数字化时代，网络媒体与传播的力量不可小视。中国最大的网络文学交流平台是豆瓣，而西语世界中的豆瓣则是阿莱夫。阿莱夫上的《红楼梦》专题是西语红学爱好者们的集结地，也是目前笔者所掌握的西语世界中红学介绍和研究资料相对翔实全面的一个宝库。从格大出版社的赵加合译本介绍，到博尔赫斯的红楼批评与介绍；从西文《葬花吟》全诗帖，到对博尔赫斯红楼批评之批评；从博译版的《贾正祥正照风月镜》，到赵加译本的章节题名陈列，阿莱夫上的《红楼梦》

专题可以说应有尽有。此外，还有网友贴出了西班牙学者何塞·阿尔贝托·阿里阿斯的红学论文《〈红楼梦〉中的女性主义和性》、西班牙著名文评家何塞·玛利亚·古埃尔本素于2010年为《国家报》撰写的专栏文章《中国的“堂吉诃德”》、西班牙语版维基百科对《红楼梦》从内容、人物形象到创作背景和文学传承的全面介绍、2008年北京塞万提斯学院缩略插图版《红楼梦》译本首发式的文宣材料等西语世界珍贵的红学材料，甚至毛泽东在1954年所写的《关于〈红楼梦〉研究问题的信》也在该论坛被翻译成了西班牙语。

《三国演义》《西游记》和《水浒传》

北京外文局在20世纪初70年代出版过一个转译本的《三国演义》，但是这个译本至今没有登陆西班牙图书市场。除此以外，西班牙甚至西班牙语世界也没有其他的《三国演义》译本。这本书在西班牙汉学界也没有得到应有的关注。

《西游记》则受益于京剧剧目和日本推出的儿童动画片。“猴王”形象深入西班牙普通读者的脑海。1945年，路易斯·马丁内斯·艾伦翻译出版了一部名为《猴子》的《西游记》西译本。由于没有任何资料表明马丁内斯·艾伦懂中文，加上当时西班牙刚刚结束内战，中国还处于战乱中，有充分的理由相信，这版《猴子》是由其他西方语言转译而来的。这个译本年代久远，在今天的西班牙图书市场已经难觅踪影。唯有西班牙国家图书馆的馆藏中，尚能看到该译本的身影。1986年，西班牙阿尔特阿出版社推出了一个《西游记》的节选译本，名为《猴王与骷髅女巫》，由马里奥·梅力诺从法文转译。这个节选本在马德里问世后，并没有引起很大反响。1992年西班牙希卢埃拉出版社推出了恩里克·卡通和伊梅尔达·黄·王夫妇联手翻译的《西游记：猴王历险》。这是目前西班牙图书市场和馆藏中唯一的《西游记》直译本和全译本。2004年这个译本再版，并且成为巴塞罗那自治大学翻译系东亚古典文学课程的必读书目。从这三个译本的书名上，笔者发现，在西班牙，孙悟空是《西游记》的第一主人公，他聪明机警、个性鲜明，深为西班牙读者所喜爱。

同在巴自治翻译系必读书单上的《水浒传》是1992年北京外文出版社推出的米尔克·拉乌埃尔与杰西卡·麦劳奇兰合译的版本。两位译者都不通中文，因此这个版本的《水浒传》虽为全本，却是一个转译本。此外，1992年外文出版社推出的是四册的口袋书版，现已绝版。2010年外文出版社推出了这个译本的汉西对照版，共计五册。

《金瓶梅》和《肉蒲团》

知名汉学家雷林科废寝忘食六年翻译了《金瓶梅》。她一直强调自己所翻译的版本乃是《金瓶梅词话》。《金瓶梅词话》是《金瓶梅》现存四个版本中最早的版本，由万历四十五年（1617）东吴弄珠客及欣欣子作序，全书共一百回。所谓“词话”是指书中插有大量的诗词曲赋和韵文，这个本子及其传刻本统称为词话本。在长达35页的引言中，译者分主题探讨了《金瓶梅》的作者、版本、中国小说、国与家、性、金钱、修辞和翻译。此外，译者还列出了两个英文和一个法文的参考译本，以及47篇参考文献。紧接着便是16页的人名译名及人物背景介绍清单。未进入正文，便已是一份《金瓶梅》国际研究总览。此外，雷林科做翻译，为求不留遗憾，对每个细节都用心推敲。譬如，在第八十八回中出现了一个“枪”字。从通常的记载看，西方的火枪是在17世纪传入中国，那么写于16世纪的《金瓶梅词话》中的枪，是否就是西方的火枪呢？为了查证这个细节，雷林科跑到中国国家图书馆和北京大学图书馆，终于找到一份珍贵的1560年的手抄本史料，上面详细配图记载了火枪。这版《金瓶梅》甫一问世，便大受学界好评。口碑带动了销量，迄今为止，这个译本已经推出了第三版。安妮·苏亚雷斯在《国家报》，“新锐派”代表诗人、西班牙国家图书馆前馆长路易斯·阿尔伯特·德昆卡在《阿贝赛报》分别为《金瓶梅》的西译本撰写了书评。

2015年，《肉蒲团》由西班牙图斯盖茨出版社出版发行。该作品最早是由哈佛大学中国文学的教授韩南翻译，1990年英译本在美国首次出版。伊丽丝·梅内德斯将其从英文转译到了西班牙文。

《聊斋志异》《儒林外史》和《老残游记》

1977年，马德里联合出版社出版了西班牙知名汉学家劳雷亚诺·拉米雷斯与劳拉·罗薇塔合作翻译的《聊斋志异》。后此书于1985年再版。这个译本是1970年一个西班牙青年和一个乌拉圭青年在北京相遇相爱所留下的纪念品。1985年还有另一版由希卢埃拉出版社推出的《聊斋志异》译本，书名为《做客的老虎》，即原作中的《苗生》篇。该译本由阿根廷知名作家博尔赫斯作序，但是内容只包含了《聊斋志异》中的16个故事，同时还包含了博尔赫斯所翻译的《红楼梦》的两个章节。这个译本是博尔赫斯同伊莎贝尔·卡尔多纳合作从英译本转译而来。此外，在20世纪90年代初期，曾合作翻译过《西游记》的夫妇恩里克·卡通与伊梅尔达·黄·王二人合译出版了一版《聊斋志异》的全译本。

1991年，劳雷亚诺·拉米雷斯花费八年光阴完成的《儒林外史》西译本在巴塞罗那塞克斯·巴拉尔出版社正式面世。1992年，拉米雷斯凭借这个译本荣膺西班牙国家翻译奖。这个奖项也为拉米雷斯带来了巴塞罗那自治大学翻译系的教职。该译本能够获奖的原因在于它调动了18世纪的古西班牙语来翻译18世纪的中国文学作品，让中国古典文学作品中的古韵在西班牙语的译本中得以保存。《儒林外史》同样是巴自治翻译系东亚古典文学课程的必读书目。

西班牙已经翻译出版的明清小说还包括《老残游记》，译者为格拉纳达大学知名汉学家加西亚·诺布雷哈斯。该译本于2013年由马德里知名学术出版社——讲席出版社正式推出。

结　论

总体来看，西班牙明清小说翻译在20世纪90年代初期存在一个小高峰。在那个时期诞生了很多重要作品的译本。《西游记》《红楼梦》《水浒传》《儒林外史》等目前仍在广泛流通的重要译本，很大一部分都是在那个时候推出的。但总体来说，西班牙翻译明清小说的进程不仅晚于法国与德国，也滞后于诸多亚洲国家，例如日本与韩国。从数量上来说，当前仍然还有很多待翻译的作品，诸多空白亟待填补；从质量上来说，已经通过从英语等语言转译到西班牙语的一些作品，也有重译的必要，因为当前已经有越来越多的人意识到了从源语言进行直接翻译的重要性。值得一提的是，重译这一现象往往频繁地出现在一些经典名著的翻译过程中，例如《堂吉诃德》这一西班牙的名作在中国前前后后有几十个翻译版本，《红楼梦》《西游记》等经典作品在西班牙也存在数个翻译版本。

第四节 鲁迅作品

鲁迅是中国现代小说的奠基人。[1]毛泽东称其为“中国文化革命的主将”[2]。凭借其作品丰富的文学意涵与革命领袖的推崇，鲁迅小说和散文在1949年后近30年的时间内成为中国现代文学几乎唯一的代表，被广泛学习和传播。也因此，鲁迅成了被世界主要语种[3]译介最为充分的中国现代作家。[4]

1968年的法国学生运动激起了整个西方世界对中国文化的新一轮关注热潮。1971年，两家西班牙出版社同时首次推出了鲁迅短篇小说的西

1 朱栋霖，朱晓进，龙泉明：《中国现代文学史（1917—2000）》（上），北京大学出版社，2013年，第56页。

2 毛泽东：《毛泽东选集》（第2卷），人民出版社，1991年，第698页。

3 即联合国五种工作语言：英语、西班牙语、法语、俄语和阿拉伯语。

4 https://www.worldcat.org

班牙语译本。萨尔瓦特出版社出版了《阿Q正传和其他故事》。图斯盖茨出版社则出版了墨西哥人塞尔西奥·皮托尔翻译的《狂人日记》。

在今天来看，萨尔瓦特出版社是一家处于半休眠状态的出版社。出版的图书似乎只剩下屈指可数的几种童书。尽管版权页上没有注明译者，但经西班牙汉学家马娅莲考证，1971年版《阿Q正传和其他故事》的译者应该是路易斯·恩里克·德拉诺。德拉诺是20世纪智利重要的作家、翻译家、记者和外交官，也是智利伟大诗人聂鲁达的挚友。路易斯·恩里克·德拉诺和其子波利·德拉诺20世纪60年代生活在北京，并翻译了一定数量的中国文学作品。老德拉诺翻译了冯远君的《中国古典文学简史》、鲁迅的《故事新编》和《李白诗选》。小德拉诺和父亲一起翻译了《十个伟大的中国故事》。尽管维基百科上注明父子两人是从中文直译了这些作品，但因西班牙1971版《阿Q正传和其他故事》同1960年北京外文出版社出版的《故事选编》内容完全一致，可以看出老德拉诺并没有从中文直译，而是从英文和法文转译。这一版鲁迅短篇小说西译本还于1961年抵达了古巴的哈瓦那。应该指出的是，德拉诺父子是将门之后，在智利和西班牙都是极具影响力的文化名人。他们著作等身、获奖无数。老德拉诺还曾是智利驻墨西哥和美国的总领事、智利驻瑞典大使。聂鲁达便是在他的大使任期内荣膺诺奖。萨尔瓦特版的鲁迅短篇小说选集包括了《呐喊》的前言部分、《阿Q正传》《狂人日记》《孔乙已》《药》《祝福》《在酒楼上》《孤独者》《伤逝》和《故乡》。萨尔瓦特版的前言高度赞扬了鲁迅和他所采用的共产主义革命框架的文学创作，将鲁迅作品视作具有政治目的的革命文学。萨尔瓦特版曾经于2000年再版。

1971年，西班牙图斯盖茨出版社出版了墨西哥人塞尔西奥·皮托尔翻译的《狂人日记》，该译本后于1987年和2000年两次再版。与德拉诺版《阿Q正传和其他故事》一样，皮托尔版《狂人日记》是20世纪60至

70年代北京外文出版社组织大批拉丁美洲译者翻译中国文学作品的产物。这批译作中的部分作品，尽管外文出版社出版的原版目前很难考证和搜集，但通过国外出版社再版，得以延续其传播力和生命力。虽然从翻译质量和传播范围来说，皮托尔版《狂人日记》在众多鲁迅作品西译本中并不突出，但皮托尔本人却是一位极为重要的鲁迅作品翻译家。皮托尔并不精通中文（译本应该是从英文转译），也没有在中国长时间生活过，并非汉学专业人士，但他却是一位极为重要的西班牙语作家，曾于2005年获得塞万提斯文学奖。同许多重要的拉丁美洲作家一样，皮托尔还是一位外交官，曾任墨西哥驻捷克斯洛伐克大使。2006年在获得塞万提斯奖后，皮托尔受西班牙塞万提斯学院邀请回到了阔别近半个世纪的北京。皮托尔还是京剧、老舍和郭沫若话剧作品在墨西哥的积极推广者。他的小说《夫妻生活》和《逃跑的艺术》已经被翻译成中文并在中国正式出版。因为译者的影响力，图斯盖茨出版社出版的《狂人日记》顺利进入了拉丁美洲并传播开来。

1973年，中国和西班牙建交，毕隐崖随使团来到中国。1975年甫一回国，毕隐崖即与米格尔·萧开始合作翻译《呐喊》。1975年11月，右翼独裁者佛朗哥去世，西班牙的出版界开始复苏。1978年，旺泉出版社推出了第一部从中文直接翻译的《呐喊》。这版《呐喊》是西班牙汉学界公认的经典译本之一。书的封面和封底上有对作家、作品以及译者的详细介绍，介绍指出《呐喊》不仅艺术水平高，而且斗争精神足。1979年因翻译《老子》荣膺西班牙国家翻译奖后，毕隐崖回到了中国，后对西藏地区和藏传佛教产生了日渐浓厚的兴趣，并因此逐渐脱离了西班牙汉学圈。在其他重要译者随着汉语教学在西班牙的发展纷纷进入大学执掌教鞭的同时，毕隐崖只留下了零星的身披西藏僧侣袈裟的影像。1978版《呐喊》的出版机构——旺泉出版社，是西班牙语出版界（包括西班牙和拉丁美洲）文学出版社中最为主流的一家，其分支机构遍布所有的西班牙语国家和拉丁裔移民众多的美国。因此，该译本不仅翻译质量上乘，从传播度和影响力的角度来看，也是鲁迅作品西译本，甚至中国现代文学西译本的制高点。

1991年，欧洲通信与信息出版社推出了埃尔内斯托·波塞翻译的《阿Q正传》。该版本于2002年再版。这版《阿Q正传》既有单行本，又有同两部俄罗斯小说——《八月元帅——戈尔巴乔夫和军人们》以及《罪与罚》的合集本，该合集隶属于“太阳图书馆”丛书。在《阿Q正传》正文前有一篇关于鲁迅及其作品的简要介绍，但是撰文者没有署名。介绍提到这部小说是作者鲁迅的自传，由此可见混淆现实与虚构是西班牙在介绍与研究中国文学时常出现的问题。译者波塞，除这本《阿Q正传》外，再没有其他中国作品的译本，因此我们有理由推测，这是一个转译本。

1988年，结束在天津外国语大学外教工作的爱尔兰人肖恩·戈登应聘来到了巴塞罗那自治大学，开设中文课程。戈登有一个中文名字叫高遁。高遁是巴塞罗那自治大学翻译系的前系主任和国际文化研究学院主任，以及巴塞罗那国际事务基金会亚洲计划的负责人。作为巴塞罗那自治大学东亚研究的开拓者和领头人，高遁对于西班牙东亚研究的发展做出了不可忽视的贡献。1994年行星集团旗下的62出版社推出了高遁和玛丽莎·普雷萨斯合作翻译成加泰罗尼亚语的《野草》。这是一个双语对照版。此书是62出版社“20世纪全球诗歌”文集的主编霍金·撒拉向高遁约稿后的成果。译本的序言很长，由两位译者撰写，详尽描述了鲁迅的生平和当时的历史事件，将鲁迅作品放到了历史时代和作者生平的坐标系中考察。序言之后的参考书目中列出了《野草》的英译本和法译本，以及李欧梵所主编和撰写的鲁迅研究专著。译本最后还有12页的作者生平与作品年表。这是一部非常精良和严谨的译作。而《野草》的西班牙语版则要等到2013年才面世。

2001年蓝色出版社推出了乌拉圭人罗莎里奥·布兰科翻译的《中国小说史略》。布兰科于1958年出生在乌拉圭首都蒙得维的亚，1982年完成在北京大学的学业后进入新华社工作。《中国小说史略》最初是布兰科中文学习中的翻译练习。此后，她在十多年的时间里不断修正和完善。20世纪90年代《中国小说史略》的西译本首先在委内瑞拉的阿维拉山出版社出版，2001年通过蓝色出版社登陆西班牙。1997年开始，布兰科参加了美国约翰·霍普金斯大学的西班牙语教学项目，被派往意大利。目前，她定居意大利。创建于1968年的阿维拉山出版社有深厚的委内瑞拉政府背景。布兰科在北京结识了委内瑞拉汉学家维尔弗雷多·卡里萨雷斯。后者曾经是查韦斯的坚定支持者并任委内瑞拉驻华文化参赞，同时也是一版西语《道德经》的译者。因此，《中国小说史略》首先在委内瑞拉出版，2001年正式登陆阿根廷和西班牙。布兰科为这个译本写了一个关于鲁迅及其作品非常详尽的序言，还提到为了方便读者阅读，略去了很多原文中的注释。我们还能清晰地看到，这个译本所参照的原文是1982年人民文学出版社出版的《中国小说史略》。

2003年伊培里翁出版社出版了由劳雷亚诺·拉米雷斯翻译的《故事新编》。这是继毕隐崖的《呐喊》之后，又一部鲁迅作品的经典西译。1992年，凭借对《儒林外史》的翻译，拉米雷斯荣膺西班牙国家翻译奖。他所翻译的《聊斋志异》和《六祖坛经》也两度入围西班牙国家翻译奖终评。鲁迅作品中，拉米雷斯钟爱《故事新编》，向多家出版社推荐，最终伊培里翁应允出版。我们在该版封面上看到醒目的“拉米雷斯从中文直译，并撰写引言与附录”字样，由此可以推测，2003年“拉米雷斯”这个名字已经是中文作品西译的质量标签。这个译本的引言长达八页，内容除了有对鲁迅作家作品的研究外，还有对《故事新编》中每一个故事的原版，以及他们被鲁迅新编后陆续发表的版本背景全面详尽的介绍。译者宽广的知识背景和严谨的翻译态度可见一斑。正文后面附录由每一个新编故事的原版组成，便于读者在阅读时将原版与新版对照。此外，还有一个作者生平与作品对照年表。伊培里翁出版社是一家坚持自身审美与品位的独立出版社，2004年获得了西班牙文化部授予的“最佳文化出版社”称号。

1984出版社于2007年推出了加泰罗尼亚语版的《狂人日记和其他故事》。译者是加泰罗尼亚开放大学的中国文学教师裴瑞清。这是鲁迅小说的第一部加泰罗尼亚语译本（之前的《野草》是散文诗），受到了加泰罗尼亚基金会的资助。1984出版社是创建于1984年的加泰罗尼亚独立出版社，名字“1984”是对乔治·奥威尔小说《1984》的致敬，大量出版从其他语言翻译为加泰罗尼亚语的文学作品。

2008年西班牙人民出版社再版了北京外文出版社1954年出版的《狂人日记和其他故事》。译者是内斯托·卡布雷拉·洛佩斯。这个西语译本，并非从中文直译，而是从杨宪益的英译本转译，译者也并非汉学家。这个版本包含了《狂人日记》《孔乙己》《药》《一件小事》《故乡》《祝福》《在茶楼上》《幸福的家庭》《孤独者》《伤逝》和《铸剑》等。西班牙人民出版社总部设在马德里。自2006年开始参加北京国际图书展，便积极参与中国图书对外推广系列活动，因此，获得了相当部分之前北京外文出版社中国文学西译本的再版版权。我们可以看到近五年来，西班牙人民出版社都在积极推出西班牙语版的中国文化代表作品。

2013年巴特利比出版社推出了普拉斯·皮涅罗翻译成西班牙语的《野草》。皮涅罗少年时代跟随身为外交官的父母在中国生活了五年，因此精通中文，成年后到巴黎七大攻读中国语言文学。本科毕业后，在北京师范大学完成了研究生学业。嗣后，他赴悉尼游学，并作为中文教师最终定居堪培拉。近年来，皮涅罗是非常积极的中国文学在西班牙的推广者和翻译者。

第五节　跨媒介文学样本——《金陵十三钗》

引　言

如果说中国文学外译，尤其是中国文学面对西方强势文化的外译需要考虑接受语境中的诸多因素，如传播手段、译入国的意识形态、诗学观念等，以取得更好的外译效果，那么我们不禁要问：西方[1]，是否是一个整体，只存在一个铁板一块的西方？正如新马克思主义者弗雷德里克·詹姆逊所言，全球化导致美国（和完全依从它的卫星国，如英国），通过在全球推广自由市场经济，进而削弱其他民族—国家在文化和经济上的自主性。[2]英国脱欧和自特朗普执政以来日益尖锐的美欧矛盾，让我们看到了西方世界的内部分层。著名翻译学研究专家克罗宁指出，过去在翻译与后殖民主义这个问题上，倾向于"把欧洲和新大陆或者欧洲与殖民地简单对立起来"，忽视了欧洲自身的"内部殖民主义"。[3]被英语霸权和英语资本挤压生存空间和独立意志的，绝不仅仅是过去的亚非拉殖民地语言和他们的出版业，也包括了同属西方世界、同在欧盟内部的西班牙语和西班牙出版社。那么我们在面对西方相对边缘的语言和文化时，处理非英语语境中的中国文学译介，我们是否应该考虑更为复杂的多维互动因素？笔者通过对严歌苓《金陵十三钗》在西班牙翻译和出

1　菲利普·尼摩的《什么是西方》指出，五个关键基本要素或称"五大奇迹"构筑成当今的西方，它们是：(1) 希腊民主制、科学和学校；(2) 古罗马法律、私有财产观念、人的个性和个人主义；(3) 圣经的伦理学和末世学革命；(4) 中世纪教皇革命的人性、理性将雅典、罗马和耶路撒冷三要素融合；(5) 启蒙运动的自由民主改革。西方，传统上指欧洲全境、美国、加拿大、澳大利亚和新西兰。

2　弗雷德里克·詹姆逊：《现代性、后现代性和全球化》，王逢振、王丽亚等译，中国人民大学出版社，2018年，第365—366页。

3　Cronin, M. *Translating Ireland: Translation, Languages, Cultures*, Cork: Cork University Press,1996, p. 3.

版历程的认真考察，试图为中国文学走入非英语国家提供一些建议和参考。此外也希望借这个个案研究，从翻译伦理学的角度进一步对中国文学外译过程进行翻译思考。

英、西译本表征

叙事特征的改写：英、西译本对比举隅

为考察原文与译文在叙事上所表现出的特点，笔者对《金陵十三钗》原文（下文简称原文）、英语译本（下文简称英译）和西班牙语译本（下文简称西译），在原文—译文、译文—译文两个层面进行对比，发现在叙事特征上译文对原文的改写特点如下。

1. 叙事中人物身份的简化

译例1：

原文：我姨妈书娟就是这么个女孩。(《金陵十三钗·三》)

英译：***Shujuan*** was just such a girl.（*The flowers of war,* Three）

西译：***Shujuan*** era una de estas personas.（*Las flores de la guerra*, Capítulo 3）

译例2:

原文：现在过来的是赵玉墨，她低声和戴少校交谈着什么，没人能听见两人的谈话，无论我姨妈孟书娟怎样紧绷起听觉神经，也是白搭。(《金陵十三钗·九》)

英译：Now it was Zhao Yumo; Shujuan could see her talking to the major in low tones, too low for ***Shujuan*** to catch what they were saying, no matter how hard she strained to hear.（*The flowers of war,* Nine）

西译：En ese momento pasó Zhao Yumo conversando en voz baja con el comandante Dai, tan bajo que no pudo escuchar lo que decían. Por mucho que ***Shujuan*** trató de aguzar el oído, no logró captar nada.（*Las flores de la guerra*, Capítulo 9）

如译例1和译例2，原文中多处描写“姨妈孟书娟”或以该人物视角为叙述视角展开讲述，在英、西译文中均直接对“Shujuan”进行描写或以其视角展开叙述，略去了该人物的另一身份——“我”的姨妈。

2. 叙述者“我”的消失

小说《金陵十三钗》原文中，叙述者常以“我”自指，以第一人称在文本中出现。朱振武、刘文杰在其研究中指出，《金陵十三钗》以第一人称“我”的口吻和我姨妈书娟的经历来讲述故事和表达人物观点，其英译本则将叙述者“我”略去。

为探明西译对原文中叙述者“我”的处理情况，笔者对小说的中、西双语平行文本进行了相关检索和统计。首先，使用CUC Paraconc V0.3检索关键词“我”，并在停用词表中加入停用检索词“我们”，以排除包含第一人称复数“我们”的文本条目，共得到检索结果347条。然后，根据人称词“我”所属句子在文中所处的不同叙述层次对检索结果进行区分。一般情况下，叙事文本中用于引出人物话语的直接引语（包括自由直接引语）属于人物叙述层次，非直接引语部分通常属于叙述者层次。人物叙述者层次所使用的“我”通常指向说话的人物自己，叙述者层次中的“我”则通常指向叙述者。

因此，第一步应通过判断关键词“我”是否处于直接引语当中，将检索结果中的关键词“我”区分为人物叙述层的“我”与叙述者层的“我”，对应频数如表4-3所示。

表4-3 《金陵十三钗》中“我”在不同叙述层的出现次数统计

“我”的叙述层	文本条目数
人物叙述层的“我”	302
叙述者层的“我”	45
合　计	347

检索结果中，叙述者层的“我”至少45条，均指向第一人称叙述者，其中“我”作为修饰语用于引出“姨妈”的情况37条，直接引出叙述者本人视角的情况8条。根据平行文本检索结果，针对上述原文条目，译文将含有单独引出叙述者“我”的句子全部删节，以第一人称“我”作修饰语引出“姨妈”的情况，译文进行了删节或是译为“Shujuan”。也就是说，第一人称叙述者“我”在西译中完全消失，人物孟书娟对于叙述者“我”而言的姨妈身份也随之消失。

综上所述，在原文—译文层面，英、西译本均将原文的第一人称叙述者“我”及其同相关人物的身份关系省略；在译文—译文层面，英、西译本在这一叙事特征上表现出相同的改写方式。

行文结构的部分重建

1. 调整章节

在章节的安排上，英、西译本相较原文表现出相似的改写方式。原文共有18个章节，其中包括题为“引子”的开篇和随后的“一”至“十七”章节。英、西译本同样有18个章节，但其安排方式与原文略有不同：两译本均直接以第一章开篇，并在第十七章后加入后记为全书收尾。如表4-4所示：

表4-4 《金陵十三钗》原文与英、西译本的章节安排对比

	原文	英译	西译
章节数量	18	18	18
开篇章节	引子	One	Capítulo 1
收尾章节	十七	Epilogue	Epílogo

相较原文，英、西译本在第十、十一、十二、十六、十七章节均进行了大幅调整，原文“引子”中部分内容被调整至译文的“Epilogue”或“Epílogo”（分别为英、西文的“后记”）部分，此外该部分还出现了

原文第十二、十六、十七章中的故事情节。值得注意的是，由于原文中严歌苓并未作《后记》，两译本均在全书结尾做出大胆的文本增添，对小说结尾部分进行了较大动作的改写。

2. 改写情节

从故事情节来看，两译本均对原文进行了较大改写，尤其是对全书后半部分各章节的情节内容进行了重新布置，具体方式为情节位置调整、情节增添和情节删节。例如，情节位置调整最为典型和突出的案例，是原文第十二章豆蔻失踪之后，严歌苓以倒叙的方式第一时间向读者展示出这个多年后才得以揭露的真相。这个片段以触目惊心的文字描写了日军如何虐待、羞辱并杀害少女豆蔻，将日军的残暴面目揭露得淋漓尽致。而英、西译本则均将此情节调整到了全书结尾的《后记》部分。

情节增添方面，译文最为显著的改写当属对人物英格曼神父的结局的改写。原文中严歌苓对英格曼神父的人物结局交代得十分模糊，读者无法直接得知该人物最后的遭遇。英、西译本则均增添了神父被日军枪杀的情节作为该人物的最终结局。

英、西译本生成机制

译本源起

原中篇小说《金陵十三钗》在被选用和改编为同名电影的剧本后，中文版由严歌苓本人对其进行扩充并于2011年6月出版[1]，电影《金陵十三钗》紧随其后于同年12月上映。由此可见该扩写本的产生是与同名电影的诞生相伴相随的。小说作为电影剧本的改编基础，它在市场中的知名度和接受度，与电影的影响力之间存在较密切的相互作用。由于该电影的拍摄制作从一开始便十分重视国外市场，小说译本便成为原作品

1　刘云:《〈金陵十三钗〉中篇到长篇的历史叙述演变》,《名作欣赏》2012年第27期。

的“化身”去接受国外读者和评论界的检验。因此，电影制作方会在与原作者达成一定协议的前提下，对译本进行“跨媒介”的改写，以提高译本在国外市场和文化中的接受程度，使小说译本的传播在一定程度上为电影在海外市场的成功传播服务。这种改写更多是经济和意识形态层面的，其中电影的投资方更关注前者，而政府部门和导演更关注后者。

这种跨越媒介的改写，在译本题名的确定过程中有充分体现。电影《金陵十三钗》英文译名于2011年9月正式确定为*The flowers of war*[1]。直至2011年11月前后西译本译者努里娅·毕塔尔克·莱德斯玛在与该作品责任编辑玛利亚·法塞在电子邮件通信中探讨小说的翻译工作时，仍使用*Las treces flores de Nanjing*（意为“南京十三花”或“金陵十三花”）作为译文标题，并仍在等待出版社对最终的标题做出确定。最后，不仅次年1月出版的英译本标题与电影相同，2月出版的西译本同样放弃了译者原用的标题，确定为与电影及英译本标题对应的西语标题*Las flores de la guerra*，因为出版方希望所有小说各语种译本标题保持一致。从时间先后不难看出，译文标题的一致化，最终是为了与电影标题的英译保持一致。

西班牙语译者与出版

小说《金陵十三钗》的西班牙语译本《战争之花》于2012年2月由西班牙著名的文学出版社——旺泉出版社出版。译者努里娅·毕塔尔克·莱德斯玛，具有多年在中国任教西班牙语课程的经验，以及在西班牙教授中文的经历。她精通汉语，除这部作品外，还翻译了严歌苓的《第九个寡妇》、余华的《十个词汇里的中国》、张悦然的《十爱》等多

1　意为“战争之花”，参见http://news.163.com/11/0914/13/7DTQEOOQ00014AED.html (2018-11-20)。

部中国当代文学作品。2011年，译者受旺泉出版社委托，在11月完成并提交了小说《金陵十三钗》的汉西翻译初稿，随后又与出版社执行编辑玛利亚·法塞合作完成了对译稿的修订，形成目前的西译版本，在西班牙语国家和地区发行销售。

为进一步分析《金陵十三钗》西班牙语译本所采取的改写策略和模式，我们与努里娅·毕塔尔克通信，并对她进行了采访。译者在通信中针对西班牙文译本的改写问题，提供了以下重要信息。

（1）2012年2月正式出版的《金陵十三钗》西译本*Las flores de la guerra*的出版信息页中包含了一项来自出版方的声明：La edición española es traducción del original chino y ha sido editada de acuerdo a la versión inglesa aprobada por la autora。[1]

该声明的重要性在于澄清了三个事实。第一，西译本不是从任何其他语种译本间接翻译而来；第二，读者所面对的西译本是经过了一定改写的版本，改写所参照的“模板”是小说的英译本；第三，作者严歌苓本人也是这个改写过程的参与者之一。

（2）在通信内容中，译者提到：“十月下旬，汉西翻译已经完成并且可以提交了，出版社告知我，严歌苓本人审阅了英译本（看来妮基·哈曼也在同样的时间里进行着汉英翻译）……既然是经作者本人审阅和认可，并由蕾贝卡·卡特（兰登书屋编辑）发来的版本，我和出版社同意了在西译本中采用那些最突出的改动。”

译者提供的信息表明，小说《金陵十三钗》最初版本的西班牙文译稿，在受到一系列因素的影响后，最终采用了大部分英译本对原文的改写方式。产生影响作用的因素除译者本人外，还能看到西译本编辑、英译本译者、英译本编辑，甚至原作者严歌苓本人的身影。

1 意为“西班牙语译本由中文原文直接翻译而来，已根据经作者本人许可的英译本进行编辑”。

英译本出版与接受

小说《金陵十三钗》的英文译本由英国汉学家妮基·哈曼翻译完成。2012年1月知名跨国出版巨头企鹅出版集团[1]下属的哈维塞克出版公司将其正式推出面市。比旺泉出版社发行该小说西译本的时间早一个月。

目前，国内学界关于《金陵十三钗》英译本的详细研究为数不多，但也关注到了它对原文的改写。朱振武、刘文杰从评析翻译技巧的角度[2]，对英译本采取的归化、异化和增删处理等进行了举例和探讨，认为译文在保留源语语言风格的基础上，充分尊重译入语读者的阅读感受，是将作品顺利译介到西方世界的成功改写，并将其总结为译者的“创造性叛逆”。文军、王昕娟从译者身份的角度[3]，结合从互联网广泛搜集到的小说英译本书评（既包含专业评论，也包含非专业的读者评价）考察评论界和普通读者对译本的接受程度。尽管研究未直接提及“改写”，但在探讨读者对翻译质量的关注问题时，文章多次谈及译文与原文的差异，这实际上也是对译文改写成效的讨论。

除语言转换上的加工处理外，该译本还在叙事风格、人物刻画和故事情节安排等叙事技巧上进行了较为大胆的改写。例如省略原文中的第一人称叙述者“我”、对人物英格曼神父的结局的改写，和将原文“引子”部分的内容调整至译文“后记”等。此外，小说作者严歌苓本人也积极参与到英译本的改写过程当中，并将其看作是原作的“英文再创作”[4]，该译本一经出版，便在英美评论界和大众读者中产生了不小的反响，从作家、评论家，到各类报纸杂志、书评媒体，西方读者在接触和

---

1 现为企鹅兰登书屋(Penguin Random House)。在英译本出版的2012年1月，两家出版集团尚未合并（2012年10月宣布合并，2013年正式完成），故文中尚称为独立的“企鹅出版集团”。

2 朱振武，刘文杰:《汉学家韩斌的“创造性叛逆”——以〈金陵十三钗〉的英译为例 》,《外文研究》2017年第2期。

3 文军，王昕娟:《〈金陵十三钗〉英译本评论研究》,《外语教育研究》2014年第3期。

4 刘云:《〈金陵十三钗〉中篇到长篇的历史叙述演变》,《名作欣赏》2012年第27期，第73—75页。

阅读该译本后，对其展示的日军侵华的故事背景、作者严歌苓的个人创作和风格及译者在翻译过程中的跨文化操纵等均表现出较高的关注和兴趣。[1]从在西方读者中的接受情况来看，《金陵十三钗》英译本基本完成了它所背负的文学与商业的双重使命。

英、西译本生产过程差异

相较于英语译介，小说《金陵十三钗》的西班牙语译介活动则略显"自主性"缺失。西班牙语译者是一名经验丰富的、优秀的文学翻译工作者。凭借其深厚的中文功底和优秀的中国文化学养，毕塔尔克在翻译《金陵十三钗》的过程中，选择了忠于原文的"异化"翻译策略，以求译文向读者展示原汁原味的严歌苓风格。这一策略在后来的译本编辑工作中遭遇修正。经出版方和作者本人的提议，《金陵十三钗》西班牙文译本逐步由原来的忠实版本演化为跨文化的改写版本，这一演化过程由出版方旺泉出版社执行编辑玛利亚·法塞与译者毕塔尔克联合完成。值得注意的是，在出版方和作者的要求下，西班牙文译本在叙事技巧的改写上很大程度地借鉴了妮基·哈曼与严歌苓合力推出的英译本改写模式，如前文提及的文本改写、叙事特征改写和情节改写等，均从英文译本照搬至西班牙文译本中。

西译本的接受情况

西班牙当代作家、《国家报》书评人赫苏斯·费雷罗评价该作品"再次展示了严歌苓令人难忘的人物刻画和挥之不去的阅读震撼"。然而，无论他知情与否，包括他本人在内的所有西班牙文读者，和英文读者一样，面对的是一部经历了多方参与和操纵的"复合改写"过后的严歌苓作品。为了解该译本在西班牙文普通读者中的接受情况，笔者调查了"Quelibroleo""Bitácora de mis lecturas""Devoradora del libro"等西班

1　文军，王昕娟：《〈金陵十三钗〉英译本评论研究》，《外语教育研究》2014年第3期。

牙语大众书评网站，发现读者对该作品的阅读反馈总体积极，不乏对作品的人物刻画和所展示的南京大屠杀事件背景深感震撼；但对作品的语言和叙事风格评价则褒贬不一，如来自“Ociozero”书评网站的一名读者书评人认为“作品叙事中规中矩，但缺乏深度”[1]。正如前文所说，读者接触到的《金陵十三钗》是经过效仿英译改写模式“重生”的版本，而叙事简化也正是本作英译改写的重要特征之一。对于中国读者而言，严歌苓“翻手苍凉、覆手繁华”的叙事功底早已深入人心，她细腻的叙事风格虽极为写实，却从不给人以缺乏深度之感。国外读者所产生的“缺乏深度”的印象，令笔者不得不推断，是作品在跨文化改写中所带来的风格缺失。

全球化与翻译伦理学思考

出版与全球化

2011年12月15日张艺谋执导的电影《金陵十三钗》在中国大陆上映，12月23日在美国上映。2012年1月小说《金陵十三钗》的英译本由哈维塞克出版社推出。哈维塞克出版社隶属企鹅出版集团，企鹅出版集团是培生教育出版集团的下属企业。在《出版者周刊》2017年公布的《全球五十四家最大出版商》的报告中[2]，培生教育出版集团名列榜首。2012年10月，企鹅出版集团宣布与美国兰登书屋合并，成立企鹅兰登书屋。2012年2月《金陵十三钗》的西译本由旺泉出版社出版。旺泉出版社成立于1964年，隶属圣迪亚那出版集团。2000年，圣迪亚那出版集团为普利萨传媒集团所收购。2014年，普利萨传媒集团将圣迪亚那出版社

---

1 http://www.ociozero.com/31096/las-flores-de-la-guerra (2018−11−20)

2 https://www.publishersweekly.com/pw/by-topic/international/international-book-news/article/74505-the-world-s-50-largest-publishers-2017.html (2018−11−20)

出售给了企鹅兰登书屋。最终，《金陵十三钗》的西班牙语和英语译本版权同属企鹅兰登书屋。

通过对《金陵十三钗》英译本和西译本身后出版社谱系及历史流变的梳理，我们能清楚看到：（1）出版业内跨国资本运作频繁，独立的、小型的出版社生存空间匮乏；（2）全球最大的三家出版集团，皆为英联邦资本所控[1]，英语在出版界的强势地位不容否认。韦努蒂的研究表明，英国和美国的出版商倾向于选择易于被目标语文化同化的作品；而在德国和意大利，翻译书籍所占比重要高得多，而且多译自英语。在韦努蒂看来，这种失衡是英美出版业文化霸权的又一例证。[2] 许多人认为，全球化的真正核心问题是世界文化的标准化。而文化的焦虑只是一种征象：换言之，这种恐惧是，特定种族——民族的生活方式本身将遭到破坏。[3] 随着全球化的进一步深入和跨国资本的日益强大，全球的审美标准与文化消费日益同质化，而文学作品与翻译作品的日益同质化，也是其必然产物。

翻译伦理学思考

在和西语译者毕塔尔克的通信交流过程中，译者对于被迫根据英译本修订自己忠于原文的译作一事表达了深深的遗憾。在她看来，此举不仅抹杀了西译本作为一个直译本的价值，也抹杀了自己作为一个汉学家的价值。字里行间满是一个具有独立人格和学术品位的优秀汉学家的失落。就此，我们进入了关于"怎么译"和"译者身份"的翻译伦理学思考。

---

1 详见《出版者周刊》（*Publisher Weekly*）2017年公布的《全球54家最大出版商》。https://www.publishersweekly.com/ pw/by-topic/international/international-book-news/article/74505-the-world-s-50-largest-publishers-2017.html (2018−11−20)。

2 Venuti, Lawrence. *The Scandals of Translation: Towards an Ethics of Difference*, London: Routledge, 1998.

3 Hanne Jansen, "'I'm a translator and I'm proud: how literary translators view authors and authorship", *Perspective* 1(2018).

福西特将翻译作品出版的复杂网络视为一种“权力游戏”。翻译成品主要由编辑决定，这种“游戏”经常导致归化翻译；而编辑的外语普遍并不流利，他们关心的主要是译文在目标语中的“易读”。[1]

对翻译的伦理学讨论始于1984年，法国当代翻译理论家和哲学家安托瓦纳·贝尔曼最早提出了“翻译伦理”这个概念。他主张：“翻译行动恰当的伦理目标应是原原本本地接受异质性。”“翻译的伦理就在于目的语的语言和文化中把‘他者’当作‘他者’来承认和接受。”[2]贝尔曼的思想影响了韦努蒂，后者将他1985年的文章在2004年翻译成了英文，并收入自己主编的翻译研究论文集中。1998年韦努蒂推出了他的《翻译之耻》。刘亚猛归纳书中韦努蒂的翻译伦理观为以下三个基本点：首先，翻译伦理问题的根源在于翻译涉及的不同语言文化之间的不平等关系；其次，不受道德观念制约的翻译实践不可避免地将根据本土的价值和利益需求，对域外文本、语言和文化进行单面、刻板的表述；最后，好翻译必须致力于保留语言文化差异，并将该理论命名为“存异伦理”[3]。丹麦翻译学研究员汉娜·詹森于2018年10月在翻译学期刊《透视》上发表论文《我是一个译者我骄傲：文学翻译如何看待作者和作者身份》，深入探讨了翻译伦理中的译者主体性问题，文本“既是作者的，也是我的”。文中还分享了一个译者维护自身“作者身份”、坚持译者主体性的典型案例。丹麦知名作家彼得·哈格在其畅销书《情系冰雪》英译过程中，过度参与，而其英文版译者蒂娜·农纳利又与作者意见相左。最终，译者为了维护自身主体性和对署名译本“作者身份”的坚持，决定放弃署

---

1 Fawcett, P. “Translation and power play”, *The Translator* 1.2 (1995): 177–192.

2 Berman, A. “La traduction comme épreuve de l”, étranger *Text 4* (1985): 67–81. Trans. L. Venuti. “Translation and the trials of the foreign.” ed. L. Venuti (2004): 276–289.

3 刘亚猛：《韦努蒂的“翻译伦理”及其自我解构》，《中国翻译》2005年9月。

名以表达自身立场。汉娜在文章中还表达了作者应当同自己作品的翻译过程保持一个安全距离的建议。

中国文学走出去

关于中国文学外译，谢天振、许钧、刘云虹分别对“翻什么”“怎么翻”和“如何才算‘走出去’”[1]，也就是对中国文学外译的动机、方法、路径和成效进行了全面深入的探讨。具体到本文所讨论的案例，《金陵十三钗》从立意到诗学，这本书应该翻不容置疑。应该如何翻译，遵从海外出版社和编辑的意愿，迎合海外市场需要，“自我东方化”去满足海外读者的阅读期待？最后，市场销量和当下读者接受，是否是“中国文学走出去”成功与否的唯一考量标准？中国文学走出去固然是举国上下的共同目标，但倘若走出去的作品在某种程度上被误读、误解，那如此的“走出去”到底还值不值得期盼？

考虑到当下的历史阶段，和包括了传播手段和接受环境的客观条件，中国文学走出去，既要借助跨国资本、大型出版社良好的传播渠道，也要在合作中争取自身的独立意志。可以做一定妥协，但是关键问题上如果无法达成一致，也可以选择对中国文化和诗学尊重度更高的中小型出版社。这个选择可能会在当下、短期内影响译本的销量，但是走出去的是真正的中国文化。此外，影响销量的主要因素，也不是译本的翻译策略，而是出版社的市场覆盖能力、营销策略和市场推广力度。对译本销量的单一追求，是我们需要反思的价值取向。其次，汉学家们因为热爱中国文化投身翻译事业，绝大部分人想要向自己国人传播的都是存异的、他者的中国文化。哪怕被树为“连改带译”“为读者翻译”的典型葛浩文，也在访谈中表示想要重译《骆驼祥子》，并且力求忠实地

1　谢天振:《中国文学走出去——问题与实质》,《中国比较文学》2014年1月。许钧:《试论中国文学外译研究的理论思考与探索路径》,《中国比较文学》2018年1月。刘云虹，许钧:《文学翻译模式与中国文学对外译介》,《外国语》2014年5月。

再现老舍作品的精神价值和美学趣味。[1]无奈译者在翻译出版的产业链中处于弱势，话语权为出版社和编辑掌控。如何从翻译伦理出发，落实到现实操作中，充分尊重译者对译著的“作者身份”，提高译者的社会尊重度和经济回馈，提升他们的职业满足感，都是“中国文学走出去”长足发展的基石。

跳出即时被认可的焦虑，中国文学走出去，追求的绝不仅仅只是畅销书。

第六节　侦探文学《解密》

概　述

《解密》是近年中国当代小说在海外成功译介和传播的重要案例之一。[2]根据全球在线计算机图书馆中心数据统计，截至2014年，《解密》的全球图书馆收藏数达686家，超过莫言小说《红高粱》的670家。该数据是衡量中国文学“走出去”成效的一项重要量化指标。[3]2014年6月，小说《解密》西译本在西班牙发行，首印量达到30000册，版税率达12.5%。与之相伴随的，是由中外出版方合力运营、作者本人全程参与其中的一场声势浩大、投入不菲的宣传活动，使该作品得到全方位推广，在中国作家与外国新闻界、文学界和读者群体间形成良性互动。[4]

1 季进：《我译故我在——葛浩文访谈录》，《当代作家评论》2009年第6期，第45—49页。

2 麦家：《解密》，十月文艺出版社，2014年。

3 沈利娜：《麦家作品的全球推广——也说作家“走出去”和出版“走出去”》，《出版广角》2015年第6期。

4 张伟劼：《〈解密〉的“解密”之旅——麦家作品在西语世界的传播和接受》，《小说评论》2015年第2期。

《解密》的传播

为考察《解密》西译本在西班牙市场的销售情况，我们采集了由AC尼尔森国际市场调研公司提供的作品销量数据（2014年1月—2015年9月）。这些数据信息分别包含该小说卡斯蒂利亚语译本和加泰罗尼亚语译本的印刷本和电子版在该时间段内的销售情况。各译本的基本出版信息如下所示。

表4-5 《解密》译本（卡斯蒂利亚语）出版信息（销量截至2015年9月）

题　名	解　密
作　者	麦　家
出版集团	行星集团
出版日期	2014年6月3日
纸版销量	7 919（156 681€）
电子版销量	180（1 647€）

表4-6 《解密》译本（加泰罗尼亚语）出版信息（销量截至2015年9月）

题　名	解　密
作　者	麦　家
出版集团	62集团
出版日期	2014年6月1日
纸版销量	1 626（31 725€）
电子版销量	25（272€）

《解密》卡斯蒂利亚语译本由西班牙出版业巨头行星出版集团旗下的命运出版社出版发行，被纳入该出版社推出的“船锚与海豚”书系。“船锚与海豚”书系是一套隶属于命运出版社的知名作品系列，诞生于

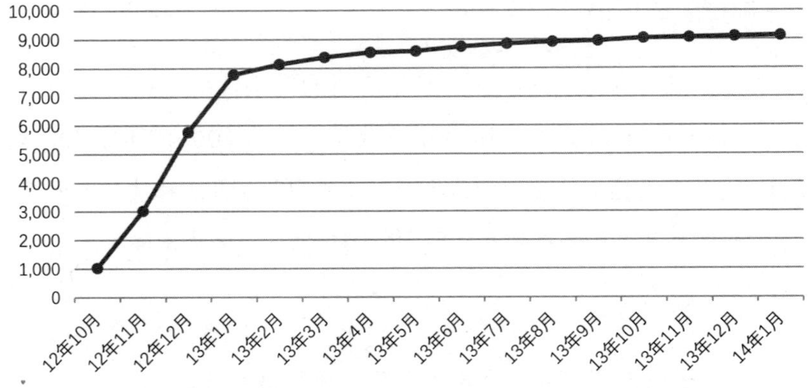

图4-1 《红高粱》西译本销量走势

1942年。命运出版社在该书系中推出了诸多现当代西班牙知名作家的作品，如阿索林的故事集《细思与歌唱》、1944年获纳达尔小说奖的卡门·拉弗莱特[1]的作品《一无所有》，以及西班牙内战后文学代表作家之一米格尔·德利维斯[2]的多部作品。外国文学方面，该书系推出了狄更斯、契诃夫、伍尔芙、拉康德、托尔斯泰等世界著名作家作品的西语译本。[3]该书系不仅在命运出版社的发展历程中扮演着重要角色，对于理解20世纪40至60年代西班牙文学，以及"五〇年一代"也起到至关重要的作用。[4]因此，从发行定位上可看出西班牙出版方对《解密》的传播予

1 卡门·拉弗莱特（Carmen Laforet，1921—2004），西班牙内战后涌现的重要女作家，其作品继承了西班牙文学的恐怖主义传统，并对存在主义文学有所贡献。

2 米格尔·德利维斯（Miguel Delibes，1920—2010），西班牙著名小说家，代表作有《柏树的影子伸长了》《与马里奥在一起的五个小时》。小说《纯真的圣徒》曾被改编为电影《圣洁无辜的人》，是西班牙电影史上的经典之作。

3 Blanca, R.S. "Semblanza de Áncora y Delfín (1942−)", 2015. Biblioteca Virtual Miguel de Cervantes –Portal Editores y Editoriales Iberoamericanos (Siglos XIX−XXI). http://www.Cervantes virtual. com/obra/ancora-y-delfin-barcelona-1942-semblanza/

4 Valls, F. "El largo destino de 'Áncora y Delfín'", 2004. https://elpais.com/diario/2004/11/11/catalunya/1100138841850 215.html

以了相当程度的重视。此外，除卡斯蒂利亚语译本外，该小说的加泰罗尼亚语译本由西班牙最重要的加泰罗尼亚语出版公司之一62集团出版社出版发行。

对于《解密》的传播，西班牙文化界表现出了积极参与的态度。2014年6月24日，《解密》西译本发布会在其西班牙推广活动的第一站——马德里举行，西班牙作家哈维尔·西耶拉参与到发布会中，并将《解密》小说人物容金珍与堂吉诃德进行对比，认为两者在艺术上具有相似性。[1] 6月25日，在巴塞罗那的西班牙“亚洲之家”文化活动中心，举行了《解密》新书推广记者会，并在宣传内容中将麦家的创作风格与博尔赫斯、波拉尼奥、卡洛斯·鲁伊斯·萨丰等作家相提并论。同一天，西班牙《国家报》(文化版)发表报道，向读者介绍这位尚未被西语文学世界了解的中国作家。文章大部分篇幅简明扼要地讲述了麦家的生平和成就，及小说《解密》的故事梗概和创作亮点，此外特意提及了麦家的文学创作与西语文学的奇妙缘分——即作家本人对马尔克斯与博尔赫斯的热情，更指出《百年孤独》是其最钟爱的作品之一。[2]

出版界、媒体与文化界的良好互动为《解密》进入西语世界打开了良好局面。而夺人眼球的商业宣传、对作家形象及创作背景的包装设计等一系列营销运作也对扩大作品在市场中的传播影响力起到了积极作用。[3] 此外，麦家本人也不遗余力地亲自参与到《解密》在西语世界的传播与推广中，西班牙的推广活动结束后，又立即启程前往墨西哥、阿根廷、巴西等国，带着他的作品与拉丁美洲读者见面。[4]

---

1 http://www.bibliofiloenmascarado.com/2014/06/26/presentacion-de-el-don-un-thriller-del-escritor-chino- mai-jai (2019-05-02)

2 https://elpais.com/cultura/2014/06/24/actualidad/1403617161_754164.html (2019-05-02)

3 张伟劼:《〈解密〉的“解密”之旅——麦家作品在西语世界的传播和接受》,《小说评论》2015年第2期。

4 沈利娜:《在偶然和必然之间：麦家作品缘何走红全球》,《出版广角》2014年第16期。

作品销量的历时考察

作品销量可直观反映其是否达到了某种程度上的商业成功，对衡量市场对作品的认可程度具有一定参考价值。从发行量看，出版后的16个月内《解密》卡斯蒂利亚语译本售出8 000多册，其中纸质版7 919册，电子版180册，平均每月售出506.2册；加泰罗尼亚语译本也售出逾1 600册。纸质版占据售出量的绝大部分比重。该时段内作品印刷本的销量走势如下图所示。

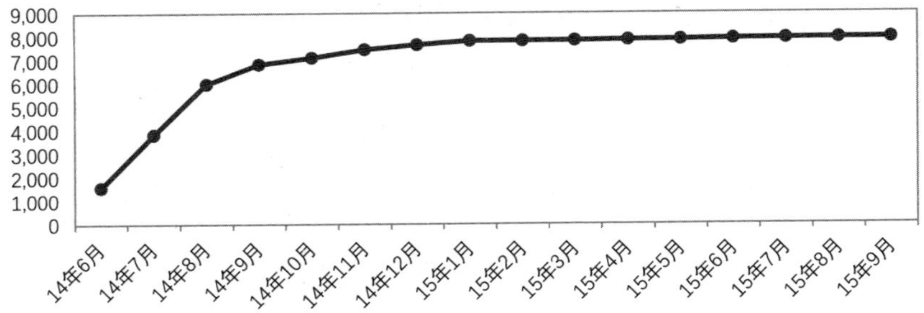

（单位：册）

图4-2 《解密》纸质版译本（卡斯蒂利亚语）销量走势

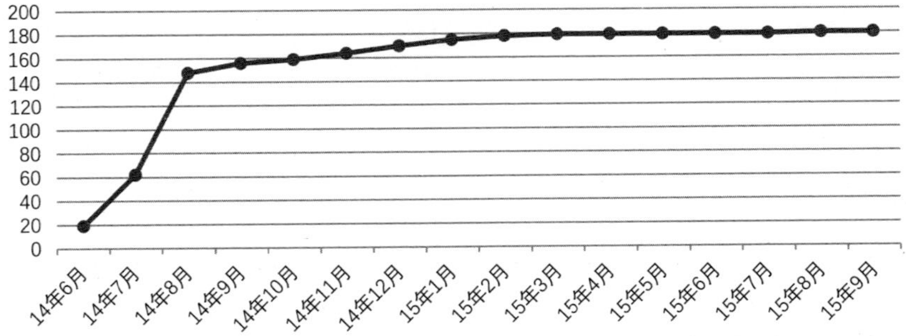

（单位：册）

图4-3 《解密》电子版译本（卡斯蒂利亚语）销量走势

观察作品的销量增长趋势不难发现，自2014年6月正式出版起，《解密》西译本的销量在随后的三个月（2014年7、8、9月）呈现快速增长趋势，纸质版的平均月销售量高达1 749册，7、8月两个月内平均月增长量高达2 000册以上，9月也实现了近1 000册的增长，随后的增长趋势明显减缓。进入2015年后，作品的销售量已几乎保持在原有水平，未再出现较大的增长趋势。可以看出，各方合作大力开展的传播推广活动的确为作品在出版发行初期较好地打开了市场，作品译本面市的首个季度是其销量增长的黄金时期，随后的两个季度内仍可能存在一定上涨空间，但增长幅度已经显著下降。总之，从《解密》西译本销量的历时变化来看，该作品及其作者麦家在向西语世界“走出去”的路程中迎来了一个十分理想的开端。尽管在出版一个季度之后这股强劲的势头有所减缓，但在长达一年的周期内依旧能看到其影响力的“余波”，这不仅与作品和作者本身对西语世界读者产生的吸引力密不可分，中国与海外方面积极投入到传播活动当中也是促成这场西语世界“麦家现象”的重要因素。

前文已经谈到，《解密》的西语译介为中国文学走向西语世界提供了一个文化和商业在传播过程中相辅相成、良性互动的模式参考。这让我们在看到文化、商业有机结合所产生的奇妙“魔法”的同时，或许也使人不禁发问：中国文学“走出去”的道路上商业因素的影响力究竟有多强？商业介入的译介模式是否会成为中国文学对外传播活动中不可避免的遭遇？

《解密》与《红高粱》比较

前文提到，2014年《解密》的全球在线计算机图书馆中心馆藏数已超越莫言的《红高粱》。中国文学在海外传播的“麦家现象”，其光芒是否已经耀眼到足以使2012年诺贝尔文学奖催生的“莫言现象”略显黯淡？下文将通过对莫言《红高粱》西译本销量的历时考察对以上疑问进行更为深入的探讨。

2012年10月11日莫言被授予诺贝尔文学奖，使国内外文学界将目光聚焦在这位中国作家身上。《红高粱》作为其代表作品之一，早在1992年就由安娜·博尔雅克从葛浩文英译本转译为西班牙语在西班牙出版，并分别在2002年和2009年由行星集团旗下的阿莱夫出版社两次再版。“诺奖效应”使得莫言作品在2012年迎来一次新的销售高潮。下文将根据AC尼尔森公司提供的2009年版《红高粱》西译本的出版信息和销量数据，对2012年10月至2014年1月期间该译本在西班牙的销量走势进行分析。译本出版信息如下。

表4-7 《红高粱》西译本出版信息（销量截至2015年9月）

题　目	红高粱
作　者	莫　言
版　本	纸质版
出版集团	行星集团
出版日期	2009年2月1日
语　言	卡斯蒂利亚语
销　量	10 280（211 754）

截至2015年9月，2009版《红高粱》共售出10 280册，其中2012年10月至2014年1月16个月内共售出9 118册，平均每月售出569.9册，相较《解密》出版后16个月内的月均销量506.2册高出63.7册。该时段内的销量走势如图4-4所示。

2012年10月起，《红高粱》西译本的销量迎来了一次为期三个月左右的销量“井喷”。截至2012年10月底，该作品在当年的累计销量便达到了近2 000册。而在此之前，截至2012年9月该书在西班牙的当年销量仅为7册。当时的出版后累计销量也只达到了740册。从2012年11月起，面对诺奖的影响力，文学界、出版界、媒体和市场在经过10月这个短暂的适应期后，立刻显示出惊人的反响和回馈：2012年11月至2013年1月这三个月内，《红高粱》西译本累计销量飙升至7 777册，平均每月销售量高达2 345.7册，高出《解密》西译本出版后首季度的月均销售量（1 749册）596.7册。

为便于将两部作品的销量走势进行更为直观的对比，下面将两组销量走势数据置于同一折线图内进行观察。

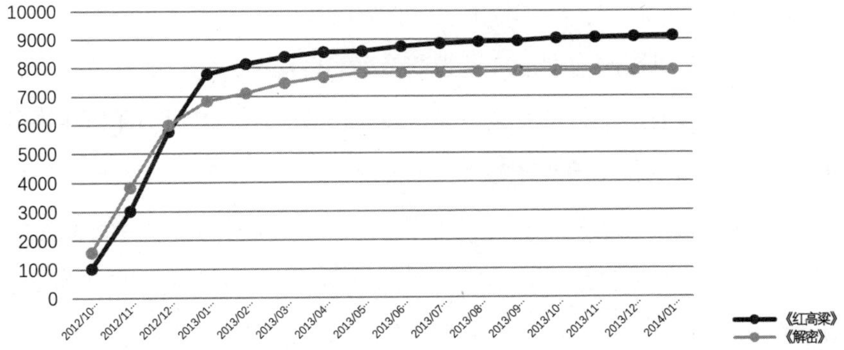

（单位：册）

图4-4　《红高粱》与《解密》销量走势对比

分析上图，可以初步总结出以下特点：

（1）具有“全方位”式主动性的传播模式对于快速打开市场有较好的效果。《解密》西译本面市时间为2014年6月24日左右，从其销量折线的起点来推断，可以发现截至6月底，该书在短短数日内售出逾1 500册。《红高粱》西译本在2012年10月11日诺尔贝文学奖公布后，截至2012年10月底售出约1 000册，这表明市场需要相对更长的反应时间来做出回馈。《解密》在海外译介和传播中的主动性不仅体现在作者、国内外出版方和文化界等在推广活动中的积极投入，其译介途径也充分体现出海外译者主动发现和引进中国文学作品的重要性。各方面的主动性得到充分发挥，使译介活动在第一时间面对海外市场、海外受众和海外译介政策等影响传播效果的因素时，具有更加清晰明确的方向和策略。[1]尽管《红高粱》的西语译介过程亦非“被动”，但相比《解密》译介中所呈现出的文学界、媒体和市场的“全方位”式联动与主动，其更多是一种以文学界的影响力为起点，并逐步影响媒体和市场的传统传播模式。通过分析两部译作前期销量走势，可在一定程度上看出，尽管传统传播模式对市场的刺激能力依然十分可观，但《解密》西译本的传播模式的确显示出了它在快速打开市场上立竿见影的效果。

（2）立竿见影的前期推广模式依然存在后期乏力的可能。从折线图可看出，尽管前三个月是作品销量增长的黄金时期，但两部译作在这一时段内的销量变化仍表现出较为明显的不同态势。《解密》西译本的增长从一开始便呈现出逐步减缓的趋势，以2014年8月为分水岭，此时增长趋势已出现明显减缓；截至2015年1月（即7个月后）基本进入增长停滞期，此时受众市场对译作的接受情况已基本趋于稳定，在下一次对市场产生较强刺激的事件（如本案例中涉及的全方位推广或重要奖项的颁发）来到之前，这一状态将几乎保持不变。相较《解密》西译本，《红高粱》西译本则在前两个月表现出与之不同的增长特征:《解密》西译本的增长趋势是逐步减缓的，而《红高粱》西译本的增长趋势是逐步加快的。此外,《红高粱》西译本增长态势也基本维持到了第三个月（即截至2013年1月）才开始呈现出较为明显的减缓迹象，表现出比《解密》西译本相对更强的生命力。

1 涂文婷:《传播学视角下的麦家小说〈解密〉海外译介模式探究》,《湖北广播电视大学学报》2016年第36（3）期。

（3）与主动推广相比，市场对文学奖项的刺激作用呈现出相对慢热的反馈特征，但持续周期相对更长。上文已提到，《解密》西译本在面市后7个月左右数据基本停滞，《红高粱》西译本则是持续到第9个月开始出现类似情况，表现出相对更长的反馈周期。

《解密》西译本的接受考察

从销量角度对译本的接受情况进行量化考察有助于直观地反映海外出版市场对译介活动的接受情况，但其不足之处同样值得反思。首先，市场表现更多反映的是作品在商业上是否成功，从严格意义上说，它更多的是对作品的营销效果的考察，并不能完全同传播效果画等号；其次，由于采集的销量数据相对有限，对销量的考察仍然存在时间周期长度不足，和对不同作品进行考察的时段不一致等问题。这些问题均有可能导致一部分具有偶然性的特殊情况对考察结果的干扰无法被完全排除，进而影响考察结果。因此，进一步对译作进行定性的接受考察十分有必要。

本部分将从批评界、媒体评价和网络书评三个方面对《解密》西译本在西语世界的传播效果进行分析，尤其是针对前文销量考察部分中相关数据未能覆盖的时间段（2015年9月至今）。下文将试图从《解密》译介的批评与接受、西语世界媒体对《解密》西译本的报道和评价、国际知名互联网书评平台等方面出发，对该译作的传播与接受情况进行更深入的探索和思考。

译本源起

创造出令人满意的销量成绩的《解密》西译本并非直译而来，英译的《解密》是麦家走进西语世界的中转地。小说《解密》向英语世界的译介过程，因其令人惊叹的机缘巧合，在出版界已成为一段极富浪漫色彩的传奇故事。2010年，英国汉学家米欧敏因一次十分偶然的机会，在上海的机场书店里发现了麦家的《解密》，并打算将其推荐给酷爱谍战题材文学作品的爷爷。老人曾是英国谍报工作者。为此，她将小说的一部分译成英语供爷爷阅读。又一次的机缘巧合，《解密》的英译文被英国著名汉学家蓝诗玲读到，转而又将其推荐给企鹅出版公司（即今天的兰登企鹅出版公司）。随后，《解密》被美国FSG出版公司签下版权，不久后其西班牙语、俄语、法语等24个语种的版权也被陆续售出。

关于译者

《解密》从英语到西语的转译由西班牙翻译家克劳迪娅·孔德完成。孔德是一位经验丰富、高产高质的英语文学译者，在读者群体中广受好评。孔德译有美国知名悬疑作家丹·布朗的成名作品《达·芬奇密码》等。此外，翻译《解密》并非她第一次接触涉及中国文化的文学作品。在此之前，她还译有美籍华人女作家谭恩美的《沉没之鱼》和《奇幻山谷》。其中前者于2006年出版，后者与《解密》同年出版。

国内外对译本接受的考察

目前国内从翻译批评角度对《解密》西语翻译本的考察仍可待丰富。张伟劼通过分析译本中对包含文化负载的汉语词句的翻译，指出孔德以归化为主要翻译策略，以求适应目标文化读者群体的阅读习惯，并站在保留文化内涵和维持文学互文性的立场指出译作在对原文的忠实度上的不足。针对转译问题，张伟劼认为它是中国和西语世界之间进行文化交流的一层“隔膜”，并在此基础上进一步指出西语世界汉学家对于打破这层“隔膜”、探索更好的翻译策略和更有效的译介模式的重要性。[1]

尽管国外目前仍鲜有对《解密》西译本的研究，但从各大网络书评

1 张伟劼:《〈解密〉的“解密”之旅——麦家作品在西语世界的传播和接受》,《小说评论》2015年第2期。

平台我们可获取到对该书的书评。虽然网络平台的书评撰写形式和专业文学与翻译批评有较大差异，但其中仍不乏从语言、文学、文化、翻译等角度对作品进行严肃审视的阐述，对于考察作品在目标读者群体中的接受情况具有较为直接的参考意义。此外，除了出版当月各大媒体对《解密》和麦家较为集中的宣传和报道，作品面市之后随着其影响力在市场和受众当中逐渐扩大并产生各种各样的反响回馈，西语媒体也不时重新将目光聚焦在这部作品或其作者身上。对《解密》在西语世界出版至今的相关媒体评论和报道进行分析，有利于了解西语传媒在《解密》的市场热度由高到低的变化过程中，对作品和作者的传播表现出哪些特点，这在一定程度上可从媒体的角度对前文销量数据考察部分未能覆盖的时间段进行一定观察，以补充其不足。

关于译本标题

由孔德译入西语的《解密》，舍弃掉原标题被冠以全新标题“El don”，意为“天赋”“禀赋”。前文已提到中西双方合作在西语世界推广和宣传该作品时极力凸显麦家从拉美作家身上所获得的影响。而《解密》小说原文的确也偶尔显示着它与博尔赫斯、马尔克斯等拉美作家作品的互文性（张伟劼，2015；沈利娜，2014），而标题“El don”也能同博尔赫斯诗歌《关于天赋的诗》相呼应（张伟劼，2015），这在一定程度上或许可以成为西译本标题变更的一种解释，因为它在有意或无意中拉近了该作品与西语文学之间的距离。

关于译本文学类型的定位——谍报小说、神秘小说，还是黑色小说？

国内对麦家《解密》的常见定位是“谍战小说”或“谍报小说”（西语均为 ficción de espía）。通常此类小说以间谍、情报工作为主题。传统上，谍报小说的内容一般着眼于国际政治或军事主题，涉及国家机密、恐怖阴谋、军政危机。主角常以卧底密探、假身份、双面间谍的身份展开行动。[1]魏艳指出，麦家通过《解密》和其他作品，对于中国当代谍报文学的重新挖掘与创新有极大贡献，其作品中反复出现几组二元关系：日常的世俗生活与革命的精神信仰、非理性与理性、疯子与天才、墙内与墙外。这些对立元素之间的张力丰富了作品的多重阐释空间，既符合了一批想要找寻革命信仰的读者需求，也表达了文学反映人性的要求。[2]

译介到海外之后的《解密》，在与目标文化语境的不断互动下，海外出版界、批评界和读者群体对该小说的类型定位产生了与国内不尽相同的认识和看法。在国际知名网络书评平台“好阅读”，读者群体为《解密》英译本选择的文类（次文类）标签主要有五种，详细信息如下表所示[3]。

表4-8 “好阅读”平台《解密》标签投票信息

标签名	标签含义	读者投票
Fiction	虚构	75
Cultural > China	文化>中国	56
Mystery	神　秘	33
Historical > Historical fiction	历史>历史虚构	14
Cultural > Asia	文化>亚洲	12
Thriller	惊　悚	9
Spy Thriller > Espionage	谍战惊悚>谍报	9
Politics	政　治	7

1 黄新生：《侦探与间谍叙事：从小说到电影》，（台北）五南出版社，2008年。
2 魏艳：《麦家与中国当代谍报文学》，《当代作家评论》2017年第1期。
3 https://www.goodreads.com/book/show/17934537-decoded (2019-05-02)，标签顺序按读者投票数由高到低依次排列，重复或相似标签经过手动筛选排除。

从上表信息所展现的情况不难看出，《解密》英译本读者对该小说的印象，除作品所包含的浓厚的中国文化和东方元素之外，便是其神秘小说风格的故事写作手法。而《解密》在国内被广为接受的“谍战/谍报小说”定位，在海外的认可度相对较低。

神秘小说在中国文学中是一个并不十分常用或定义相对松散的文类。西方文学评论界在谈论“神秘小说”时，常将其与“侦探小说”并列，合称为“神秘与侦探小说”，视作犯罪类型小说下的一个次文类。神秘小说一般指以美国作家爱伦·坡在19世纪40年代创作的几部短篇故事为开端的推理类文学作品。这类作品常以现代社会为故事环境，以一起或多起犯罪活动为事件，以“线索谜题”为构建情节的主要特色，以具有超乎寻常的观察力和推理能力的侦探或侦探爱好者为主要人物，通过对案情谜题的破解和对犯罪凶手的追踪构建出维护社会秩序和维持现存状态的话语。[1]尽管如此，神秘小说与侦探小说并非完全相同，尤其是在故事环境构建的特点上存在较大差异。这种差异主要体现在环境的“中心化”特点上。神秘小说往往预设一个中心化的世界，这个世界是有序、稳定、难以改变的，且相对独立于随机性之外，其核心——“线索”受制于一套十分严格的能指——所指系统，社会和人性不会轻易产生剧烈变化。侦探小说则更凸显其非中心化特征：无序、运动、不稳定的世界，其关注重点往往在于通过侦探式人物与外界的不断互动，在该过程中展示出一系列的遭遇与变化。[2]与国内的接受情况相比，海外读者对《解密》的文学类型有截然不同的理解。

再观《解密》西译本。西语世界对麦家作品的风格似乎也有自己不

1　Scaggs, J. *Crime Fiction*, London and New York: Routledge, 2005. Knight, S. T. *A hundred years of fiction*, Wales: University of Wales Press, 2004.

2　Malmgren, C. D. “Anatomy of murder: mystery, detective, and crime fiction”, *Journal of Popular Culture* 30–4 (1997): 115–135. https://doi.org/10.1111/j.0022-3840.1997.3004_115.x

同的理解。从《解密》西译本出版信息中，我们可以看到，该作品被贴上了“黑色小说、悬疑和侦探小说”的标签，这使得《解密》的文学类型在海外的定位变得更加微妙。西班牙最有影响力的网络书评平台之一——“书之家”直接将《解密》归类至黑色小说。2016年出版的另一部麦家作品《暗算》的西译本也被列于该分类中。[1] 在西班牙文学中，人们通常认为，20世纪70年代西班牙转型时期复杂的政治、社会环境使黑色小说得到巨大发展，埃雷拉（2008）对西班牙黑色小说的主要特点进行了梳理归纳：

（1）充满现实主义特征的语言风格，通过融入街头化、口语化语言展现暴力、硬派、新奇的语言特征，以凸显对话的力量；

（2）以主人公口吻的第一人称叙事，或通过与主人公联系密切的人物口吻进行第三人称叙事；

（3）除人物之间的身份对立（如侦探与杀手、警察与罪犯等）外，主人公通常为有缺陷的、孤独、硬派、绝望但又充满正义感的反英雄人物；

（4）线型的叙事时间、以现代都市为主的空间设置；

（5）以破解谜题为主要行为动机，且人物行为的展开过程中常伴随着暴力元素；

（6）通过现实主义叙事构建出对危机时期社会的批判话语。[2]

一旦被纳入黑色小说的行列，就意味着《解密》在进入西语世界后，需要从不同程度上面对上述这些要素带来的接受考验，它们或表现为对读者群体心理预期的影响，或体现在专业批评对这部作品的审视标准中。这无疑使《解密》在海外传播中本已微妙的文学类型身份显得更

---

1 https://www.casadellibro.com/libro-el-don/9788423348060/2293278, https://www.casadellibro.com/ebook-en-la-oscuridad- ebook/ 9788423351176/3004074 (2019−05−04)

2 Galán Herrera, J. J. “El canon de la novela negra y policíaca”, *Tejuelo* 1(2008): 58−74.

加的不明朗。

那么，一部国内几乎公认为谍报主题的小说，为何在其走出国门的路途中经历了这一系列的身份变化？这个问题值得思考。当然，这与黑色小说在西语世界已有的巨大成功密不可分。《解密》在进入西语世界时搭乘上黑色小说的浪潮，对于刚进入一片全新市场的作品和作家而言，无疑能快速扩大其受关注度，但与此同时也需要面对它带来的考验。实际上，《解密》西译本于2014年出版时，命运出版社并未贸然称其为黑色小说。直至2016年，《暗算》西译本同样由命运出版社发行时，麦家作品才正式被出版方主动贴上了黑色小说的标签，与此同时作者本人也被纳入了黑色小说作家的行列。[1]

下文通过对网络书评的考察，将进一步分析《解密》在西语世界的接受中为中国文学海外传播所带来的经验和反思。

对《解密》西译本网络书评的考察

国内外的大多数电子商务网站（国内平台如京东网、淘宝网、当当网等，国外平台如亚马孙、易趣等）均建立了较为成熟的在线评论系统，吸引和鼓励消费者对商品发表评论。在线评论的重要性日益凸显，已经成为众多学者研究的关注点。在线评论作为一种新兴信息传播渠道，通过对读者群体的购书决策产生影响，对图书传播效果的影响作用日益显著。就国内而言，中国互联网络信息中心2014年统计报告显示，31.4%的消费者会选择通过网络渠道购买图书音像制品，这说明在国内，网上图书销售已展示出其巨大的市场潜力。消费者为了规避网络购物的潜在风险，常常通过参考在线评论做出购物决策。据统计，37.5%的用户在做出网络消费决策时，主要考虑因素为在线评论，其次为网站知名度与口碑。还有很大一部分消费者在实体店购物前会参考其他消费者的

1　https://www.planetadelibros.com/autor/mai-jia/000036894 (2020−04−05)

在线评论来降低购物决策的风险和减少不确定性。[1]

目前，国内绝大多数相关研究主要从消费者的角度出发考察在线评论的有用性，以及对消费者购买意愿和购买决策的影响，如基于影评数据对在线评论的有用性进行研究[2]，或基于消费者的角度，以说服的双过程模式为分析框架，考察“消费者认为怎样的在线评论更有用”[3]。国外也有一部分研究将关注点集中在用户在线评论和分数对图书销量的影响上，如切瓦利尔和梅兹林分析了美国两大图书销售网站——亚马逊和巴诺书店上的在线评论信息，发现评论分数高低与图书销量呈现显著的正相关。[4]

针对《解密》英译本的书评研究在国内尽管仍不算丰富，但是已经出现。缪佳和汪宝荣基于英文媒体书评对《解密》英译本评价与接受情况的考察，从正面评价、负面评价和翻译评论三个类别对媒体书评进行了梳理。该研究发现，英文媒体书评对《解密》英译本的正面评价主要围绕以下三个焦点：

（1）文学价值。正面评价认为小说的主题、情节和叙事具有创新性，并且与中国古典文学、西方文学存在不同程度的互文性和关联性。

（2）作者背景。麦家本人的军事工作背景以及个人成长经历与小说人物的极大契合成为读者在书评中津津乐道的话题。作为一个原本对于西方世界而言较为陌生的中国作家，这方面的成功与国内外出版方的大

1 赵志荣，方佳明：《在线评论对于图书销量的影响：基于豆瓣网的实证性研究》，《第十届中国管理学年会论文集》，2015年。

2 郝媛媛，叶强，李一军：《基于影评数据的在线评论有用性影响因素研究》，《管理科学学报》2010年第8期。

3 殷国鹏：《消费者认为怎样的在线评论更有用？——社会性因素的影响效应》，《管理世界》2012年第12期。

4 Chevalier, J. A., & Mayzlin, D. “The effect of word of mouth on sales: Online book reviews”, *Journal of Marketing Research* 43−3 (2006): 345−354.

力宣传密不可分。

（3）“他者”文化。小说《解密》中包含着许多东方神秘主义元素和中国式革命英雄主义和爱国主义情怀，一定程度上满足了中国文化在西方读者心目中对“他者”文化身份的好奇和期望。[1]

（4）研究也指出，包含负面评价的英文书评多围绕《解密》在情节安排和叙事节奏等方面的把控问题来探讨。针对翻译的评论总体上并不多见，但凡是涉及翻译问题的评论，几乎均对译文质量给予正面评价，认为其“流畅”“通顺”“优雅”。

缪佳和余晓燕通过梳理和分析亚马孙上读者对《解密》英译本的网络书评考察英语读者的接受情况，发现《解密》英译本获得的书评数量较多，评星等级较高，好评的数量远多于负面评价，对翻译质量的正面评价也远多于负面评价。研究认为《解密》在西方普通读者群体中的阅读量和关注度较高，“顺利跨越了中西方文化心理与叙述模式差异的隐形门槛，成功地进入了西方的主流阅读语境”，较好实现了向世界讲述中国故事、传达中国声音的目的。此外，该研究还认为《解密》英译本成功的一个重要原因在于其很大程度上符合西方读者的阅读期待视野。[2]

相比英译本，从书评考察读者对《解密》西译本进行接受情况的研究仍相对欠缺。本部分将通过对《解密》西译本在各大西语在线书评平台上收到的读者在线书评进行定性和定量考察，主要聚焦以下三个问题：

（1）《解密》西译本网络书评的平台和时间分布。从整体上观察不同书评平台对《解密》西译本的关注程度，以及随时间推移网络书评数

1　缪佳，汪宝荣：《麦家〈解密〉在英美的评价与接受——基于英文书评的考察》，《中国现代文学研究丛刊》2018年第2期。

2　缪佳，余晓燕：《麦家〈解密〉在海外阅读接受状况的调查及启示——基于美国亚马逊网站“读者书评”的数据分析》，《当代文坛》2019年第2期。

量的变化。

（2）西语网络书评对《解密》西译本的评价类型和态度分布。本部分拟将收集到的网络书评按其涉及内容划分为“个人阅读感受”（从个人阅读感观出发进行评价）、“作品内容评介”（评析介绍作品内容或写作手法）和“建设性评析”（尝试从近似于专业批评的角度进行客观评价）；按整体态度划分为“赞扬”（正面评价为主）、“批判”（负面评价为主）和“平衡”（正面和负面评价兼顾）三种倾向。

（3）《解密》西译本网络书评对翻译问题（关于译文质量和效果等问题的评价）、宣传问题（有关作品的推广宣传活动及其产生的影响的评价）和文化问题（作品对中国文化在西方的“他者”身份的表现力）等三方面的涉及情况，以及评价态度。通过细读书评内容，判断各条书评是否涉及上述三方面问题，若有所涉及，则进一步考察其表现出的态度倾向（主要分为“赞扬”“批判”和“中性/存疑”三种类型）。统计结果如下：

表4-9　书评平台分布

书评平台	书评数量	占比
Amazon.es	8	32%
Casadellibro.com	6	24%
Quelibroleo.com	7	28%
Lecturalia.com	4	16%
合计	25	100%

表4-10　发布时间分布

发布时间	书评数量	占比
2014	10	40%
2015	9	36%
2016	2	8%

续　表

发布时间	书评数量	占比
2017	2	8%
2018	1	4%
2019	1	4%
合计	25	100%

表4-11　书评类型占比

书评类型	数量	占比
个人阅读感受	21	84%
作品内容评介	2	8%
建设性评析	2	8%
合计	25	100%

表4-12　整体态度倾向占比

态度倾向	数量	占比
赞扬	6	24%
平衡	11	44%
批判	8	32%
合计	25	100%

表4-13　主要问题涉及

主要问题	涉及情况与数量分布		占比
翻译问题	是	3	12%
	否	22	88%
宣传问题	是	7	28%
	否	18	72%
文化问题	是	6	24%
	否	19	76%

表4-14　对涉及问题的态度倾向

主要问题	态度倾向与数量分布	
翻译问题	赞扬	2
	中性/存疑	1
	批判	0
宣传问题	赞扬	2
	中性/存疑	0
	批判	5
文化问题	赞扬	4
	中性/存疑	2
	批判	0

根据以上一系列统计结果，可初步推断出以下几点：

（1）从网络平台和书评数量上看，《解密》西译本在西语读者群体中已受到一定程度的关注，并有一部分读者开始以网络书评的形式对其阅读体验进行记录和分享。尽管相较于英译本，西译本在网络书评中受关注的广泛度仍有提升空间，但从助力网络传播的角度来看，这是一种值得肯定的局面。

（2）从书评发布时间来看，西译本出版当年（2014）与随后的一年（2015）是网络书评发布热度最高的时段，随后则呈现出数量急剧下降的态势，与前期相对较高的发布数量形成反差，这或与作品出版阶段声势浩大的宣传推广活动所制造的话题热度有关，宣传活动使作品在市场传播中成为一种热门话题或"现象"，话题热度持续一定周期后对市场的刺激能力走向衰竭，读者对作品的关注度也随之下降。尽管如此，其持续能力也是不能忽视的，截至2019年仍有读者在发布关于《解密》西译本的书评就足以说明问题。

（3）从书评类型上看，读者从自身阅读感受出发对作品进行评价的情况占据绝大多数，这符合大众读者书评的发布特点。另一方面，有少数读者从评析作品内容的角度发布对作品的点评，也有读者从更为专业的批评视角对作品的优缺点进行客观分析。此外，从篇幅上看，多数书评为较为简短的评语，最简洁的书评可短至一句话甚至数个词；也有篇幅较长的书评，达到100词以上，其中发布最长书评（超过400词）的读者则将其在个人读书博客中撰写长书评以外部链接的形式附于书评平台的评论区中。

（4）从书评的整体态度倾向上看，对《解密》西译本持完全赞扬态度的读者书评占24%，持完全批判态度的占32%，有44%的书评既对作品的部分方面给予充分肯定，同时又指出其他方面存在的不足或进行评判。这一部分数据一定程度上反映出《解密》西译本的接受效果呈现出褒贬不一的局面，这一点与现有的关于英译本研究所发现的接受情况有所不同。持赞扬态度的评论主要围绕作品“风格独特”“饶有趣味”“富有文化特色”等观点进行了肯定；持批判态度的评论则大多将关注点聚焦在小说对人物和情节的设置安排上，多数批判观点认为作品进行了较好的前期铺垫，但随着故事和人物的展开，并未能以理想的方式将人物和情节推向新的高峰，导致其后半部分显得平淡乏味。前文已提到，英译本接受情况总体上呈现出正面评价明显多于负面评价的情况。尽管如此，对《解密》西译本持平衡态度的书评仍占据较大比重，可见西语世界的大众读者中，辩证审视作品质量，理性看待作品的优缺点，并对作品进行批判接受的读者占大多数。

（5）考察读者在书评中对作品具体问题的涉及情况，有利于进一步探明读者在就作品给出正面、负面或两面兼具的评价的具体原因。在收集到的《解密》西译本网络书评中，读者主要从翻译、宣传和文化三个方面对作品的优缺点进行审视。其中涉及翻译问题的评论相对较少，涉及宣传和文化问题的评论相对较多。但总体上，大多数读者书评仅限于表达对作品的主观评价，未对促使其做出相应评价的具体问题进行具体说明。

（6）通过将涉及作品具体问题的读者书评筛选出来，并进一步对其具体态度进行考察，可发现：在涉及翻译问题的三条书评中，两条评论对《解密》西译本的翻译质量表示赞赏，认为译文“易读”，或称赞其平易近人的“口语化”文风；一条评论对作品翻译持存疑态度，认为作品写作风格略显“僵硬”，并质疑该问题可能由翻译所致。涉及《解密》宣传方面问题的书评共七条，态度呈现两极分化，其中持赞赏态度的两条，持批判态度的多达五条。前者主要结合《解密》在西班牙的推广活动中的宣传内容，对麦家和《解密》在中国和在英语世界的成功予以肯定，并认为这种成功在西语世界得以延续；而持批判态度的评论则主要围绕着读者的心理期望问题，认为声势浩大的宣传拔高了读者对作品的期望，造成阅读后的心理落差。例如，部分读者谈到对《解密》西译本出版的等待，或该作品之前所获得的成功，认为作品未能完全满足自己的期待。此外，有六条评论谈及小说《解密》中包含的中国或东方元素，其中四条评论对此持赞赏态度，认为作品所展现的20世纪中国的文化风俗与社会面貌引人入胜；两条评论认为作品在一部分人物和情节安排上略显平淡，质疑这或与中国文学、文化的某些特质有关。

第七节　科幻文学《三体》

《三体》及其海外译介——也谈科幻文学译介在中国

刘慈欣的科幻作品《三体》凭借其英译本《三体问题》(*The Three-body problem*)在国际上获得成功，是近年来中国科幻文学界一件十分令人振奋的事情，也为中国科幻文学走向世界带来许多启示和思考。2015年，《三体》英译本获得国际科幻文学界最高奖项——雨果奖，刘慈欣也因此成为首位获得该奖的亚洲科幻文学作家。此外，这也是有史以来首部获得该国际科幻文学奖项的翻译作品。因此《三体》在海外获得的喜人成就，既是中国科幻文学的成功，也是科幻文学海外译介的成功。作为中国传统文学里从来没有过的文学类型，中国科幻文学的种子来源于翻译，它在中国文化的土壤里生根发芽、曲折成长，在经过与本土文学和文化逾一个世纪的碰撞、交融之后，如今又通过向海外译介的途径反哺世界科幻文学。也就是说，科幻文学在中国是一种文化舶来品，中国科幻文学在走出国门、走向世界的道路上应该是具有先天优势的。从文学渊源来看，这种“走出”实际上也是一种“重返”。

经过对中国科幻文学翻译一百多年发展史的梳理，王雪明等提出，在社会环境的影响下，中国科幻小说翻译经历了四次高潮，分别是：

（1）1900—1919年：晚清时期科幻小说翻译兴起，中国科幻小说诞生；

（2）1950—1960年初：以苏联科幻小说为主要推动力的科幻翻译和创作时代；

（3）1978—1983年：改革开放初期，以美国科幻小说译介为主力，中国科幻创作被推向前所未有的兴盛局面；

（4）20世纪90年代—21世纪：科幻翻译与创作的复苏，科幻小说翻译第二次浪潮，中国科幻反哺世界。[1]

研究指出，科幻翻译的历史浮沉，往往也伴随着翻译策略、译者身份的变动与出版机构地位的变化。科幻创作也因受科幻翻译起伏的影

1　王雪明，刘奕：《中国百年科幻小说译介：回顾与展望》，《中国翻译》2015年第36（06）期。

响，历经数次高潮与低谷。对于科幻文学界来说，刘慈欣长篇科幻小说《三体》三部曲的出版是具有里程碑意义的事件，不仅在国内引发强烈反响，还通过成功的对外译介，吸引了大量国外读者的阅读和关注，受到专业评论界的热评和推崇，这对于科幻译介而言无疑是一件令人振奋的事情。

目前，针对《三体》系列的英语译介，国内已出现一定数量的研究，主要围绕译介—传播模式[1]、接受效果[2]、译者身份[3]、翻译策略[4]等话题进行，此外还有一些较为细致全面的综述类研究，如王雪明和梁昊文等学者所从事的工作[5]。总体上，接受效果考察和翻译策略批评已开始达到一定的深入程度，而对中国科幻文学译介—传播模式以及译者在其中所扮演身份的思考仍有进一步深化的空间。例如：

（1）如何通过充分把握科幻文学所特有传播和接受特征寻求更加优化的译介—传播模式；

（2）向不同的目标语言、目标文化进行科幻文学译介需要考虑的差异性问题；

（3）科幻文学的译介模式研究与我国类型文学、主流文学的译介模式研究之间可相互参考借鉴的经验与心得，以及各自的局限性。

---

1 徐皞亮：《科幻小说〈三体〉跨文化传播分析》，《新闻前哨》2016年2月。顾忆青：《科幻世界的中国想象：刘慈欣〈三体〉三部曲在美国的译介与接受》，《东方翻译》2017年2月。

2 廖紫微，毕文君：《从译介效果看当代文学的对外传播——以刘慈欣〈三体〉系列为例》，《对外传播》2016年第7期。陈芳蓉：《类型文学在美国的译介与传播研究：以〈三体〉为例》，《浙江师范大学学报（社会科学版）》2017年第42（03）期。顾忆青：《科幻世界的中国想象：刘慈欣〈三体〉三部曲在美国的译介与接受》，《东方翻译》2017年2月。

3 汪世蓉：《身份博弈与文化协调：论华人离散译者的文化译介》，《中国比较文学》2017年4月。

4 李林倩：《中国科幻小说英译研究——以〈三体〉为例》，北京外国语大学硕士论文，2015年。郎静：《论〈三体〉英译本中的女性主义翻译策略》，北京外国语大学硕士论文，2015年。白鸽：《现当代科幻小说的对外译介与中国文化语境构建》，《小说评论》2018年第1期。

5 梁昊文：《中国当代科幻小说外译及其研究述评》，《广东外语外贸大学学报》2019年第30（01）期。

下文试图在结合现有《三体》系列译介研究成果的基础上，通过考察对该系列作品的西班牙语译介活动，以求进一步探析《三体》译介为中国科幻文学走向世界所能带来的更多启示与思考。本文主要包含三部分：首先，通过简要梳理和介绍科幻文学在西班牙的发展和译介情况，以了解科幻文学在西语世界所特有的发展特征和历史传统；其次，通过分析《三体》系列向西班牙语的译介过程和接受情况，考察该系列作品在西语世界的传播模式和接受效果；最后，综合以上两部分研究内容，讨论科幻文学在目标语言和目标文化语境下所呈现出的重要特点对中国科幻文学译介活动的影响，及其对类型文学和主流文学译介活动可能存在的启示。

科幻界与出版业的“命运共同体”——科幻文学在西班牙

源起和发展

由于种种原因，科幻文学在西班牙从出现到走向真正意义上的成熟并不是一帆风顺的。人们普遍认为真正将科幻文学推向发展高潮的作品和作家大多来自英语世界，但仍有一部分研究者发现，早在19世纪，西班牙就已经出现了科幻文学的萌芽。乌利贝认为，第一个讲述关于使用时光机器进行时间旅行的小说，或许正出自一名西班牙作者之手。[1]在时间上甚至早于马克·吐温和H .G. 威尔斯。莫雷诺指出这是一个较为大胆的断言，因为这部题为《时间旅行者》的小说最后以“黄粱一梦”的结局为整个故事收尾，否认了作品的科幻性，而更向普通幻想小说靠拢。[2]

1 Uribe, A. “De las proto-máquinas del tiempo a las anticipaciones de lo por venir”, *La Ciencia Ficción Española.* Madrid: Ediciones Robel, 2002.

2 Moreno, F. Á. “Notas para una historia de la ciencia ficción en España”, *Cuadernos de Filología Hispánica* 27(2007):125−138. http://search.proquest.com.upc.remotexs.xyz/docview/214111698/fulltextPDF/17B6CE7E535643FEPQ/3?accountid= 43860%0Ahttp://revistas.ucm.es/index.php/DICE/article/view/DICE0707110125A (2020−02−16)

之所以说西班牙科幻文学的发展并非“一帆风顺”，是因为这起源于19世纪的西班牙科幻文学萌芽，因现实主义文学难以撼动的地位而长期受到忽视甚至是排挤，而在随后步入的20世纪里又连续经历内战和佛朗哥时期的独裁管制。70年代开始，佛朗哥政权走向衰弱。与此同时，已经历了蓬勃发展的英美科幻文学作品，带着其巨大的影响力接踵而至，为西班牙科幻文学迎来新的成长创造出无限可能性。然而，此时此刻又必须面对西班牙出版业大面积抛售过去积压的类型文学产品的混乱局面。[1]

20世纪中期，科学幻想文学作品作为一种类型，在西班牙逐渐开始扩大其影响力。虽然一开始这种影响力主要集中在电影银幕上。莫雷诺（2007）对这一时期西班牙科幻文学的发展做了较为细致的脉络梳理和特征归纳，指出该阶段的西班牙科幻文学仍难以被视作经典意义上的文学，而更是一种快速消费产品、一种纯消遣性的“另类文学”、一种副文学。总体上它们呈现出以下特征：（1）情节简单的模式化写作；（2）重对话、轻描写；（3）在文学、语言、心理探索等方面不具有实验性或创新性。

研究指出，该阶段的西班牙科幻文学是一种紧跟大众、流行文化需求的消费文学。大多数科幻作品均为主题元素高度重复、质量平庸、以娱乐为主要目的的通俗读物。因此，该时期被称为西班牙科幻文学的“口袋读物”时期。尽管从类型的巩固和对文学价值的追求来看，“口袋读物”时期的科幻作品未能对后来高质量科幻文学的产生起到本质上的促进作用，但它仍然为许多对该类型有较高热情的作家和读者保留了一片不断积累和尝试的天地，为后来催生一批将“口袋”科幻的常见元素

1 Moreno, F. Á., Peregrina, M., & Bermúdez, S. “Condiciones para el nacimiento de la ciencia ficción española contemporánea”, *Tropelías: Revista de Teoría de La Literatura y Literatura Comparada* 27 (2017): 218. https://doi.org/10.26754/ojs_tropelias/ tropelias. 2017271302 (2020−02−16)

与更具文学和语言高度的严肃创作进行成功结合的科幻作家奠定了重要基础。[1]

莫雷诺等（2017）将1982年出版的拉法埃尔·马林的小说《光之泪》视为西班牙科幻文学逐渐开始成形的标志，因为作为一部具有鲜明科幻类型特征的小说，该作品在语言质量、结构创新和叙事构建上均表现出较高水准；在对英雄人物塑造上也充满着西班牙黄金世纪经典文学所特有的风格和主题特色，显得独具一格，成为后来更多较高质量的科幻作品纷纷学习效仿的标杆，如1988年出版的胡安·米格尔·阿吉雷拉与哈维尔·雷达尔合著的《深渊中的世界》[2]。之后，随着西班牙科幻文学"九〇年一代"作家的出现，科幻写作在西班牙终于成功获得了"专业""成熟""完善"等一系列标签。自此，西班牙科幻文学不仅逐步找到和确立了自身的发展方向，也与其他国家的科幻文学，尤其是英美科幻文学有了更强交流与互动。

译介活动对西班牙科幻文学发展的作用与意义

西班牙的科幻研究者在讨论20世纪80年代科幻文学的新发展时，总会提到著名的科幻文学杂志《新维度》。该杂志创刊于1968年，西班牙作家、翻译家、编辑多明戈·桑托斯等人对其创立和发展做出了极大贡献。秉持着促进科幻文学在西班牙的传播和发展这一重要理念，《新维度》杂志不仅是当时向西语世界读者推介优秀的西语科幻作品、介绍科

1 Díez, J. "Ensayos introductorios a la cf en castellano", *Gigamesh* (1997). Moreno, F.Á. "Notas para una historia de la ciencia ficción en España", *Cuadernos de Filología Hispánica* 27(2007): 125−138. http://search.proquest.com.upc. remotexs. xyz/docview/214111698/fulltextPDF/17B6CE7E535643FEPQ/3?accountid=43860%0A, http://revistas.ucm.es/index.php/DICE/article/view/DICE0707110125A (2020−02−16)

2 Moreno, F. Á., Peregrina, M., & Bermúdez, S. "Condiciones para el nacimiento de la ciencia ficción española contemporánea", *Tropelías: Revista de Teoría de La Literatura y Literatura Comparada* 27 (2017): 218. https://doi.org/10.26754/ojs_tropelias/ tropelias. 2017271302 (2020−02−16)

幻出版动态的主要阵地，也是西班牙科幻作家和读者了解和接触其他国家科幻文学作品，甚至是文学以外的科幻创作活动（如影视）的重要窗口。此外，该杂志还开辟了读者与主编的通信渠道，鼓励双方交流沟通。[1]该杂志在成立初期向西语世界着重介绍了同世纪40、50年代美国科幻文学经历的“黄金时期”，以及在该时期具有世界影响力的重要科幻作家，如阿西莫夫、范·沃格特等。1976年《新维度》主持译介了伦德瓦尔主编的《科幻文学史》。该书强调了科幻作品所具有的重要文学价值，并将“太空歌剧”纳入英雄奇幻文学[2]，可视作推动和鼓舞西班牙科幻进入所谓的高雅文学领域的一次尝试性发声。尽管在此之前，已有英国和美国的科幻作品开始被陆续译介到西班牙，但《新维度》杂志对英美科幻所进行的系统性、选择性译介对于促进西班牙的科学幻想写作从“口袋读物”走向真正意义上的“文学”起到了不可忽视的积极作用。

前文已提到，在20世纪50年代的西班牙，科幻文学作为一种类型已经开始有所传播。该时期已有一部分出版社开始发行从美国、英国译介来的故事选集，这种译介活动在60年代达到高潮。莫雷诺等指出，让人意外的是，该时期译介的这些英美“通俗文学”不仅没有因为与20世纪西班牙文学重“现实”轻“幻想”的主流观念背道而驰，从而被视作低质量“口袋读物”的代名词。恰恰相反，这些选集中不乏构思烦琐，且极具实验精神的短篇佳作，大受读者追捧。这股短暂而迅猛的科幻故事“译介热”，反映出当时社会环境下，一部分西班牙读者在阅读中所投射的、对幻想世界的渴望。这或许正是出于一种试图逃避冷酷现实的集体心理需求。尽管这一时期的译介活动，对西班牙科幻文学发展的影响力

---

1 Santos, D. *Lo mejor de la Ciencia Ficción Española* (Vol.75). Barcelona: Martínez Roca, 1982. Santos, D. “Nueva Dimensión, la revista española de ciencia ficción”, *La Ciencia Ficción Española* (2002): 419−434. Ediciones Robel.

2 Díez, J. “Ensayos introductorios a la cf en castellano”, *Gigamesh* (1997).

远不及《新维度》时期，但是，它使西班牙科幻读者和本土科幻作家有了更多机会去接触和感受英美科幻文学中所富含的创新力，并在一定程度上激发和培养了读者以及出版市场对外国科幻文学的阅读需求，为之后更具系统性的科幻译介活动打下了受众基础，营造了传播环境。[1]

从文学批评角度看科幻文学在西班牙的接受

有关西班牙科幻文学批评理论的问题，学术界仍存有一部分争议。例如，莫雷诺在其关于科幻文学理论的专著中尖锐地指出目前科幻文学批评常见的两种错误方向：（1）盲目将科幻文学元素与名著建立互文性或其他关联性；（2）过分执着于从政治、历史角度考察科幻文学而忽略了其本质——文学性。[2]

总体上，西班牙批评界对费雷拉斯所提出的科幻批评理论体系更为认可和接受。[3] 该理论认为科幻文学的批评体系是一种面对近两个世纪以来人类社会所经历的种种巨变而做出的回应。科幻文学是具有革命性的文学，是浪漫主义的自然演变结果。然而由于其产生时间较早，依旧未能涵盖一些新近的科幻文学运动，如“赛博朋克”（Moreno，2015）。此外，该理论还将“科幻”与“科学小说”“太空歌剧”等加以区分，将后两者排除在科幻文学之外。巴塞洛（1990）、迪耶斯（2009）和佩雷格里纳（2014）等则试图厘清这个科幻文学界争论已久的问题。[4] 目

---

1 Castaños, M. P. “El cuento español de ciencia ficción (1968–1983): los años de ‘Nueva Dimensión’”, Doctoral dissertation. Universidad Complutense de Madrid, 2014.

2 Moreno, F. Á. *Teoría de la Literatura de Ciencia Ficción,* Gijón: Sportula Ediciones, 2015.

3 Ferreras, J. I. *La novela de ciencia ficción: Interpretación de una novela marginal,* Madrid: Siglo XXI de España Editores, 1972.

4 Barceló, M. *Ciencia ficción: guía de lectura*. Madrid: Ediciones B, 1990. Castaños, M. P. “El cuento español de ciencia ficción (1968–1983): los años de ‘Nueva Dimensión’”, Doctoral dissertation. Universidad Complutense de Madrid, 2014. Díez, J. “‘Analogía’ en Prospectiva: miradas al futuro desde la ficción”, *Retrieved* March 25(2019). http://www.literaturaprospectiva.com/?p=2192. (2020–02–16)

前人们正在开始普遍接受的一种观点是“科幻小说”与“展望小说”的二分法。前者往往是具有更强的“太空歌剧”色彩的科幻冒险故事；而后者通常通过特定的“新奇理念”将科幻的虚构世界与现实的经验世界建立联系，以求从截然不同的视角来反思目前人类世界的社会和人性现状，哲学、社会和文化的辩证思考是其核心。

相比批评理论，批评实践的划分则更显得清晰统一。与很多类型文学的批评活动相似，西班牙的科幻文学批评实践被划分为大众批评和专业批评两个部分。专业批评的实践主体由具备专业的文学、语言素养和丰富的批评实践经验的工作者组成，多为媒体编辑、书评人，或科幻文学研究方面的编书者或著书者，其重要理论和主流观点前文已简单介绍。大众批评则是指从大众爱好者群体中衍生而来的评论者们所从事的批评实践活动。他们当中既有未经相关培养训练的业余爱好者，也有具备一定专业批评和研究能力的专业人士（Castaños，2014；Westfahl，1999）[1]。

从传播和接受的角度来看，科幻文学的大众批评实践是一个值得给予足够重视的领域，主要原因在于：

（1）大众批评是科幻文学批评活动素有的历史传统，也曾是专业批评诞生的摇篮（Westfahl，1999）；

（2）从发展脉络来看，西班牙的科幻文学是从大众文化中走来的文学，“口袋读物”时期到“九〇年一代”的演变是最好的证明；

（3）尽管其专业素养往往受到专业批评界的诟病（Moreno，2015），但大众评论者们既是大众批评的实践主体，也是构成读者群体和受众市

1 Westfahl, G. “The Popular Tradition of Science Fiction Criticism, 1926–1980”, *Science Fiction Studies* 26–2(1999): 187–212. http://www.jstor.org/stable/10.2307/4240783 (2020–02–16)

场的主体，具有重要的传播学意义；

（4）“粉都”亚文化对科幻文学发展的影响不可忽视，该现象自20世纪80至90年代以来在西班牙越发明显（Moreno et al.，2017）。

科幻接受活动中的“粉都”现象是无法被忽视的。该词来自英文“fandom”音译，由“fan”（爱好者）和“dom”（或指domain或kingdom，意即“领域”或“王国”）组成，顾名思义，“粉都”指由爱好者集结而成的群体，这种集结往往是出于对某些作品或话题的共同兴趣。科幻文学“粉都”从事的大众批评活动往往因缺少系统的方法论指导而受到专业批评的诟病，也因此与专业批评活动存在诸多分歧。尽管如此，雷德（2009）在其研究中发现“粉都”在大众文化活动中的影响力之大，已达到可以改变文学作品的生产、研究和编订等活动的程度。[1]

此外，古埃瓦斯等（2003）[2]和莫雷诺（2017）指出，自20世纪末以来，西语科幻的“粉都”正在为扩大这一文学类型的影响力做出越来越多的重要贡献，如建设科幻作品相关信息的数据库、成立有组织的爱好者协会、举办各类见面会和大型活动，甚至是设立和颁发科幻奖项。例如，素有“西语世界的雨果奖”的伊格诺图斯奖就由西班牙幻想、科幻、恐怖文学协会每年在其举办的“幻想与科幻大会”上颁发，获奖作品通常由大众投票产生。

由此可以看到，大众批评和专业批评都有其各自的优势和局限，充分认识两者在科幻文学接受活动中分别扮演的不同角色和在不同领域发挥的独特作用，有利于为考察科幻作品在西班牙的接受情况提供更加全面的批评视野。

1　Reid, R. A. “The Hunt for Gollum: Tracking issues of fandom cultures”, *Transformative Works and Cultures* 3(2009). https://doi.org/ 10.3983/twc.2009.0162

2　Cuevas, J., & Pallarés, J. M. *Guía de la ciencia ficción española*, Robel, 2003.

《三体》走向西班牙

《三体》在西班牙的译介

《三体》系列不仅在英语科幻世界造成强烈反响，也通过译介至其他语种，在更多非英语国家的科幻文学读者、作家和评论界引发关注。2015年，《三体》系列第一部获得雨果奖，这进一步扩大了该系列作品在国际科幻文学界的影响力。2016年9月，西班牙B出版社出版了该系列三部曲中第一部的西班牙语译本，题名为《三体问题》(*El problema de los tres cuerpos*)，纳入“新星科幻书系”，该书系是B出版社名下新星出版社以科幻和幻想类作品为主打的知名丛书系列。该译本由哈维尔·阿尔塔约从汉语原文直接译入西班牙语。下面将从出版社、译者和译本接受等方面详细介绍《三体》系列的西语译介情况。

1. 出版社与西班牙科幻文学的“命运共同体”

运营《三体》西语译介的B出版社于1987年成立于西班牙巴塞罗那，目前从属于兰登企鹅出版公司，旗下出版物类型丰富，其中既包括各种面向成人读者的小说，如科幻、恐怖、侦探、惊悚等类型小说，也包括面向少年儿童读者的读物，以及漫画等其他大众文化读物。B出版社曾译介出版了由美国著名动画电视剧《辛普森一家》改编的漫画丛书《辛普森漫画》，以及如法国著名的插画百科全书系列《发现之旅》的非虚构类读物。尽管B出版社至今仅运营了三十多年，但其前身布鲁盖拉出版社却是在西班牙出版科幻文学发展历程中一家较有影响力且历史传统悠久的出版社。

夸德拉多（2000）和吉拉尔（2010）在其各自的专著中均对布鲁盖拉出版社从诞生到21世纪的百年命运嬗变进行了详细的研究梳理。[1] 作为

1 Cuadrado Pérez, J. *Atlas español de la cultura popular: de la historieta y su uso, 1873–2000*, Barcelona: Sinsentido, 2000. Guiral, A. *Guiral, Antoni–100 Años de Bruguera, de El gato negro a Ediciones B.* Barcelona: EDB COMICS, 2010.

B出版社的前身，布鲁盖拉出版社1910年成立于巴塞罗那。在1987年被西班牙塞塔传媒公司收购之前，它曾出版了大量包括科幻在内的不同题材的漫画丛书，逐渐在漫画领域获得了较大影响力，也因其读者群体数量大、年龄范围广而拥有良好的受众基础。除了超过70年的丰富的漫画出版经验，布鲁盖拉出版社在其运营晚期也出版了包括博尔赫斯、马尔克斯、胡安·卡洛斯·奥内蒂[1]等在内的多位著名西语作家的作品，如加西亚·马尔克斯的《一桩事先张扬的谋杀案》、托伦特·巴列斯特[2]的畅销作品《欢愉和暗影》等。总体来看，布鲁盖拉出版社是一家通过漫画读物打开受众市场、立足于大众文化、兼顾主流文学的出版社。随着19世纪中后期一部分读者对科幻文学的兴趣逐渐兴起，布鲁盖拉出版社凭借在流行文化出版界的影响力，逐渐成为“口袋读物”时期科幻出版业的中坚力量，在60年代的西班牙建立起了它的“口袋科幻”王国。正如前文所述，尽管这一时期的科幻读物仍是难以保质的快消商品，但在为这一文学类型开辟出版市场、培养读者群体上有十分重要的意义（Castaños，2014）。

经过从20世纪70年代开始以《新维度》科幻杂志为标志的“新维度”时期，西班牙科幻文学的发展已经走向成熟。随着该杂志于1983年停刊，科幻文学界一度陷入后“新维度”时期的迷茫和惶恐之中，1985年布鲁盖拉出版社的停业更让流行科幻写作雪上加霜（Castaños，2014）。所幸的是，在被塞塔传媒公司收购之后，布鲁盖拉出版社经过

1　胡安·卡洛斯·奥内蒂（Juan Carlos Onetti，1909—1994），乌拉圭著名小说家，1979年获塞万提斯奖。其大多数作品设定在一个虚构的港口“圣达玛利亚”，系列小说《短暂的生命》《生离死别》《无名氏墓志》《造船厂》和《收尸倌》被视为拉丁美洲“文学爆炸”时期的重要作品。

2　贡萨洛·托伦特·巴列斯特（Gonzalo Torrente Ballester，1910—1999），西班牙“三六年一代”代表作家，1985年获塞万提斯奖。代表作有《欢愉和暗影》《可笑的国王》。

调整和重组，以全新的形象——B出版社重新回到西班牙出版业，再次开启了科幻和漫画等多种类型文学作品的出版活动，使得持续到90年代的后“新维度”时期的萧条局面得到一定缓解。[1]在B出版社担任编辑期间，西班牙著名科幻作家、翻译家、工程师米克尔·巴塞洛负责主持该出版社名下的“新星”书系，并努力将其建设为一个有助于提高本土西语科幻作家影响力的平台，并专门用于发表一些本国的科幻获奖作品，对于西班牙科幻文学发展有着举足轻重的意义（Castaños，2014）。

2.“Nova”与西语科幻文学——从冉冉“新星”到领军人物

“Nova”这个名词在科幻文学的世界里总是时而浮现：科幻文学批评理论中，术语“novum”一词取自拉丁语，原意为“新事物”，一般指科幻作品中连接虚构世界与现实经验世界的核心想象元素，是科幻作家让想象世界与现实世界产生偏离而进行的某种认知创新（Castaño，2014；Suvin，1979）[2]；拉丁语中，“novum”复数形式为“nova”。在天文学中，“nova”是新星，指由于剧烈物质变化而在短时间内发出巨大亮光的天体，爆炸后的新星会产生新的恒星。在刘慈欣的作品中，小说《超新星纪元》英译本*Supernova era*于2019年10月由托尔出版社译介出版[3]，这是继译介《三体》三部曲和《球状闪电》之后刘慈欣第五部被该出版社译介到英语世界的作品，其西语译本或也指日可待。可以说，对于世界科幻文学而言，“Nova”一词有其独特的内涵联想与象征意义。

对于西语科幻文学出版业而言，“Nova”一词也具有其独特意义。1969至1970年，马德里罗洋出版社推出了一套名为“新星俱乐部”的口

1 Canalda, J. C., & Cantero, U.-E. “Las colecciones de ciencia ficción popular en España (1950−1990)”, *La Ciencia Ficción Española* (2002):67−94. Ediciones Robel.

2 Suvin, D. “Metamorphoses of Science Fiction: On the Poetics and History of a Literary Genre”, *The Yearbook of English Studies* (Vol.12), 1979. https://doi.org/10.2307/3507501

3 https://www.tor.com/2019/01/02/revealing-supernova-era-a-new-standalone-novel-from-cixin-liu/ (2019−05−26)

袋科幻读物。到后“新维度”时期，西班牙科幻文学写作开始呈现出向主流文学靠拢的意图和趋势。一部分新作家开始尝试脱离杂志平台单独发表作品。这使得许多专门依靠出版发行科幻文学作品维生的出版社面临生存危机。一批尝试挽救这一局面的科幻爱好者群体开始自发集结并创立《科幻迷》杂志。这一举动让科幻文学再次进入大众读者的视野。布鲁盖拉出版社在此背景下推出了一系列科幻丛书，尝试兼顾流行科幻创作与严肃科幻创作，其中最具影响力的是“书友”“新星”和“橙色丛书”[1]。90年代，B出版社继续承载着布鲁盖拉出版社的传统和使命经营“新星”书系，同时也逐渐使之成了一个影响力与日俱增的西语科幻文学出版平台。发展至今日，“新星”书系不仅在推动西班牙本土科幻文学的沙场上功不可没，也在科幻文学译介领域颇有建树。2016年，被纳入“新星”书系的《三体》西语译本正式出版，在西语世界引发强烈反响。同年，欧洲科幻文学协会向B出版社授予“欧洲年度最佳科幻文学出版社”的殊荣[2]。2017年，《三体》西语译本夺得伊格诺图斯最佳外国小说奖[3]，这代表着西语科幻文学界对这部译作的最高认可。此后，“新星”书系又陆续策划和完成了《三体》系列第二部《黑暗森林》与第三部《死神永生》的西语翻译出版；同时，还计划在西班牙出版刘慈欣于2004年发表的作品《球状闪电》。该作品中的一些灵感和元素后来被作者融入《三体》系列叙事当中（顾忆青，2017）。[4]在接受媒体采访时，B出版社主编玛尔塔・罗西琪表示将继续以其前辈“米克尔・巴塞洛的精

---

1 Díez, J. “No Las colecciones de CF (IV): Bruguera”, *Gigamesh* 17(1998):40−43.

2 https://www.elperiodico.com/es/ocio-y-cultura/20161106/ediciones-b-nova-mejor-editorial-europea-ciencia-ficcion-5612231(2019−05−26)

3 http://locusmag.com/2017/11/2017-premio-ignotus-winners (2019−05−26)

4 顾忆青：《科幻世界的中国想象：刘慈欣〈三体〉三部曲在美国的译介与接受》，《东方翻译》2017年第1期。

神为标志”，致力于“建设充满响亮名字的科幻文学书目”[1]。

总之，在西语科幻文学的世界，“新星”这个名词给人以许多联想，它或许是布鲁盖拉出版社初创“新星”书系时那种敢于在“流行”与“严肃”“大众”与“专业”的中间地带探索游走的自信和勇气，或许是以米克尔·巴塞洛为代表的西语科幻出版人的锐意进取，或许是通过《三体》译介与中国科幻结下的不解之缘。

纵观科幻文学出版和译介在西班牙的命运嬗变，可以发现，“新星”书系发端于西班牙科幻文学走向成熟的年代，成长于B出版社铺设的发展道路，而该出版社又沿袭着其前身布鲁盖拉出版社在西语科幻出版业的特有风格与积淀。虽然因为经历了后“新维度”时期的转变，考证布鲁盖拉出版社在外国科幻文学译介活动方面对新星出版社的直接影响已并不容易，但这个曾经在西语出版行业建立起商业帝国的科幻巨头，其辉煌的历史和雅俗共赏的传统似乎在一定程度上注定了B出版社和“新星”书系应当为《三体》系列进入西语世界担当起译介的使命。

在兰登企鹅出版公司官方网站的旗下出版社名目信息中，“新星”书系对自己的介绍仅有简短两句话，内容如下：

> 感谢布兰登·山德森、恩斯特·克莱恩、安迪·威尔和刘慈欣等作家，“新星”是西语世界科幻与幻想文学的一流书系，已有三十年历史。2016年，B出版社因此书系获得欧洲科幻文学协会最佳出版社奖。[2]

不难看出，出版方对刘慈欣及其作品予以了很高程度的重视和认

1 https://www.elperiodico.com/es/ocio-y-cultura/20161106/ediciones-b-nova-mejor-editorial-europea-ciencia-ficcion-5612231(2019-05-26)

2 http://www.penguinrandomhousegrupoeditorial.com/sellos/ (2019-05-26)

可，也反映出《三体》西语译介对于B出版社，甚至对于西语科幻的重要意义。

3.“汉语让我感觉得到了解放”——《三体》西语译者与译本生成

《三体》第一部与第二部《黑暗森林》的西语翻译由哈维尔·阿尔塔约完成，第三部《死神永生》由奥古斯丁·阿雷普斯·莫拉雷斯完成。本研究将主要针对《三体》第一、二部及其译者进行介绍。

哈维尔·阿尔塔约毕业于巴塞罗那自治大学翻译系，之后赴北京大学、中国人民大学进一步深造中国语言文化。自2001年起前往我国台湾工作、定居。在完成《三体》和《黑暗森林》西译本前，曾翻译了张翎小说《金山》、刘慈欣短篇小说《赡养上帝》等。除对汉语言文化的丰富积淀和对文学翻译的热爱，哈维尔也曾有丰富的技术文本翻译经历，良好的汉语言文学功底与对科学技术语域的熟稔，这些促成了他对科幻小说翻译的热情，也为其科幻翻译工作铺垫下良好的基础。

尽管从时间上看，《三体》西译本（2016）似乎是在英语世界成功译介和揽获雨果奖（2015）的“聚光灯效应”下催生的。但实际上，早在2014年之前，曾任西班牙幻想、科幻、恐怖文学协会“伊格诺图斯奖”管理人的马利亚诺·比利亚雷亚尔就已与哈维尔·阿尔塔约开始积极沟通《赡养上帝》西语试译的相关工作。《赡养上帝》西译本，2014年随着科幻作品合集《新地球3》一起成功出版。这一翻译出版活动是后来译介《三体》系列的序章。

对于中国当代科幻文学，哈维尔·阿尔塔约有其独到的认识和见解，也一直怀揣着别样的珍视。他认为，自20世纪90年代初期以来，科幻小说良好的发展势头逐渐回归。80年代，科幻小说创作曾因被指为“伪科学”而一度失声，进入“十年冬眠”。今天的中国科幻文学有一片非常广阔的天地，它不仅仅是刘慈欣，还有韩松、王金康这样的重要作家。此外，还有如郝景芳这样的新晋作家，她继刘慈欣之后凭借短篇小说《北京折叠》再次为中国科幻文学揽获雨果奖。[1]

哈维尔·阿尔塔约曾在媒体访谈中表示,《三体》在西方世界获得的成功实至名归,并不使他意外;使他感到意外的是,还有如此多像《三体》一样优秀的作品、像刘慈欣一样优秀的作家仍未被发掘和译介。作为一名参与到中国科幻文学译介活动中的西语译者,哈维尔·阿尔塔约的重要使命便是让更多优秀的中国科幻文学作品顺利走进西语世界,并被西语读者接受,然而这绝非轻而易举之事,其间既充满着语言差异的束缚,也遍布着文化差异的阻碍。[2]

在《三体》系列作品中,刘慈欣虚构了一个为保护和传承人类文明而独自恪守巨大秘密的科幻人物形象,称之为"面壁者"。在译介活动中,每一位译者或多或少都是站立在文化高墙之前的"面壁者"。然而,他们更为重要的使命,是成为击穿文化高墙隔阂、促进文化交流的"破壁人"。

"面壁者"与"破壁人"——从《三体》译介看译者身份变迁

> 面壁者所承担的,将是人类历史上最艰难的使命,他们是真正的独行者,将对整个世界甚至整个宇宙,彻底关闭自己的心灵,他们所能倾述和交流的、他们在精神上唯一的依靠,只有他们自己。
>
> (《三体2·黑暗森林》)

有关文学翻译中译者所扮演的角色,翻译学界已展开过许多讨论。韦努蒂(1995)所提出的"译者的隐身",是对文学翻译中译者角色的重要思考,在翻译研究中被反复讨论。韦努蒂认为,译者通过对目标语

1 https://web.archive.org/web/20161117042604/http://novalibros.com/tag/el-problema-de-los-tres-cuerpos/ (2019-05-28)

2 https://lilladeserta.cat/entrevista-a-javier-altayo/(2019-05-28)(访谈录原文为加泰罗尼亚语)

言的熟练驾驭，使译文呈现出接近目标语言原创文本的话语状态，这样的译文因其语言流畅、风格自然而使得读者无法明显感知到译者的痕迹，翻译活动变得具有“透明性”，译者也在目标文化语境中达到一种“隐身”的状态；“译者越是隐身，原作者或原文的意义就很可能越是得到凸显。”韦努蒂通过例证指出该现象在文学翻译中的具体表现是多方面的：

（1）从语言层面来看，倾向于主张翻译“透明性”，译者“隐身”的现当代文学翻译批评通常持有的观点是，译文语言在词汇上应具有“现代性”（不“古旧”）、“常用性”（不“生僻”）、“标准性”（不“口语化”）等特点，且应避免外来词的使用；句段上应弃“忠”以求“顺”、弃“形”以求“意”；翻译策略上，译文应当是归化的。

（2）从文化上看，行为的“透明性”还体现在强势目标文化在翻译活动中的权力话语。译者通过尽可能适应强势目标文化的话语规则使译文显得“自然流畅”，尽可能使自己在翻译活动中留下的个人痕迹无法被读者感知，让自己的译者角色“隐身”。

（3）从翻译活动中的权利关系来看，韦努蒂认为这种“隐身”体现在对译者合理权利的剥削。如出版业在合作过程中对译者身份的轻视，这常体现在对译者劳动报酬设置的不合理（如酬劳低、分配不公等）、对劳动强度的要求不合理（如过于紧迫的工作时限）等；此外，在如新闻行业等领域的非文学翻译活动中，对译者身份的忽略几乎已成为惯例，而保护对译者合理权利的相关法律规定也亟待完善。[1]

从以上几点来看，译者“隐身”现象一定程度上揭示了不对等的权力话语关系下，以及文学翻译活动中译者的使命与其主体性之间的普遍矛盾。当我们把目光聚焦在中国科幻文学西译中的译者角色问题上时，

1　Venuti, L. *The translator's invisibility: a history of translation*, London and New York: Routledge, 1995.

要了解这种矛盾是否依旧显著，以及有什么样的具体表现方式，还需进一步针对译介活动中的具体问题进行探讨。然而，尽管《三体》的成功译介标志着中国科幻文学开始反哺世界科幻，但由于社会历史原因，我国科幻文学译介和创作到很晚才逐步呈现出相对繁荣的发展态势，科幻文学研究方兴未艾，而有关科幻文学翻译的研究更是远远不够（王雪明、刘奕，2015）；另一方面，在西语世界，相比科幻文学理论，尤其是在文学史和文学批评方面已有的一些发展，科幻文学翻译仍旧是被边缘化的话题。这些现状既为进一步探究科幻译介中译者的活动特征提出了挑战，也充分表明研究的必要性。下文将尝试通过结合上文对译者“隐身”现象的具体阐释，从科幻文学翻译实践中译者对语言风格的处理特点、协调文化关系所采取的策略以及在译介活动权利话语中的身份等方面进行探析。

1. 科幻之译，异上加“异”？

关于科幻文学翻译中译者拥有何种程度的语言自由，应采取归化还是异化的翻译策略，郭建中从科幻的翻译标准和翻译技巧等方面进行了较为详细的探讨，他认为：

（1）科幻小说翻译应具有文学性、科学性和通俗性。其中，文学性指译文应符合文学审美标准，科学性指译者对作品中涉及的科学常识和概念的正确把握，通俗性指译文通俗易懂。

（2）语言层面归化、异化相结合，文化层面异化优先的翻译策略。通过指出韦努蒂（1995）在提出归化与异化策略时所包含的意识形态倾向，郭建中认为其抵抗强势目标文化的异化策略主张不完全适于科幻翻译，并提出科幻文学翻译中通过异化策略体现“异文化”的重要性，凸显科幻小说之“异”。[1]

1 郭建中:《科普与科幻翻译：理论、技巧与实践》，中国对外翻译出版公司，2004年。

可以看出，国内的科幻文学翻译研究者倾向于认为译者应在语言层面求“顺”，文化层面求“异”，以凸显科幻文学所特有的文学魅力。

再观西语世界对此问题的看法。尽管鲜有直接谈及西语科幻文学翻译问题的研究，莫雷诺（2015）在其专著《科幻文学理论》中探讨科幻文学的诗学、修辞和批评等问题时，提出了对该文学类型语言特征的看法：大众批评更加倾向于主张词汇、句法上的简明易读，突出直白、简易的语言风格；而专业批评则对此持反对意见，并十分重视语言的文学审美和诗学功能。相比国内翻译研究者对科幻文学语言的文学性、科学性和通俗性兼顾的主张，西语学界对科幻文学的文学性有更为强烈的诉求，正如莫雷诺（2015）套用并强调的美国科幻作家阿西莫夫的一句话：“科幻文学是文学。”

结合上述国内外翻译批评与文学批评的要求看来，《三体》译者在将中国科幻译介至西语世界，可能面临这些问题：

（1）对科学技术语汇的准确传达。作为科幻作品，小说《三体》的语言处处显示了刘慈欣以对科学技术细节描述见长的“硬科幻”风格（顾忆青，2017）[1]，如何在语言转换过程中维持原作语汇的科学性是译者面临的挑战之一。

（2）对译文语言风格文学性的把握。李林倩（2015）在对《三体》英译的研究中发现，仅从描写、叙事、对话等传统文学手法去关注译作的“文学性”仍远远不够，对修辞的处理也是一个难点[2]，因为《三体》中作者运用大量比喻等修辞手法来解释复杂的科学概念。

（3）文化内涵的传达。作者调用了诸多中国特有的政治、历史和社会元素来丰富作品，译者需思考如何良好地向西语读者传达和展示这些

1　顾忆青：《科幻世界的中国想象：刘慈欣〈三体〉三部曲在美国的译介与接受》，《东方翻译》2017年第1期。

2　李林倩：《中国科幻小说英译研究》，北京外国语大学硕士论文，2015年。

文化元素。此外，面对英语科幻和本土科幻的强势文化地位，译者以什么样的角色身份在各文化的权力话语间进行协调显得十分重要。

（4）前面已提到，西班牙科幻文学发展历程中始终伴随着“雅俗共赏”的传统，这在对作品的接受活动上表现为大众批评和专业批评分庭抗礼的局面，双方在对科幻文学的语言审美上存在较大分歧。如何协调这种对峙关系，使译文尽可能同时被更多大众和专业读者接受，这是译介工作所面临的极其严峻的考验。

下面将结合以上各方面，具体考察《三体》西语译介中译者在面对翻译阻碍时选择的处理方式，以进一步讨论其在科幻文学译介活动中所扮演的角色。

首先请看以下例子：

译例1：

“小叶啊，连里对你可是仁至义尽了。”连长喷出一口辣烈的1<u>莫合烟</u>，看着地面说，“2<u>你出身和家庭背景都不好</u>，可我们没把你当外人。针对你3<u>脱离群众</u>、<u>不积极要求进步</u>的倾向，我和指导员都多次找你谈过，想帮助你。谁想到，你竟犯了这么严重的错误！”（《三体》刘慈欣）

“Wenjie, aquí siempre nos hemos portado muy bien contigo” —le dijo el comandante de la compañía, exhalando una espesa bocanada de humo de 1<u>tabaco Mohe</u> con la vista puesta en el suelo—. “2<u>Debido a la clase a la que pertenecía tu familia, y dados sus antecedentes, has sido siempre considerada una sospechosa política</u>. Y, sin embargo, aquí te hemos tratado como a una más. ¿Cuántas veces te hemos hablado, tanto tu instructor político como yo mismo, sobre tu tendencia a 3<u>aislarte de los demás y tu falta de motivación</u>? ¡Todo por ayudarte! Y mírate ahora, cometiendo un error tan grave.”

(*El problema de los tres cuerpos,* traducción de Javier Altayó)

译例2：

给岁月以文明，4而不是给文明以岁月。（《三体2·黑暗森林》）

dedica tiempo a la civilización, 4porque la civilización no te dará tiempo.

(*El bosque oscuro,* traducción de Javier Altayó)

译例1第1处出现极富中国民俗特色的名词“莫合烟”，译者哈维尔·阿尔塔约以音译处理该名词，在译文中留下具有异化特点的外语词汇“Mohe”。莫合烟为一种较多种植于我国新疆地区的烟草，气味浓烈、口感辛辣，革命战争时期广受部队军人喜爱。关于其名称来源有一说法为来自俄语音译，但实际词源暂已无从考证。译者此处选择保留原词，但未对其含义做更多解释，也随之舍弃了该词可能存在的与革命、军队有关的联想。译文对前文中形容词的改动，更加证明了这一点，试比较：一口辣烈的莫合烟/ una espesa bocanada de humo de tabaco Mohe。原文以“辣烈”形容莫合烟，或能引发中国读者将其与军人的硬派作风相联系；然而，多数西语读者对此较为陌生，故译者也将修饰词替换为“espesa”（浓密）。

对于中国读者而言，辨识和理解第2、3处的中国共产党无产阶级政治话语并不困难，这类话语通常传达了强烈的无产阶级革命意识形态。如“出身和家庭背景”“脱离群众”“积极要求进步”等，剥开其字面意义，这些话语更多传达的是关于革命立场和政治倾向的信息。回到语境，小说人物叶文洁被指责“出身和家庭背景不好”，实则是指控其家人的工作性质被怀疑存在资本主义倾向；“脱离群众”实则是批判其“背离无产阶级群众的革命立场”；而“要求进步”则更多指“追求先进的无产阶级革命思想”。西语读者如果对中国无产阶级阶级革命的政治历史背景缺乏足够了解，则很难完全领悟其中的意识形态内涵。译者对第2处话语的处理方式为增添文本补充说明“出身和家庭背景不好”导致政治倾向可疑(una sospechosa política)。第3处则采取了简化翻译的处理方式，基本舍弃原文话语的意识形态内涵，试比较：脱离群众/aislarte a los demás（与他人隔绝）；不积极要求进步/falta de motivación（缺乏动力）。

译例2中，在第4处可以看出译者在此处对原文的句法结构和句意均有所改动。此处原文“而不是给文明以岁月”的含义可能存在多种阐释，如“而不是让文明被岁月蹉跎”或“而不是让文明被岁月埋葬成为历史”等等，不拘一格。译者将原文的转折关系（“而不是”）替换为因果关系（“porque”），余下译文为“la civilización no te dará tiempo”，字面意义可理解为“文明不会给你岁月”，甚至引申为“文明不会为你守候”等，尽管句法变化极大，句意上仍保留了一部分原文所含的“文明难抵岁月蹉跎”之义。译者此举动因从译文的文学性上看，存在一种可能的解释，即是为保留原文句法修辞结构——颠倒。原文中“岁月—文明/文明—岁月”的颠倒结构在译文中以“tiempo-civilización/civilización-tiempo”的相似形式得到还原。

通过以上译文实例考察，可以初步发现译者的翻译活动呈现出以下特征：

（1）语言方面，译者更倾向于采取不同策略以追求译文语言的简洁，在文本增添上较为克制。对于传达意识形态内涵的话语，译者在尝试保留原文基本含义的前提下尽量采取简单化的表述，避免过多阐释。

此举有利于维系译文语言的流畅和简洁，保证文本易读性。此外，有必要加注说明的部分，译者通常将其标出并以尾注形式在章节末尾统一罗列，以求不破坏译文阅读的连贯性。

（2）文化层面，译文表现出一定的异化倾向，通过音译保留源语的文化负载词，到达求“异”的效果。另外从译者的加注情况也能看出其保留和突出“异文化”元素的意图，如对周文王、墨子等历史人物，以及对周朝、商朝、战国等中国历史时期的加注解释。

（3）兼顾译文文学性。尽管译者对译文简洁性和流畅性的追求显而易见，但未完全舍弃对文学性的兼顾，译例2中对句法修辞的保留一定程度上可以说明。

译者在语言上追求简洁流畅以提高译文可读性，适当兼顾文学性，尽量避免译文中出现过于异化的话语风格，甚至不惜为此舍弃原文的一部分话语意义。这既印证了科幻文学翻译所追求的通俗性，也在接受上更符合大众批评对科幻文学语言的期望。另一方面，译者试图保留小说中的中国文化元素，以求对“异文化”的突出；对于重要文化概念则加以注释，没有回避译者身份在翻译中的“现身”，体现出拒绝译者角色“隐身”的态度。

前文的译者介绍中已提到，译者哈维尔·阿尔塔约认为，缩短西语读者与汉语文学之间遥远的文化距离是从事文学翻译的重要任务。谈及译者的角色问题，他表明自己的想法：都说译者是隐身的，但是近年来我发现译者的存在感越来越强。因为，在一个翻译文本的背后，隐藏着很多完全无法感知的任务。[1]

以《三体》译介为契机，他试图通过科幻文学为两个世界拉近语言上的距离，为文化沟通搭建桥梁。此时，译者不是个“隐身”的译者，

1 https://lilladeserta.cat/entrevista-a-javier-altayo/ (2019−05−28)（访谈录原文为加泰罗尼亚语）

而是不同文化之间的协调者。

2. 科幻文学跨文化译介中的协调者

关于译者跨文化活动中的角色，众多译学研究者提出了“文化协调者”的身份概念。卡坦认为，所谓“文化协调者”，是为存在语言文化差异的不同人群建立沟通、理解和行为的角色。[1]塔夫特提出，译者作为文化的协调者，应当建立和平衡不同文化群体间的沟通。[2]哈提姆和梅森则从译文生成的角度指出译者的工作是对两种不同群体之间的协调：即源语文本的生产者与目标文本的接受者。[3]莫娜·贝克则更进一步指出译者通常将自身的跨文化知识与理念体现在其文化协调的过程中。[4]

在《三体》向英语世界的译介活动中，关于译者刘宇昆在其中发挥的关键作用，国内已有一部分研究展开过相关讨论。徐皞亮（2016）从跨文化传播视角分析《三体》译介，认为刘宇昆的译介传播是构成译本有效传播力的重要传播手段之一。[5]汪世蓉（2017）在探讨华人离散译者在跨文化译介活动中的身份问题时，以刘宇昆为实例，通过分析其个人成长经历与文化背景来较为深入地探讨了华人离散译者在协调处理两种或多种不同文化时所具有的身份协商和优势，主要包括：（1）更敏锐的文化自觉性；（2）更明晰的受众意识；（3）更多元的译介渠道。[6]

1 Katan, D. “Translating Cultures: An Introduction for Translators, Interpreters and Mediators”, *Journal of Biblical Text Research*, Vol. 21(2004): 166–183. https://doi.org/10.28977/jbtr.2007.10.21.166

2 Taft, R. “The role and personality of the mediator”, *The Mediating Person: Bridges between Cultures* (1981): 53–88.

3 Hatim, B., & Mason, I. “Discourse and the Translator”, *Language*, Vol. 68(2014). https://doi.org/10.2307/416393

4 Baker, M. “Translation and conflict: A narrative account”, *Translation and Conflict: A Narrative Account* (2006). https://doi.org/10.4324/9780203099919

5 徐皞亮：《科幻小说〈三体〉跨文化传播分析》，《新闻前哨》2016年第2期。

6 汪世蓉：《身份博弈与文化协调：论华人离散译者的文化译介》，《中国比较文学》2017年第2期。

刘宇昆的华人离散译者身份，恰好印证了巴斯奈特（2011）借用霍米·巴巴（1994）提出的全球化背景下移民人口所处于的一种介于不同文化中的“中间性”[1]，所阐明的译者作为文化协调者时所面对的身份状态。

哈维尔·阿尔塔约曾多次提到他在翻译《三体》的过程中，从其他从事汉语语言文化工作的母语者和《三体》英语译者刘宇昆处获得的无私帮助，对他顺利、保质地完成译本起到极大的推动作用。[2]通过与母语者的沟通交流，有助于译者更充分地站在源语文化的角度思考问题，更全面、更深入地理解源语文本的语言特点和文化内涵。而通过与双语、双文化的离散译者合作，有助于译者更好地感知和培养自身的文化协调能力。相对于传统的多语种译介模式中，不同语言文化之间依靠权力话语构建相互关系，《三体》译介活动中所呈现出的特有的译介模式——英语译者与西语译者的协调合作，对于中国科幻文学、类型文学甚至是经典文学的译介活动均有一定的参考借鉴价值。

结　论

科幻文学作为一种在西语世界的大众文化和精英文化间“双栖”的类型文学，往往以兼具良好的可读性与文学性而同时吸引大众读者与专业读者的目光。一部科幻作品的成功译介既能使其通过吸引大众读者获得理想的商业传播效益，又能透过专业批评的充分肯定而经久不衰。《三体》的西语译介反映出在类型文学的翻译中，译者一方面拉近译文与读者的语言距离，一方面凸显源语文化的“他者”身份，是具有实践可行性和一定参考价值的。并且，这种语言、文化上的“协调”已经反

1 Bassnett, S. “The translator as cross-cultural mediator”, *The Oxford Handbook of Translation Studies* 77 (2011):85; Bhabha, H. “The postcolonial and the postmodern”, *The Location of Culture* (1994): 171−197.

2 https://lilladeserta.cat/entrevista-a-javier-altayo/(2019−05−28)（访谈录原文为加泰罗尼亚语）

映在科幻文学翻译中译者角色身份的变化上。从译介模式来看,《三体》译介所呈现的译者间的跨语种合作模式是对译者文化协调者角色的良好体现。

中国科幻文学正在迎来前所未有的良好发展时期，与世界进一步建立沟通交流的需求愈发强烈。此时此刻，科幻译介活动的重要性和必要性似乎从未显得如此迫切。译者在译介活动中，面对矗立在语言文化间的高墙，唯有充分发挥自身文化协调者的角色，才有可能成为主动打破文化障碍的“破壁人”，而非孤独、被动的“面壁者”。

第八节　图文共舞——几米绘本

图文并茂的文学——绘本

“绘本”是一种以图文结合为主要表现形式的文学载体，又被称为“图画书”。大多数绘本通过图、文之间相得益彰的平衡关系，使两者相互烘托，以营造出其独特魅力。此外，也有一部分绘本作品只有图没有文字。

通常，绘本可以分为儿童绘本和成年人绘本。李乐平（2002）认为，成年人绘本一般有两个必要元素：一是手绘图画，二是成年人阅读。[1] 也就是说，成年人绘本是用感性的语言、颜色和形象进行叙事,一方面要通过数量相对较少的文字展现故事情节，另一方面需要通过手绘图画营造视觉效果和传达思想内涵；其所表达的情绪和内涵通常与成年人读者的阅读需求和兴趣更加契合，儿童读者同样可以成为成年人绘本的潜在读者，但对于充分理解作品想要传达的思想内涵则存在一定困

1　李乐平:《几米与成人绘本》,《语文建设》2002年第6期。

难。在台湾出版业，“成年人绘本”被作为一种具有创新性的作品形态概念提出来，而台湾绘本作家几米则被认为是成年人绘本创作的重要代表（逄伟、孙延军，2007）[1]。

几米绘本在国内传播的成功及原因

2002年初，我国台湾地区漫画家几米的绘本作品经由生活·读书·新知三联书店、辽宁教育出版社出版，“绘本”概念正式进入大陆读者的视野。通过这种创作形式，几米逐渐让图像成为一种全新形式的文学语言，在国内出版市场引发较高的阅读热情，并掀起一阵至今不衰的绘本创作风潮。“几米现象”成为学界和媒体越发关注的评析话题。自1998年起，几米在其近二十年的绘本创作生涯中，连续推出了包括《地下铁》《向左走向右走》等在内的诸多脍炙人口的作品，这些作品逐渐被市场接受甚至追捧，成为大众流行文化的宠儿。除了在图书市场的成功之外，几米绘本在国内传播的成功是跨媒介的，例如，其漫画元素被广泛应用于不同类型的商品装饰中；大众传媒业也纷纷对其作品表示青睐，例如《向左走向右走》被改编成电视剧，《地下铁》和《向左走向右走》被制作成电影，《微笑的鱼》被制作成动画短片，以及特制的与几米绘本相匹配的CD音乐，等等（逄伟、孙延军，2007）。

面对几米绘本作品在国内市场获得的成功，国内研究者从大众传播、心理学和认知等不同角度对其进行了分析。

杨波等（2010）认为，从艺术类型上对几米的绘本进行严格意义的归类有一定难度，这主要表现在以下几点：

（1）作品形式本身具有多面性。绘本是非传统意义上的漫画。图画

1　逄伟，孙延军：《阅读狂潮何以被掀起——几米绘本在青年中流行的心理学探析》，《中国青年研究》2007年第2期。

并非几米绘本的全部载体，其作品的绘图往往配有吸引人眼球的文字，而这些文字同样也表现出在诗歌与散文间游走的自由姿态，使得几米作品更难从传统意义上获得类型界定。

（2）作品内容在表达方式上的多元化。情感和思想是使几米绘本艺术内涵显得充实丰满的重要因素，然而在抒情的同时，其作品的叙事性质并未完全丧失，读者仍然能从中听到作者想要讲述的故事；另一方面，其故事的情节性又被充满绘本特点的构图、色彩和情绪所淡化。

该研究从大众文化传播的角度较为深入地分析了几米绘本作品在国内大获成功的背后所显示出的文化意义。其中主要包括：

（1）大众媒介的传播作用。几米的迅速流行在很大程度上依赖于大众媒介传播。同时，大众媒介不仅在传播渠道上为几米的绘本提供了便利，而且在无法回避的后现代文化工业的背景下为几米的绘本创造着新的消费群体，大众媒介使消费几米、阅读几米、倾听几米成为部分人的一种需要。

（2）大众文化产品的商品性和流通性。大众文化产品从来不讳言自己的商品属性。几米的绘本作品在创作和出版之初以儿童为主要受众对象，后来逐步赢得了成年人消费群体的喜爱，并成为多种商品的品牌名称，成为一种时尚。

（3）绘本所强调的视觉凸显性。视觉凸显性是指图像的视觉愉悦性远胜于它的其他特性，几米的绘本究其形式来说是一种图像文化。当图像消费成为大众文化中的一道重要景观，优秀绘本作品的成功便就不难理解。

（4）情感消费性作主导。一些研究者认为，艺术和图像是表达欲望的最佳工具，用语言表达的欲望受到话语的限制，是相对不自由的表达方式。图像本身就是一种感性媒介，“看”图像的过程是一种感性而直观的行为活动，所以图像是欲望和情感的天然直接的表达媒介。因此，“图像”和“感性”是几米绘本作品在大众文化中获得成功的核心要素。[1]

此外，张璐（2011）、逄伟等（2007）还从认知和心理学角度对几米绘本作品的独特之处进行分析，发现其作品通过强调“孤独”“焦虑”“认同寻求”“认知冲突”等核心情感内涵，成功与以现代都市为主要生活场景的读者群体形成良好的情感互动，通过一种在情感和思想上更加自由开放的表达手法，不仅让读者通过阅读其作品寻求情感共鸣，更让读者参与到作品情感的探索和获取中，进而促使其完成自我情感的构建与发现。[2]

几米绘本在西班牙的传播

几米作品在风靡大陆、香港、澳门、台湾的同时，也逐步被译介到美、法、德、西、韩、日、泰等多个国家。西班牙芭芭拉费奥出版社位于南部城市格拉纳达，该出版社主要致力于同世界各地的绘本作家合作，将他们的作品呈现给西班牙读者。该出版社是绘本作家几米的作品被翻译为西班牙语并出版发行的主力平台。根据笔者统计，2002至2017年间，该出版社共翻译出版几米作品至少21部，除大部分作品被翻译为西班牙语外，也有个别作品被翻译为加泰罗尼亚语。此外，芭芭拉费奥出版社近年来也在尝试向西班牙语读者译介更多年轻一代的中国台湾绘本作家及其作品，如小庄（庄永新）的作品《窗》（2012）和安哲的作品《不安分的石头》（2016）等。

该出版社绝大部分绘本作品的汉译西翻译和编辑工作由乔迪·阿依诺德完成，除自由译者的工作外，他还在巴塞罗那庞培法布拉大学翻译

1 杨波，封兴中：《从大众文化的角度看几米绘本的文化意义》，《文学界（理论版）》2010年第7期。

2 张璐：《认知规律与作品魅力——几米绘本畅销不衰的内因探究》，《出版发行研究》2011年第7期。

学院任兼职讲师。乔迪·阿依诺德具有丰富的出版行业从业经验，在多家出版社担任过职业书评人和出版代理人的工作。这些经历对于培养起更为敏锐的出版市场感知能力有很大帮助，从而促使他将国内掀起的“几米热潮”译介给西班牙语和加泰罗尼亚语读者。现梳理目前在西班牙图书市场流通的几米绘本译本如下（按出版时间排序）：

表4-15　西班牙图书市场流通的几米绘本译本

译本题名	原著题名	译本年份
La piedra azul	蓝石头	2007
Desencuentros	向左走向右走	2009
Esconderse en un rincón del mundo	躲在世界的角落	2009
Hermosa soledad	又寂寞又美好	2010
Jimmy Liao: antologías de ilustraciones	几米绘本合辑	2010
No soy perfecta	我不是完美小孩	2011
La noche estrellada	星空	2011
El pez que me sonreía	微笑的鱼	2012
Secretos en el bosque	森林里的秘密	2012
El sonido de los colores	地下铁	2013
Soy feliz, no me preocupo: —soy yo quien tiene preocupado al mundo	世界别为我担心	2013
Dame un abrazo	拥抱	2013
La luna se olvidó	月亮忘记了	2014
No hace mucho tiempo	并不是很久以前	2014
Ojalá pudiera formular un deseo	如果我可以许一个愿	2014
Paisaje de amor	恋之风景	2015
¿Verdad o mentira?	真的假的啊？	2015
Un beso y adiós	忘记亲一下	2016
Un día más contigo caminando por una tarde de primavera	走向春天的下午	2016

续　表

译本题名	原著题名	译本年份
Mi mundo eres tú	我的全世界只有你	2017
Mi querido gatito	遗失了一只猫	2017

可以看到，在前后十年时间里，几米绘本在西班牙一直保持着较高的译介和出版活跃度，前后有逾20部作品被译入西班牙语并出版。前文已提到，国内已有研究者从不同角度探析几米绘本在国内获得成功的内在和外在原因。面对与国内市场差异巨大的海外市场，或具体而言，面对西班牙语读者，译介活动在几米绘本走进西班牙市场的过程中产生了什么样的影响、起到了什么样作用，厘清这些问题，将有助于进一步了解中国绘本是以何种身份被西语读者接受，也有助于从译介传播的角度解释几米绘本在西语出版市场获得极大成功的原因。

几米绘本在西班牙的接受

时至今日，成功进入西语世界的几米绘本已较为丰富多样，近年来，从文学批评和艺术审美的角度对其作品西译本进行解读评析的研究也开始不断出现。这些研究的一个重要关注点便在于几米绘本作品中所反映的“儿童”特质，或称之为“童心”（Di Marco de Grossi，2016；Ortiz de la Fuente，2017；Sardi，2016；Trabado Cabado，2016）[1]。但这

1　Ortiz de la Fuente, C. *Análisis del álbum ilustrado "hermosa soledad" de Jimmy Liao*, Cantabria: Universidad de Cantabrias, 2017. Sardi, V. "Arte, literatura e infancias en la obra de Jimmy Liao: algunos diálogos posibles entre producción y recepción", *Fronteira Z. Revista Do Programa de Estudos Pos-Graduados Em Literatura e Crítica Literaria* 17 (2016): 4–21. Tabernero, R. "Leer Y Mirar: Claves Para Una Poética De La Recepción Del Libro-Álbum Y Del Libro Ilustrado Read and Look (Keys for the Poetics of Picture Books and Illustrated Books)", *Ensino Em ReVista* (2011): 93–109. Trabado Cabado, J. M. "Remodelando el álbum ilustrado: Jimmy Liao y el autorretrato melancólico (Reshaping picturebooks): Jimmy Liao and the melancolich self-portrait", *Signa: Revista de La Asociación Española de Semiótica* 25–0 (2016): 1131. https://doi.org/10.5944/ signa.vol25.2016.16947

种对“童心”的关注并不局限于年龄意义上的儿童读者，而是围绕“儿童”所具备的特有的心理特征和思想情感活动特点分析和解读成年人读者对几米绘本的接受活动，以揭示绘本作品与当代西语读者群体之间产生的一系列互动和影响过程。

西语世界所有对几米绘本接受情况的研究，几乎都离不开对绘本这一作品形式在当前西语文学中的发展和接受情况的讨论。塔贝内罗（2011）认为，从目前西语读者市场的接受情况来看，绘本已成为一种的文学类型，且这种身份正在日渐得到巩固。此外，其特有的“看图读文”（leer mirando）的互动方式对于阅读习惯的培养大有裨益。萨尔迪（2016）在对《如果我可以许一个愿望》西译本的研究中，尝试从诗学和社会符号学角度对几米绘本给以文学、艺术以及“儿童/童年”在生成与接受之间的对话进行思考与分析。该作者指出，绘本作为一种文学形式，具有“多维叙事性”。几米作品在文字话语和视觉话语间寻求到了契合点，利用绘本所特有的多意维度将读者置于叙事的歧义性和不确定性中进行“质问”，还揭示了“儿童/童年”在其绘本作品中的文学、艺术表征，并进一步论述了绘本的诗学解读对于丰富教学从业人员认知维度的重要价值和现实意义。阿根廷研究者迪马尔科·德格罗西（2016）通过揭示《拥抱》中所蕴含的多重二元性（抒情与叙事、温柔与挑衅、两套意义表征和两种阅读节奏），强调了绘本“看似简单，实则其乐无穷地将读者引向模棱两可的位置”的神奇魔力。[1]特拉瓦多·卡达多（2016）指出绘本读者所具有的儿童/成年人二元性为作品赋予的两种截然不同的话语诠释方式，这两种诠释方式往往存在着表层—深层

1 Di Marco de Grossi, M. “Dos tonos, un mismo ritmo de lectura: Abrazos de Jimmy Liao, y la representación del niño como lector activo del libro álbum”, *VII Jornadas de Poéticas de La Literatura Argentina Para Niñ@s.* 13 y 14 de Mayo de 2016 Ensenada. Argentina: Universidad Nacional de La Plata, Facultad de Humanidades y Ciencias de la Plata, 2016.

的关系，其中儿童话语为表层，包含一系列具有不同意义指向的能指符号；成年人话语为深层话语，深层话语的诠释和解读则更为复杂，典型的例子如法国作家圣埃克苏佩里的代表作品《小王子》。该研究认为，作家几米的作品很好地揭示了绘本的目标读者范围不断扩大的发展趋势，并且这种发展是以保留儿童特质为前提，但又完全适应了成年人读者的阅读兴趣和需求。这使得此类作品可以通过多种方式进行阅读：

首先，儿童读者可以继续保持自身身份进行阅读，尽管他们无法把握作品所有的话语层面，但这不仅不会阻碍反而可以推动对作品的重读，并使其随着时间的推移而成为一种不断变化的话语，因为读者在不同年龄段的阅读可使其捕捉到作品中更多隐藏的细微差别，也就是说，这类作品会跟着儿童读者的成长而一起成长。

其次，这种绘本也可以直接由成年人读者阅读。它们通过叙事手法和图画风格感知作品中的儿童特质，却能够捕捉到与儿童读者截然不同的哲学思考。“童心”的形式和与潜在的成年人接受者相结合，以达到互相丰富的效果。“童心”成为一种去自动化策略，以一种新颖的方式来叙述成年人感兴趣的话题。此外，它还能唤起成年人对内心蛰伏的“童心”的敏感性，或者说被引领到童年的不可预知的视角观察世界。

总体上看，西语世界对几米绘本的接受，重在突出“童心”“多维话语”“多元阅读”和“读者多重身份”等核心概念。相比国内研究从情感体验和商业价值的两方面强调几米绘本的成功，西语世界更看重几米绘本的文学性。这在一定程度上表明，几米绘本从汉语到西语的译介，对于进一步丰富其作品的阅读方式，进一步发掘绘本的文学价值起到了十分积极的作用。

几米绘本的西班牙语译介

相对于几米在国内较早开始的绘本创作活动，其作品在西语世界的译介已经略显滞后。前文已提到，几米早在20世纪90年代便已开始绘本创作，1998年出版了第一部作品《森林的秘密》。前后相隔九年之久，其中原因值得探究。

杜埃尼亚斯·洛伦特（2015）在其对外国儿童和青少年文学在西班牙的译介活动研究中发现：

（1）西班牙文化部数据显示，2006至2010年，儿童和青少年文学作品每年在西班牙图书市场的占比均超过40%，西班牙图书市场对此类文学有着巨大的市场需求；

（2）西班牙国内近年来出版的绘本读物大多来自对海外作品的译介；

（3）约从20世纪末开始在西班牙大受欢迎的幻想类文学作品，于21世纪初起日渐式微，使得西班牙出版业为填补儿童和青少年文学的市场空缺寻求新的出路。绘本凭借其良好的文化包容性、较广的受众范围等优势成为较理想的出版对象，这在一定程度上催生了该时期西班牙“绘本译介热”的开端。[1]

显然，中国绘本也成了这波热潮的受益者。我国台湾研究者古孟玄（2010）发现，1992年刘宗慧创作的《老鼠娶新娘》插画在西班牙获得加泰罗尼亚国际插画奖；几乎同时期，关维兴基于林海音小说《城南旧事》改编的绘本也出现在欧洲多地的重要书展和国际奖项的相关活动中[2]；2007年，第一部几米绘本的西语译本问世，随后20余年里，大量几米作品开始被译介到西班牙，并获得了市场和口碑的双丰收。西语世界的“几米现象”为汉语绘本文学和作家走进西班牙语世界打开了一扇全

1 Dueñas Lorente, J. D. *Traducción y tendencias recientes en la Literatura Infantil y Juvenil*, Universidad de Zaragoza, 2015.

2 Ku, M. “La literatura taiwanesa cruza la frontera: observaciones sobre la traducción de los libros ilustrados de Jimmy Liao al español”, *Estudios de Asia y Africa 45*−2−142(2010): 471−490.

新大门。

例如，2008年出版的《地下铁》，其西译本《色彩之声》是截至目前在西语世界最受欢迎的几米作品之一。尽管该绘本直至2013年才被乔迪·阿依诺德译介到西班牙并出版，这丝毫未影响西班牙读者对它的喜爱。该译本未直接采用原文标题译入（如“Metro”，以对应汉语原文“地下铁”），而是沿用了英译本标题“Sound of colors”（意为“色彩之声”）。其实，这在几米其他作品的译介中不算常见，因为大多其他几米绘本被译介到西语世界，其译本题名均表现出与原文题名相对更强的关联性。如《森林里的秘密》（*Secretos en el bosque*）、《如果我可以许一个愿》（*Ojalá pudiera formular un deseo*）等。但从另一个角度看，这种标题转换使得作品译本以更为直接的方式向读者说明其文学身份——绘本，并巧妙运用通感，暗示出几米绘本所特有的艺术魔力。在全节的最后，几米引用了奥匈帝国时期捷克诗人里尔克的诗歌《盲女》作为结尾，名句“一切色彩皆已化入声音与气味”成为全书文字部分的点睛之笔，也与译本标题“色彩之声”形成强烈呼应。与原文不同的是，西译本加入了该诗的德语原文并置于西语译文之前，将整部作品的艺术基调成功嵌入西方文学语境之中，进一步拉近了译文与读者的文化距离。

古孟玄（2010）也着重从绘本的文学艺术特点入手进行分析，指出了促成几米在西班牙出版市场获得成功的内因，即：（1）超越民族和文化边界的共同话题；（2）无特定民族标记的人物；（3）留给成年人读者的想象思考空间；（4）对西方艺术手法的运用；（5）文本短小精炼，语言简洁有诗意。

总之，几米绘本在文学、文化、文本三方面所特有的包容性和简洁性，降低了译介活动需要面临的文化语言障碍。

此外，阿里萨莱塔（2012）在分析21世纪西班牙出版业所面临的发展问题时指出，被儿童青年文学占据大片市场的西班牙图书出版行业正面临一种“密集商业化”的模式：在这种依靠产品快速“循环”和“滚动”的模式下，出版方大多追求新作品的快速出版和发行以刺激读者市场的消费，很多时候一部作品出版后的发行量并不高，就很快被接踵而至的新作取代。[1]从这一点看来，绘本因其译介活动所面临的文化和文本阻碍相对较低，译介周期相对较短，似乎恰到好处地满足了西班牙出版业近年来盛行的“滚动”运营模式。

在上述内因和外因的协同作用下，几米的绘本顺利进入了西班牙图书市场，并获得了它直至今日仍在延续的成功。

1 Arizaleta, L. “Cuatro barreras para la educación literaria”, *Peonza: Revista de Literatura Infantil y Juvenil* 102(2012): 5–13.

结 论

翻译研究界认为，文学作品的翻译、出版和接受（普通读者/专业读者），是文学交流和传播中非常重要的一项内容，也是能直接体现文学交流、传播状况的一个重要指标。因此，我们对中国文学在西班牙的翻译与传播研究，必然涵盖翻译、出版与接受这三个层面。

中国文学在西班牙的翻译，与中西两国政治、经济、文化国力息息相关。在全球范围内的文学接受研究中，我们看到，任何一种外来文化能够进入目的文化的根本原因，在于目的文化自身的需求。西班牙对中国文学的翻译，除了传教士汉学时期的零星孤本，以及20世纪中西文化交流使者黄玛赛和杜善牧的译本外，绝大部分出现在胡安·卡洛斯一世国王1978年的访华之行后。1592至1977年间一共在西班牙出版了42个中国文学单行译本，而1977至2018年间则出版了500多部中国文学单行译本。此外，在今天，由于纯粹的翻译工作收入很难维持日常生活，中国文学的西语译者普遍同时在高校任教，而他们在高校的教学工作，又保障了不断有年轻的汉学家成长起来。因此，本书将20世纪80年代以来活跃在汉西翻译领域并且任职高校的汉学家作为我们的第一个研究重点，这是中国文学西译的背景与条件。我们围绕三大汉学中心（格拉纳达、巴塞罗那、马德里），针对重点汉学家进行了资料搜集与访谈。格拉纳达主要介绍了雷林科、希卢埃拉、马丁·里奥斯和加西亚·诺布雷哈斯；巴塞罗那主要介绍了劳雷亚诺·拉米雷斯、安妮·苏亚雷斯、罗飒岚、欧洋安和裴瑞清等；马德里主要介绍了菲萨克、宫碧兰等。在中文学术语境中，对这些汉学家之前虽有介绍，但缺乏系统性与全局性。此外，本书还辨析了不同代际汉学家学术养成的源流及其成因，和对中国文学西译的影响。

中文语境中，过去对中国文学西译的研究主要集中在语言转换研究层面。探讨语言转换中的“信达雅”，以及为达成这一目标所应该采用的不同翻译策略。本书力图在文本研究的基础上，借助社会学的研究工具，依靠西班牙文化部和出版业行会提供的报告和数据库，对西班牙（出版量全球第五的出版大国）的图书出版业、翻译作品出版、西班牙翻译行业现状和2006至2014年西班牙畅销书类型与源语言进行了梳理与归纳。我们借助西班牙文化部的ISBN数据库，又通过访谈汉学家和出版社，对相关书目进行了补充与核实，最终完成了本研究的基础材料；以其为基础，对中国文学作品在西班牙的翻译出版频次、作品译本在西班牙出版频次最高的作家、出版译作最多的中国文学翻译家（汉学家）、中国文学在西班牙翻译出版情况以及相关出版社等进行了辨析与归纳。

我们在对文本之外的汉学发展进行面貌勾勒、出版背景与现状进行描述后，研究进入了同翻译文学的正面相遇。本书条述了诗歌（古代诗歌、黄玛赛诗歌译本、毛泽东诗歌等）、中国古典哲学作品（《道德经》《论语》等）、中国古代叙事文学（中国古代传说/传奇、明清小说）、鲁迅作品文本的译介策略并予以分析点评，以呈现其旨趣、特点乃至存在的问题。此外，就《金陵十三钗》（跨媒介文学样本）、《解密》（侦探文学样本）、《三体》（科幻文学样本）与几米绘本（绘本文学样本），进行了专题性的翻译传播个案研究，以探求其接受规律和运作机制等。其中的创新点有二：其一，对诗歌、古典哲学作品和古代叙事文学在西班牙的翻译与出版进行了系统的归纳和辨析，特别是挖掘出1590年罗明坚的西班牙语“四书”手稿实为儒家经典西传的第一份译本，它对于中西文化交流研究的重要意义，以及罗明坚长期以来都受到严重忽视的、作为在儒家经典西传方面的开创者地位；其二，对21世纪以来中国当代文学中出现的新事物如何被翻译到西班牙，出版过程如何，接受又如何，进行了深入的分析，这些新事物包括跨媒介文学的样本《金陵十三钗》、侦探文学《解密》、科幻文学《三体》和几米绘本。这些同时承载着中国特点与时代性的新类型文学，是中国当代文学的全新生长点，也在西班牙的文学接受语境中展现出了自己的风采。

通过一系列的定量与定性研究，本书同时关注了翻译过程与翻译结果、传播过程与传播结果，并从下列层面分别得出了相应结论。

1. 从译本翻译与推广层面看

北京外文出版社功不唐捐，做了很多开创性的工作。我们可以看到这些20世纪60至70年代在中国大陆生产的西语译本，当西班牙图书市场甚至西语美洲图书市场展现出对中国文学的兴趣时，它们是最高效的可以即刻推往市场的译本。它们承担起了自己“拓荒”的历史使命，也很好地完成了这个使命。

传统经典文学作品的确需要国家力量去坚守和推广。但是，在投入国家资源之前，有关部门需要做全面调查，避免资源被浪费在无效的工作上。比如《道德经》已有西班牙汉学家自发翻译的三个经典译本，其中一位译者因此获得了西班牙国家翻译奖;《论语》也有两个经典译本。然而，“大中华丛书”还要另聘中国的西班牙语学者来将这两部典籍再次从中文翻译到西班牙语。这种情况下，中国投入国家资源来推广已有的经典译本，是远比一次又一次重译更有意义的工作。

畅销书的翻译与出版则需要我们充分尊重市场规律。麦家的侦探小说，刘慈欣的科幻小说，都是如今西语图书市场的畅销书。究其根本，这两位作家的创作都是当下普遍受欢迎的类型文学。国外读者阅读他们，追逐的已经不是“中国文学”这个标签而是被故事深深吸引，是享受阅读这个过程本身。我们在“中国文学走出去”的过程中，有一个长期存在的悖论式心态：一方面，我们深深遗憾于国外读者对中国文学作品的资料性偏好，在文学作品的选择和阅读中，把文本当作了解中国历史和社会的工具；另一方面，我们又不舍放下“中国”的标签，当读者真正把麦家、刘慈欣这些作家的作品作为纯粹的审美对象和阅读体验对象而遗忘其中国背景时，我们又会默默不安。

此外，我们还需要高度重视文学作品及其译本的跨媒介互动，重视中国现当代文学作品的跨媒介再现，及跨媒介作品的翻译与推广。张艺谋电影是对被他搬上大银幕的文学作品及其作者其他作品的最佳市场推手。莫言、苏童、余华、严歌苓的作品在西班牙图书市场的出现与被关注，都与其电影银幕上的化身息息相关。谈到文本的跨媒介自我实现，我们还应当关注一种新的图书类型——漫画。从AC尼尔森提供的销量数据看，在西班牙最畅销的文学作品是几米的漫画。这个结果可能在绝大部分人的期待之外，然而在这个文化快餐盛行的读图时代，此结果又显得合情合理。很多西班牙普通民众喜欢日本文化，就是因为他们是从小读着日本漫画长大的。

2. 从图书销量数据层面看

从AC尼尔森公司提供的图书销售数据看，2008年北京奥运会、2012年莫言获得诺贝尔文学奖等事件，都会极大地促进中国文学译本的销量。因此，中国文学被翻译和阅读，绝对不是一个孤立的文化活动，它同中国的综合国力、中国文学的自身发展以及被认可、中西关系和中西文化交流的大背景都密切相关。中国文学的真正走出去和被接受，必然是伴随着中国综合国力增强、中国文学作品取得国际性认可、中国意识形态和审美价值观被普遍接受的过程而分步实现的。

3. 从问卷层面看

我们在马德里、巴塞罗那、墨西哥城和布宜诺斯艾利斯中心图书馆和主要书店各发放了100份问卷，调查中国图书的接受情况。本以为能够就此收集到非常有价值的数据，却因为这四地民众对中国文学所知实在有限，令此次问卷活动几乎劳而无功。尽管我们已经选择了中心图书馆和主要书店，目标问卷人群都是积极的阅读者，但是问及中国文学，他们所知不过是《道德经》、莫言或者余华。由此可见，中国文学在西班牙的翻译与接受，特别是接受，还处于非常初级的阶段。尽管已经有了相当多不错的译本，传播和接受层面的大量工作还有待我们去完成。

4. 从译者层面看

西班牙中国文学优质译本的主力译者都是供职在各个高校的中国语言文学教师。自2008年经济危机起，西班牙政府实行财政紧缩政策，缩减了大量教育经费，甚至威胁到了一些成熟汉学家的生计，譬如翻译了大量中国文学作品的安妮·苏亚雷斯便被她供职20多年的巴塞罗那自治大学解聘了。年轻一代的汉学家，30多岁的玛娅莲、马诺都无法在西班牙谋到教职。40多岁的阿伯特·卡尔瓦尼也是两年前才在巴斯克大学找到了一份相对稳定的工作。而其他教职稳定的知名汉学家则普遍年龄在50岁以上——这个群体已经严重老化。年轻一代靠汉语和翻译找不到工作，只能另谋他就，也就慢慢放下了中西文学的翻译工作。有些优秀的青年译者便是因此昙花一现。因此，西班牙各孔子学院的一项重要工作，便应该是思考如何同合作高校一起开创高校汉语言文学课程，为认真从事汉西翻译工作的优秀青年汉学家提供一份相对稳定和体面的教职。这是西班牙汉学事业长期良性运转的根本保证。

5. 从出版社层面看

我们看到西班牙规模最大、分销渠道覆盖最广的出版社是行星出版集团，但这是一家明确的商业导向的出版社，而出版了很多重量级中国文学作品的出版社，通常是一些中小型的独立出版社。近年来，西班牙的独立出版社日渐活跃，仅2016年就诞生了281家。这些出版社很大程度地丰富了西班牙出版市场，使得一些不符合主流文化氛围或者商业氛围的作家和作品有机会面世。大型出版社普遍资本痕迹深重。资本是逐利的，因此商业性较为浓重。接受度不高的中国文学作品，很难带来优秀的销量数据，因此难入行星法眼。活跃在西班牙图书市场内的那些中小型出版社，很多时候倒能因为出版人的审美旨趣推出一些优秀的中国文学作品译本。因此，中国的有关部门在寻求西班牙出版合作方时，不要被行星出版社庞大的身躯挡住了所有的视野，要多关注那些推出了中国文学译本精品的中小出版社。它们才是真正喜爱和关注中国文学作品，并愿意积极为中国文学作品的西班牙接受之路贡献所能的同路人。

研究中国文学在西班牙的翻译与传播，是中华文明和西班牙语文明两大文明间文化交流的延续和必然。对中国文学在西班牙的翻译与传播进行爬罗剔抉和系统研究，能充实和发现两大文明文化交流的全景，有助于对中西文化之间关系形成全面的认识，并能有效地加深两大文明在当代的相互理解、促进其对话。我们起步于西班牙，放眼西班牙语美洲和美国的西班牙语地区及民众。

附 录

中西文译名对照（不分章节）

1.作品

“诗歌，伊达尔戈先生”出版社（Editorial “La Poesía, señor hidalgo”）

《“道”，源于创造》（*“Tao”, Inmanente a La Creación*）

《“无为”与历史的交替》（*El “Wu Wei” y la secesión de la historia*）

《“休说是我说”：翻译的归化和异化》（*“No digas que lo he dicho yo”. Sobre la domesticación y la extranjerización en la traducción*）

《阿Q正传》（*La verídica historia de AQ*）

《阿Q正传和其他故事》（*La verdadera historia de AQ y otros cuentos*）

《阿贝赛报》（*ABC*）

《埃依多斯》（*Eidos*）

《爱情之旅》（*El viaje al amor*）

《暗算》（*En la oscuridad*）

《奥克塔维奥·帕斯，十年之后》（*Octavio Paz, diez años después*）

《八仙过海：中国人在欧陆最西端》（*Los ocho inmortales cruzan el mar. Chinos en el Extremo Occidente*）

《霸王别姬》（*Adiós a mi concubina*）

《白居易一百一十一首绝句》（*111 Cuartetos de Bai Juyi*）

《白塔，一百首唐诗》（*La pagoda blanca, cien poemas de la Dinastía Tang*）

《北岛诗十首》（*Bei Dao. Deus Poemes*）

《北京娃娃》（*La nina de Pequín*）

《背叛的艺术，中国古典文学翻译》（*El arte de la traición. La traducción de la literatura clásica china*)

《背叛还是创新？中国当代作家阎连科文学创作中的欧洲影响》(*Betrayal or innovation? European influence on the literary creation of the contemporary Chinese Writer Yan Lianke*)

《比爱情更长的青丝》(*El cabello más largo que mi amor*)

《比特索克》(*Bitzoc*)

《笔砚，中国古典诗歌选集》(*Pedra i pinzell. Antologia de la poesía xinesa clàssica*)

《边城》(*La ciudad fronteriza*)

卡斯蒂利亚语《变》(*Cambios*)

加泰罗尼亚语《变》(*Canvis*)

《变尸》(*El cadáver viviente*)

《不爱女人的男人》(*Los hombres que no amaban a las mujeres*)

《不安分的石头》(*La piedra desobediente*)

《不生病的活法》(*El Enzima prodigiosa*)

《不祥的呼喊声》(*La oscura llamada*)

《残缺之辨：古代中国的肉体留存与意识形态》(*Debates on mutilation: bodily preservation and ideology in early China*)

《操斧伐柯：论翻译如何改变文学面貌》(*Tomar el hacha para tallar el mango: sobre cómo la traducción transforma la literatura*)

《禅宗集——悟道故事百则》(*Antología Zen: Cien historias de iluminación*)

《超文本误用中的他者形象误建：以春树之〈北京娃娃〉为例》(*The (mis) use of paratexts to (mis) represent the other: Chun Sue's Beijing Doll as a case study*)

《沉没之鱼》(*Un lugar llamado nada*)

《沉香屑》(*Incienso*)

《陈焕生上城》(*Chen Huansheng va a la ciudad*)

《承认现代性》(*El reconocimiento de la modernidad*)

《赤壁怀古和其他诗》(*Recordando el pasado en el Acantilado Rojo y otros poemas*)

《充满活力的混沌——中华民族道家思想的起源》(*China Caos vital. Las raíces taoístas del pueblo chino*)

《抽屉里藏着一只手》(*Una mano escondi da en un cajón*)

《出版者周刊》(*Publisher Weekly*)

《出于爱好的教育——民族身份与中国女性移民》(*La enseñanza por vocación —*

Identidad nacional y mujeres. inmigrantes chinas）
《穿条纹睡衣的男孩儿》（*El niño con el pijama de rayas*）
《窗》（*La ventana*）
《淳朴之美及其他中国故事》（*Bella de Candor y otros relatos chinos*）
《从远东艺术到东亚艺术》（*Del Arte del Extremo Oriental al Arte en Asia Oriental*）
《达・芬奇密码》（*El código de Da Vinci*）
《大红灯笼高高挂》（*La linterna roja*）
《大唐时代的诗歌》（*Poésies de l'époque des Tang*）
《大腕》（*El funeral del jefe*）
《大雨如注》（*Caían chuzos de punta*）
《戴望舒散文精选集：欧洲和香港》（*Prosas selectas de Dai Wangshu: Escritos sobre Europa y Hong Kong*）
《当代中国的权力话语》（*Discursos del poder en la China contemporánea*）
《当代中国的性别文本和语境》（*El texto y contexto del género en la China actual*）
《当代中国诗歌十人选》（*La niebla de nuestra edad: 10 poetas chinos contemporáneos*）
《当代中国思想选集翻译：在编目和介入之间》（*Las antologías de pensamiento chino contemporáneo traducido: entre la catalogación y la intervención*）
《当代中国知识界辩论的传统：方式与愿景》（*La tradición en los debates intelectuales de la China contemporánea: usos y perspectivas*）
《当东方遥远时》（*Cuando Oriente era lejano*）
《当译者不仅仅翻译时：数字出版活动中译者角色的个案研究》（*When the Translator Does More than Translate:. A Case Study of Translator Roles in a Digital Publishing Initiative*）
《道：深藏智慧的教育》（*Tao: las ense ñanzas del Sabio Oculto*）
《道德经》（*Tao Te Ching. La gnosis taoísta*）
《道德经》（*Tao Te Ching. Los libros del Tao. Lao Tse*）
《道德经》（*El libro de Tao*）
《道德经》（*LAO-TSE.TAO TE CHING. Traducción y análisis de Carmelo Elorduy*）
《道德经》（*Tao Te Ching. El Libro de Tao y la Virtud*）
《道德经》（*Tao Te Ching/Lao Tse*）
《道德经》（*Tao Te Ching/Libro del Tao*）

《道德经》(*Tao Te ching: los libros del Tao*)

《道德经》(*Tao Te King*)

《道德经》(*Tao Te King: libro del curso y de la virtud*)

《道家》(*El taoísmo*)

《道家手稿“太一生水”初探》(*Estudio preliminar de un manuscrito taoísta hallado en China: Tai yi sheng shui*)

《道家思想：64概念》(*Sesenta y cuatro conceptos de la ideología taoísta*)

《道教及其对中医的影响》(*El Taoísmo y su influencia en la medicina china*)

《道与统治的艺术》(*El tao y el arte del gobierno*)

《地狱之上的天堂：三个上海故事》(*Un paraíso sobre el infierno:tres cuentos de Shanghai*)

《地缘政治十字路口的思想交流：中国人文社会科学成果的翻译》(*The Circulation of Ideas at a Geopolitical Crossroads: Translating China's Production in the Humanities and Social Sciences*)

《帝国与个人：汉朝的历史书写》(*Imperio e individuo: escribir la historia en la dinas tía Han*)

《丁村梦》(*El sueño de la aldea Ding*)

《东方的回音——佛教、道教与文学》(*Ressonàncies orientals--Budisme, taoisme i literatura*)

《东方的政治人文主义》(*Humanismo político oriental*)

《东方的智慧——道家、佛家和儒家》(*La sabiduría oriental: taoísmo, budismo, confucianismo*)

《东方幽默故事》(*Cuentos humorísticos orientales*)

《东方哲学》(*Filosofía oriental*)

《东方主义和西方主义：中文形象与现代标准建构下的两股潜流》(*Orientalism and Occidentalism: two forces behind the image of the Chinese language and construction of the modern standard*)

《读书》(*leer*)

《杜甫》(*Du Fu*)

《蛾摩拉》(*Gomorra*)

《二十四诗品》(*24 categorías de la poesía*)

《21世纪中国文学：秋日的昆虫（关于中国当代诗歌）》(*La literatura china en el*

siglo XXI: insectos de otoño）

《发现之旅》（*Découvertes Gallimard*）

《飞行酿酒师》（*El enólogo volador*）

《风之影》（*La sombra del viento*）

《佛国记》（*El viaje de Faxian*）

《橄榄桂冠的召唤——参加西班牙内战的中国人》（*Los brigadistas chinos en la Guerra Civil: la llamada de España 1936–1939*）

《革命意象》（*Imágenes para una revolución*）

《给我姥爷买鱼竿》（*Una caña de pescar para el abuelo*）

《功夫》（*Kung-fu-sión*）

《宫廷中的亚洲奢华》（*Lujo asiático en la Corte*）

《古代中国的强权谱系》（*La genealogía del poder coercitivo en la China antigua*）

《古代中国的权力建构》（*La construcción del poder en la China antigua*）

《古代中国神话》（*Mitología de la China antigua*）

《古典世界》（*El mundo clásico*）

《古典中国的一百零一个经典故事》（*101 cuentos clásicos de la antigua china*）

《古典中国的语言学思想史》（*El pensamiento lingüístico en la China clásica*）

《古镜与其他中国故事》（*El espejo antiguo y otros cuentos chinos*）

《古老的中国故事》（*Cuentos de la China milenaria*）

《古瓶》（*Unos viejos jarrones*）

《古中国民间诗歌》（*Poesía popular de la China antigua*）

《故事新编》（*Contar nuevo de historias viejas*）

《故事选编》（*Novelas Escogidas*）

《顾城诗选》（*Poemas oscuras – Antología de Gu Cheng*）

《关于老子的〈道德经〉中的政治、哲学及律法简析》（*Esbozo para un análisis político-filosófico y jurídico del "Tao Te King" de Lao Tsé*）

《关于天赋的诗》（*Poema de los dones*）

《关于中国和西班牙未来的战略同盟》（*En torno al futuro de la alianza estratégica entre España y China*）

《关于中国作品翻译》（*Sobre la traducción de textos chinos*）

《光之泪》（*Lágrimas de luz*）

《诡辩家还是逻辑学家？古代中国名家起源与发展的认识》（*¿Sofistas o Lógicos?*

Algunas consideraciones en torno al origen y evaluación de la Escuela de los Nombres en la China antigua)

《国家报》(*El País*)

《裹挟我们的暴风：1949年以来的中国诗歌选集》(*Como el viento de la tormenta que nos envuelve: antología de poesía china desde 1949*)

《过去的版本：中国古代史学和宗教》(*Versiones del pasado: historiografía y religión de la Antigüedad de China*)

《海德格尔的虚无主义与东方的空：相对抗的阐释学》(*La nada en el Segundo Heidegger y el vacío en Oriente: hermenéutica constrastativa*)

《韩非子》(*Han Fei Zi. El arte de la política*)

《汉西翻译手册》(*Manual de traducción chino-castellano*)

《汉西翻译中拟声词处理的译者风格：以小说〈活着〉为例》(*El estilo del traductor en el tratamiento de las onomatopeyas del chino al español: el caso de la novela ¡Vivir!*)

《汉西拟声词翻译：语料库基础上的分析》(*Translating onomatopoeia from Chinese into Spanish: a corpus-based analysis*)

《汉学与翻译：中国古诗的翻译问题——以杜甫的八首诗为例》(*Sinología y traducción: El problema de la traducción de poesía china clásica en ocho poemas de Du Fu*)

《汉语的模糊性》(*Sobre la ambigüedad en la lengua china*)

《黑暗森林》(*El bosque oscuro*)

《黑脸》(*la máscara negra*)

《红楼梦》(*Sueño en el Pabellón Rojo*)

《红色恋人》(*Amantes rojos*)

《猴王与骷髅女巫》(*El rey de los monos y la bruja del esqueleto*)

《猴子》(*Mono*)

《后危机中国的田野调查》(*Ir a investigar y ser investigado. El trabajo de campo en China post-crisis*)

《湖畔儿语》(*Palabras a la orilla del agua*)

《花腔》(*Coloratura*)

《华威先生》(*El joven*)

《华语官话语法》(*Arte de la Lengua Mandarina*)

《欢愉和暗影》（*Los gozos y las sombras*）

《皇帝为菩萨：梁武帝的菩萨戒制和集会仪式》（*The emperor as bodhisattva: the bodhisattva ordination and ritual assemblies of Emperor Wu of the Liang dynasty*）

《黄帝四经》（*Los cuatro libros del Emperador Amarillo*）

《回到中国》（*Regresar a China*）

《活着》（*¡Vivir!*）

《激流》（*Recial*）

《吉梅拉》（*Guimera*）

《家》（*La familia kao*）

《饺子》（*Dumplings*）

《介入经典的翻译：何殷震作品的英文版和法文版》（*La traducción como intervención en el canon: las versiones en inglés y francés de la obra de He-Yin Zhen*）

《界外之想：庄子中的鬼怪》（*Pensar desde la exclusión: monstruos y seres extraordinarios en el Zhuangzi*）

《今日中国：经济改革、社会凝聚与集体认同》（*China Today: Economic Reforms, Social Cohesion and Collective Identities*）

《金瓶梅》（*El erudito de las carcajadas*）

《金瓶梅》（*Jin Ping Mei en verso y en prosa*）

《金山》（*El sueño de la Montaña del Oro*）

《荆轲刺秦王》（*El emperador y el asesino*）

《静》（*Calma*）

《九十九度中》（*A trenta-set graus de Lin Huiyin*）

《科幻迷》杂志（*fanzines*）

《科幻文学理论》（*Teoría de la Literatura de Ciencia Ficción*）

《科幻文学史》（*Science Fiction: frán begynnelsen till vára dagar*）

《空山：选集》（*La montaña vacía: antología*）

《空之书》（*El libro de la perfecta vacuidad*）

《跨国主义、母性与企业家身份：中国女性在西班牙》（*Transnationalism, Motherhood and Entrepreneurship: Chinese Women in Spain*）

《狂人日记》（*Diario de un loco*）

《狂人日记和其他故事》（*Diari d'un boig i alters relats*）

《狂人日记和其他故事》（*Diario de un demente y otros cuentos*）
《狂人日记和其他鲁迅小说》（*Diari d'un boig i alters relats de Lu Xun*）
《拉丁美洲和加勒比地区北京和台北的外交战役》（*La batalla diplomática de Beijing y Taipei en Amércia Latina y el Caribe*）
《拉冈与中国思想》（*Lacan y el pensamiento chino*）
《拉美和西班牙华人族群的根与新芽》（*Sinidad global. Raíces y nuevos brotes de la población china en Latinoamérica y España*）
《兰舟：中国女诗人》（*El barco de orquídea: poetisas de China*）
《狼图腾》（*el tótem del lobo*）
《老残游记》（*Los viajes del buen Doctor Can*）
《老子：文本，注释与评论》（*Lao Tzu: Texts, notes and commentary*）
《老子——道之书》（*Lao zi. El libro de Tao*）
《老子的训诫》（*Las enseñanzas del Lao Zi*）
《老子和他的无极观念——道的传播》（Lao-Tse y su concepto del Ser Supremo. Transcendencia del Tao）
《老子和庄子——伟大的道家思想家》（*Lao Tse/Chuang Tse: Dos grandes maestros del taoísmo*）
《老子与道德经》（*Lao Tse Y Su Tratado Sobre La Virtud Del Tao: Tao Te Ching*）
《李白的诗，中国古典诗歌》（*Poemas de Li-Po，Poesía clásica china*）
《李白诗歌五十首》（*Cincuenta poemas de Li Bo*）
《李白诗选》（*Poemas*）
《李清照词六十首》（*Poesía completa: 60 poemas ci para cantar*）
《李清照词五首》（*Li Qingzhao.Cinco poemas*）
《李清照词选》（*Poemas escogidos*）
《李清照诗词六十首》（*Poesía completa de Li Qingzhao, 60 ci*）
《李清照诗词选》（*Poemas escogidos de Li Qingzhao*）
《李清照选集》（*Poemas escogidos de Li Qingzhao*）
《立论》（*La argumentación*）
《例外之魅：古代中国的智者、歧途者与独裁者》（*Figuras de la excepción: sabios, desviados y autócratas en la China antigua*）
《两个怪诞中国人的无政府主义赞歌》（*Elogio de la anarquía por dos excéntricos chinos*）

《亮出你的舌苔》（*Treu la llengua saburrosa*）

《聊斋志异》（*Cuentos de Liaozhai*）

《聊斋志异选》（*Cuentos de Liao Zhai*）

《列子》（*Lie Zi*）

《零度以上风景》（*Paisaje sobre cero*）

《六祖坛经》（*Sutra del estrado*）

《龙的脚印》（*La huella del dragón*）

《龙的另一个性别：中国女性、文学与社会》（*El otro sexo del dragón: mujeres, literatura y sociedad en China*）

《论语》（*Analektak*）

《论语》（*Confucio, Lun Yu. Reflexiones y enseñanzas*）

《论语》（*Confucius: The Unwobbling Pivot/ The Great Digest / The Analects*）

《履字而求文境：现代汉语西译理论与实践》（*Del carácter al contexto: teoría y práctica de la traducción del chino moderno*）

《马丁·菲耶罗》（*Martín Fierro*）

《马建忠翻译学院的创建设想及其对中国翻译理论的贡献》（*La "Propuesta para la fundación de un Instituto de Traducción" (1894) de Ma Jianzhong y su contribución a la teoría de la traducción en China*）

《满城尽带黄金甲》（*La maldición de la flor dorada*）

《毛和中国革命及毛泽东诗词37首》（*Mao y la revolución china. Seguido de treinta y siete poemas de Mao Tse-Tung*）

《毛泽东：诗歌》（*Mao Tse-Tung: poemas*）

《毛泽东》（*Mao Tse-Tung*）

《没有纽扣的红衬衫》（*la blusa roja sin botones*）

《没有主义》（*Contra los ismos*）

《美德与成效在先汉历史文学与哲学中的表现——中国哲学与中国社会中的伦理困境》（*Virtud y consecuencia en la literatura histórica y filosófica pre-Han y Han: el dilema ético en la filosofía y sociedad china*）

《秘密》（*El secreto*）

《密尔高原上的概念回响与东方形象——道与宫中的空壳与战争机器》（*Resonancias conceptuales y figuras del Oriente en Mil Mesetas: del Tao y el Go al cuerpo sin órganos y la máquina de guerra*）

《密勒日巴的历史》（*Historia de Milarepa*）
《明心宝鉴》（*Espejo rico del claro corazón*）
《牡丹亭》（*El Pabellón de las Peonías o historia del alma que regresó*）
《拿撒勒的耶稣》（*Jesús de Nazaret*）
《呐喊》（*Grito de llamada*）
《娜拉》（*Nala*）
《倪焕之》（*El maestro Ni Huanzhi*）
《女子、龙与水》（*Mujeres, dragones y agua*）
《耙耧山脉》（*Balou mendikateko balada*）
《盘古开天辟地》（*Pan Gu crea l'univers*）
《奇幻山谷》（*Valle del asombroso*）
《起航：李白诗歌一百首》（*A punto de partir*：*100 poemas de Li Bai*）
《强大的瑜伽士》（*Grande y poderoso yogui*）
《倾城之恋》（*Un amor que destruye ciudades*）
《清末变革背景下的译者：林纾、严复、梁启超和王国维》（*Los traductores en el contexto reformista de finales de los Qing: Lin Shu, Yan Fu, Liang Qichao y Wang Guowei*）
《情系冰雪》（*Smilla's sense of snow*）
《权力的游戏》（*Juego de Tronos*）
《权利与社会变革》（*Derecho y Cambio Social*）
《全球化的当代中国理论书写：汪晖作品在欧美语境中的传播与接受》（*Globalizing Contemporary Chinese Theoretical Writing: The Circulation and Reception of Wang Hui's Work in European and American Contexts*）
《诠释中国美女作家作品的关键：社会经济和语言文学》（*Claves para interpretar las obras de las "escritoras guapas" chinas: una aproximación socio-económica y lingüístico-literaria*）
《人本主义在中国》（*El Humanismo en China*）
《肉蒲团》（*La alfombrilla de los goces y los rezos*）
《如果我可以许一个愿》（*Ojalá pudiera formular un deseo*）
《儒林外史》（*Los mandarines: historia del Bosque de los Letrados*）
《三言》（*Sanyan: Una tria*）
《色彩之声》（*El sonido de los colores*）

《撒哈拉日记》（*Diaris del Sàhara*）
《山海经》（*Libro de los montes y los mares*）
《山丘之王》（*El rey de la montaña*）
《赡养上帝》（Quién cuidará de los Dioses）
《上海燃烧》（*Arde Shanghai*）
《社会研究》（*Revista de Estudios Sociales*）
《伸缩》（*Retrácitiles*）
《深渊中的世界》（*Mundos en el abismo*）
《声音低回》（*La voz que permanece*）
《师傅越来越幽默》（*Hori da umorea, maisu!*）
《诗经》（*Libro de los cantos*）
《诗经》（*Romancero chino*）
《十大中国故事》（*Diez Grandes Cuentos Chinos*）
《十个伟大的中国故事》（*Diez grandes cuentos chinos*）
《十三步》（*Trece pasos*）
《时间的针脚》（*El Tiempo entre costuras*）
《时间旅行者》（*El anacronópete*）
《拾遗》（*Postdata*）
《世界艺术史中的东亚》（*Asia Oriental, en Historia Universal del Arte*）
《守株待兔及其他中国故事》（*Esperando la liebre y otros cuentos chinos*）
《水浒传》（*A la orilla del agua*）
《死神永生》（*El fin de la muerte*）
《死水》（*Aguas muertas*）
《四书》（*Los cuatro libros*）
《宋词与宋画》（*Poesía y pintura de la dinastía Song*）
《搜神记》（*Cuentos extraordinarios de la China medieval : antología del Soushenji*）
《苏东坡——〈赤壁怀古〉及其他诗作》（*Recordando el pasado en el Acantilado Rojo y otros poema*s）
《苏菲主义与道家：关键哲学概念比较研究》（*Sufismo y taoísmo: estudio comparativo de conceptos filosóficos clave*）
《孙子，战争的艺术》（*Sunzi, el arte de la guerra*）
《孙子兵法》（*Arte de la guerra de Sunzi*）

《孙子兵法》(*El arte de la guerra*)

《孙子中的伦理与战争》(*Ética y guerra en Sun Tzu*)

《台湾的声音：当代台湾诗歌选集》(*Voces desde Taiwán: antología de poesía taiwanesa contemporánea*)

《唐朝诗人》(*Poetas de la dinastía Tang*)

《唐代传奇》(*Cuentos de la dinastia Tang*)

《唐诗三百首》(*300 poemas de la dinastía Tang*)

《唐诗选》(*Poemas de la dinastía Tang*)

《唐诗中的思乡情怀》(*La nostalgia en la poesía Tang*)

《天空和能量》(*El cielo y el poder*)

《天浴》(*Xiu Xiu*)

《挑衅书》(*El libro Troll*)

《通过文化负载词翻译所展现的另一种汉语》(*La representación del otro chino a través de la traducción de los referentes culturales*)

《同一片天空，同一个下午》(*El mismo cielo, la misma tarde*)

《透视》(*Perspective*)

《王维的九十九首诗及其他》(*99 cuartetos de Wang Wei y su círculo*)

《王维九十九首绝句及同时期风格相仿的诗人》(*99 cuartetos de Wang Wei y su círculo*)

《王维诗中的空间分析与道家思想》(*Análisis del espacio y el discurso taoísta en la poesía de Wang Wei*)

《辋川集》(*Poemas del río Wang*)

《微风燕子斜》(*El vuelo oblicuo de las golondrinas*)

《违逆之言：五篇关于庄子的散文》(*La palabra transgresora: cinco ensayos sobre Zhuangzi*)

《围城》(*La fortaleza asediada*)

《维摩诘经》(*Sutra de Vimalakirti*)

《温故一九四二》(*De regreso a 1942*)

《文赋》(*El Wenfu de Luji*)

《文心雕龙》(*El corazón de la literatura y el cincelado de dragones*)

《文学的理由》(*En torno a la literatura*)

《文学的理由》(*La ratón de ser de la literatura*)

《文学翻译中的间接翻译：方法可能性》（*Indirectness in literary translation: Methodological possibilities*）
《我的父亲母亲》（*La Vuelta a casa*）
《我底记忆》（*Mis recuerdos*）
《我们当中的中国诗歌》（*La poesía china entre nosotros*）
《我们时代的雾：当代中国诗歌十人选》（*La niebla de nuestra edad: 10 poetas chinos contemporáneos*）
《我是一个译者我骄傲：文学翻译如何看待作者和作者身份》（*I'm a translator and I'm proud: how literary translators view authors and authorship*）
《我与地坛》（*El templo de la tierra y yo*）
《我足下的天空（1918—1949）：中国现代诗选》（*El cielo a mis pies 1918–1949: antología de la poesía china moderna*）
《卧虎藏龙》（*Tigre y dragón*）
《乌托邦与性别，二十世纪的中国女性》（*Utopía y género. Las mujeres chinas en el siglo XX*）
《无名之"道"》（*El "Tao" sin nombre*）
《五柳先生：选集》（*El maestro de los cinco sauces: antología*）
《五十度灰》（*Cincuenta sombras de Grey*）
《西班牙的中国现当代文学翻译简史》（*A Brief History of Translations of Modern and Contemporary Chinese Literature in Spain*）
《西班牙的中国移民，社会融入的争论与表现》（*La inmigración china en España. Debates y actuaciones en integración social*）
《西班牙的中国移民：同欧洲其他国家的对比分析》（*Inmigración china en España: Análisis comparado con otros países europeos*）
《西班牙东方学者协会期刊（卷二）》（*Boletín de la Asociación Española de Orientalistas II*）
《西班牙东方学者协会期刊（卷七）》（*Boletín de la Asociación Española de Orientalistas VII*）
《西班牙东方学者协会期刊（卷四）》（*Boletín de la Asociación Española de Orientalistas IV*）
《西班牙学生对汉语学习难度感受的若干思考》（*Algunas reflexiones sobre la percepción de dificultad en el estudio de la lengua china por parte de estudiantes*

españoles)

《西班牙在中国》(*La presencia de España en China*)

《西藏的宗教与幻术》(*Religión y magia en el Tíbet*)

《西藏叙事文集》(*Antología de narrativa tibetana*)

《西藏寓言故事》(*Fábulas y cuentos tibetanos*)

《西川诗八首》(*Vuit poemes de Xi Chuan*)

《西川诗歌的迂回性》(*El carácter elusivo en el discurso poético de Xi Chuan*)

《西方镜像中的中国宗教》(*La religión china en el espejo de occidente*)

《西方世界对中国近现代思想的影响：新文化运动》(*El impacto de Occidente en el pensamiento chino moderno: el movimiento de la Nueva Cultura*)

《西方杂志》(*Revista de Occidente*)

《西行西行：中国作家西班牙纪行》(*Viaje a Xibanya: Escritores chinos cuentan España*)

《西游记：猴王历险》(*Viaje al Oeste: Las aventuras del rey mono*)

《西游记》(*Viaje al Oeste .Las aventuras del rey mono*)

《洗澡》(*la ducha*)

《戏剧》(*Obra de teatro*)

《细思与歌唱》(*Cavilar y cantar*)

《现代汉语翻译》(*La traducción del chino moderno: bases teóricas y dificultades. Contrastivas*)

《相似与不同：先汉时期思想的相近性》(*Semejanzas y diferencias: la analogía en el pensamiento chino Pre-Han*)

《小丑哲学》(*Filosofía para bufones*)

《小银和我》(*Platero y yo*)

《心》(*Kokoro*)

《辛普森漫画》(*Simpsons Comics*)

《辛普森一家》(*The Simpsons*)

《新地球3》(*Terra Nova 3*)

《新模式，旧方式：欧盟语言框架的中文实施》(*New models, old patterns: The implementation of the Common European Framework for Languages for Chinese*)

《新儒家基本概念探》(*Una aproximación a conceptos fundamentales del neoconfucianismo*)

《新维度》(*Nueva Dimensión*)

《幸福时光》(*Happy Times*)

《许三观卖血记》(*Crónica de un vendedor de sangre*)

《玄幻故事选集》(*Antología de la Literatura Fantástica*)

《学习和教授汉语》(*Aprender y enseñar chino*)

《寻枪》(*Missing Gun*)

《亚非研究》(*Estudios de Asia y África*)

《严复的三重困境》(*La triple dificultad de Yan Fu*)

《杨福东和视觉艺术在中国》(*Yang Fudong y el vídeo arte en China*)

《摇啊摇，摇到外婆桥》(*La joya de Shanghai*)

《野草》(*Mala Herba*)

《一百首诗》(*Cien poemas*)

《一剪梅：李清照》(*Li Qingzhao: La flor de ciruelo*)

《一剪梅》(*La flor del ciruela*)

《一无所有》(*Nada*)

《译者对译者的校订：一个卓有成效的联盟》(*Translators revising translators: a fruitful alliance*)

《易经，变化之书》(*Yijing, el libro de los cambios*)

《易经》(*I Ching*)

《英雄》(*Héroe*)

《御史碑：晋南盐湖神庙的宗教、制盐与劳动》(*The Censor's Stele: Religion, Salt-Production and Labour in the Temple of the God of the Salt Lake in Southern Shanxi Province*)

《元朝秘史》(*Historia secreta de los mongoles*)

《月色寂寥：浅谈中国唐代诗歌》(*El silencio de la luna: introducción a la poesía china de la dinastía Tang 618–907*)

《阅读与跨文化，中国文学在西班牙语境中的接受研究》(*Cultura e interculturalidad. Estudio de caso sobre la recepción literaria china en el contexto español*)

《云南游记》(*Cuaderno de Yunnan*)

《在城墙内——中国特别报道》(*Intramuros—Especial China*)

《在细雨中呼喊》(*Gritos en la llovizna*)

《在雪域高原》（*En el país de las Nieves*）

《早期道教的传播形式》（*Formas de la trascendencia en el daoísmo temprano*）

《丈夫》（*El marido*）

《赵城虎》（*El tigre de Zhaocheng*）

《这样的战士》（*Un soldado así*）

《纸海中的漂流者：文学、书与记忆》（*Náufragos de papel. En torno a la literatura, los libros y la memoria*）

《中国，一个伟大文明的过去与现在》（*China. Pasado y presente de una gran civilización*）

《中国创造，十六世纪菲律宾对中国的认知与战略》（*La invención de China. Percepciones y estrategias filipinas respecto a China durante el siglo XVI*）

《中国当代思想在欧美的跨国流转与接受》（*Circulación y recepción transnacional del pensamiento contemporáneo de China en Europa y América*）

《中国当代文学开放与封闭的边界》（*Fronteras abiertas y cerradas en la literatura china contemporánea*）

《中国道教在日本》（*El Daoísmo Chino En Japón*）

《中国的阿育王：梁武帝和佛教寺院》（*The Aśoka of China: Emperor Wu of the Liang Dynasty (r. 502–549) and the Buddhist Monastic Community*）

《中国的风景与庭院》（*Paisajismo y jardín en China*）

《中国的劳动法现状：政治经济含义》（*Situación de los derechos laborales en China: implicaciones políticas y económicas*）

《中国的政治体制》（*El sistema político chino*）

《中国佛教传说故事》（*Cuentos y leyendas budistas de la China*）

《中国古代传统故事》（*Cuentos chinos de tradición antigua*）

《中国古代故事》（*Cuentos chinos de tradición antigua*）

《中国古代民间诗歌》（*Poesía popular de la China antigua*）

《中国古代神话》（*Mitología clásica china*）

《中国古代神话故事》（*Relatos mitológicos de la antigua China*）

《中国古代寓言故事》（*Fábulas y relatos de la antigua China*）

《中国古典诗歌》（*Poesía clásica china*）

《中国古典文学简史》（*Breve historia de la literatura clásica china*）

《中国古典文学中的诗词观》（*El concepto de la poesía en la tradición literaria*

china）
《中国古歌谣》（*Antiguas canciones chinas*）
《中国故事》（*Cuentos chinos*）
《中国故事Ⅱ之婴宁及其他奇幻故事》（*Cuentos Chinos II. Ying Ning o la belleza sonriente y otros relatos populares y fantásticos*）
《中国故事五则》（*Cinco cuentos de China*）
《中国故事之中国神话故事集》（*Cuentos chinos. relatos populares de la mitología china*）
《中国鬼怪故事》（*Cuentos chinos de fantasmas*）
《中国及其全球地位》（*China y su lugar en el mundo*）
《中国纪行》（*Las Cosas que los Padres Fr. Martín de Rada, Provincial de la Orden de S. Agustín en las Islas Filipinas, y su Compañero Fr. Jerónimo Marin y otros Soldados que Fueron con ellos Vieron y Entendieron en quel Reyno*）
《中国经典》（*The Chinese Classics*）
《中国精选故事十则》（*Los 10 mejores cuentos chinos*）
《中国美学的智慧——儒家、道家及佛家》（*La sabiduría como estética china: confucia nismo, taoísmo y budismo*）
《中国民族主义与政治变化（1989—2002）》（*Nacionalismo y cambio político en China, 1989−2002*）
《中国魔幻故事》（*Cuentos mágicos chinos*）
《中国女性主义运动的道路》（*Los caminos del movimiento feminista chino*）
《中国奇幻故事》（*Cuentos fantásticos chinos*）
《中国情色意象的建构》（*La construcción de la imagen erótica en China*）
《中国三部戏剧集》（*Tres dramas chinos*）
《中国诗的核心：思辨》（*El corazón de la poesía china: reflexiones*）
《中国诗歌》（*Poesía china: del sigloXXI a.C. a las canciones de la Revolución Cultura*）
《中国诗歌》（*Poesía china*）
《中国诗歌初级读本》（*Poesía china elemental*）
《中国诗歌的黄金时代，唐代诗歌》（*Poemas de Tang, edad de oro de la poesía china*）
《中国诗歌概选》（*Breve Antología de la Poesía China*）
《中国诗歌文集》（*Antología de poesía china*）

《中国诗歌选》（*Antología de la poesía china*）

《中国诗歌选二》（*Segunda antología de la poesía china*）

《中国诗歌一百首》（*Cien Poemas chinos*）

《中国诗人：双重雾霭下的风景》（*Poetas chinos. Paisaje a través de una doble niebla*）

《中国诗人》（*Poetas chinos*）

《中国诗与对过往的概念》（*La poesía china y el concepto del pasado*）

《中国事业，从无敌舰队到马尼拉大帆船》（*La empresa de China. De la Armada Invencible al Galeón de Manila*）

《中国视野》（*Perspectivas chinas*）

《中国说书人选集》（*Antología de cuentistas chinos*）

《中国思想史》（*Historia del pensamiento chino*）

《中国文化推广与接受环境：新范例分析与战略》（*La promoción cultural de China y el contexto de recepción: análisis y estrategias para un nuevo paradigma*）

《中国文学西译：甘宝搜神记》（*La traducción de la literatura del chino al castellano. Un relato de Gan Bao*）

《中国文学现代化的开端》（*El inicio de la modernidad literaria china*）

《中国文字简史》（*Historia breve de la escritura china*）

《中国现代文学研究》（*Estudios de literatura china moderna*）

《中国现代文学中的郁达夫》（*Yu Dafu en la literatura china moderna*）

《中国现当代文学西译的常见招牌》（*Reclamos reiterativos en las traducciones de literatura china. moderna y contemporánea en España*）

《中国小说史略》（*Breve Historia de la Novela China*）

《中国新秩序》（*El nuevo orden de China*）

《中国叙事：小说与其他非文学形式》（*Narrativas chinas: ficciones y otras formas de no-literatura*）

《中国艺术，概念和术语》（*Arte en China, conceptos y términos*）

《中国语言史》（*Historia de la lingüística china*）

《中国语言与文字，神话与现实》（*Lengua y escritura chinas: Mitos y realidades*）

《中国在美洲和伊比利亚半岛》（*Representaciones de China en las Américas y la Península Ibérica*）

《中国哲学》（*La filosofía china*）

《中国哲学启蒙中的自然之道》（*El Tao de la Naturaleza en el despertar filosófico chino*）

《中国制造，当代中国的社会政治与文化觉醒》（*Made in China. El despertar social político y cultural de la China contemporánea*）

《中国转型：社会、文化、政治和经济》（*China en transición: sociedad, cultura, polí tica y economía*）

《中国最佳爱情诗》（*Lo mejor de la poesía amorosa china*）

《中华大帝国史》（*Historia de las cosas más notables, ritos y costumbres del Gran. Reino de la China*）

《中华帝国的大学》（*La Universidad en la China Imperial*）

《中世纪中国的赞助与社区：晋南盐年的襄阳卫戍区》（中国哲学与文化系列）（*Patronage and Community in Medieval China: The Xiangyang Garrison, 400-600 CE.*）*"SUNY Series in Chinese Philosophy and Culture"*

《中西翻译研究》（*Estudios de traducción e interpretación chino-español*）

《转化》（*Transmutaciones*）

《庄子，来自老子的传承》（*Zhuang Zi，las enseñanzas de Laozi*）

《庄子》（*Chuang Tse*）

《庄子・内篇》（*Los capítulos interiores, Zhuangzi*）

《自然医学》（*Medicina Naturista*）

《左旋》（*Svástika*）

《做客的老虎》（*El invitado tigre*）

2.作家及其他

1984出版社（Edicions de 1984）

3i4出版社（Edicions 3i4）

AC尼尔森（AC Nielsen）

B出版社（Ediciones B）

C.S.布兰奇（C.S.Blanch）

E.迈赛格继任者出版社（Sucesor de E. Meseguer）

E. L. 詹姆斯（E.L. James）

G.佩拉德乔迪（G.Peradejordi）

MRA创造与实现出版社（MRA Creación Y Realización）

RBA出版社（Ediciones RBA）
阿伯特·卡尔瓦尼（Albert Galvany）
阿迪阿克斯出版社（Adiaxs）
阿迪亚科斯出版社（Adiax）
阿尔瓦罗·云雀（Álvaro Yunque）
阿法出版社（Afha）
阿方索·克罗德隆（Alfonso Colodrón）
阿格斯蒂尼行星出版社（Editorial Planeta De Agostini）
阿卡尔出版社（Akal）
阿莱夫出版社（El Aleph）
阿莱杭德罗·西埃拉（Alejandro Sierra）
阿兰·加西亚（Alan García）
阿丽霞·雷林科（Alicia Relinque）
阿玛赫斯托出版社（Almagesto）
阿玛利亚·佩拉德乔迪·萨拉萨（Amalia Peradejordi Salazar）
阿梅利亚·阿雷亚诺（Amelia Arellano）
阿梅利亚·萨伊思（Amelia Saiz）
阿那亚出版社（Anaya）
阿那亚集团（Grupo Anaya）
阿索林（Azorín）
阿韦拉多·希奥亚尼·佩雷斯（Abelardo Seoane Pérez）
阿维拉山出版社（Monte Avila Editores）
埃达夫出版社（Edaf）
埃尔内斯托·波塞（Ernesto Posse）
埃莱娜·卡萨斯（Helena Casas）
埃米里奥·索拉（Emilio Sola）
埃米利奥·弗莱以撒（Emilio Freixa）
埃米莉亚·帕尔多·巴桑（Emilia Pardo Bazán）
艾迪交流出版社（Edicomunicación）
艾美塞（Emecé）
艾斯巴萨·卡佩出版社（Espasa Calpe）
艾斯帕萨（Espasa）

爱德华多·彭萨特·卡萨尔斯（Eduardo Punset Casals）
爱依娜拉·蒙特（Ainara Munt）
安德雷斯·贝略天主教大学出版社（Universidad Católica de Andrés Bello）
安德烈亚斯·恩斯特·亚努什（Andreas Ernst Janousch）
安迪·威尔（Andy Weir）
安东尼奥·科利纳斯（Antonio Colinas）
安东尼奥·马丁·莫里亚斯（Antonio Miguel Martín Morillas）
安东尼奥·萨亚（Antonio Zaya）
安纳姆内希出版社（Anamnesis）
安娜·博尔雅克（Ana Poljak）
安娜·玛利亚·莫伊斯（Ana María Moix）
安妮·埃莱娜·苏亚雷斯（Anne Helene Suárez）
奥尔毕斯出版社（Editorial Orbis）
奥古斯丁·阿雷普斯·莫拉雷斯（Agustín Alepuz Morales）
奥古斯塔出版社（Augusta）
奥里奥·费那·桑格拉斯（Oriol Fina Sanglas）
奥涅出版社（Editorial Oña）
奥诺里奥·费雷罗（Onorio Ferrero）
奥义克斯-陶出版社（Oikos-tau）
巴勃罗·聂鲁达（Pablo Neruda）
巴拉尔（Barral de Barcelona）
巴雷拉·帕拉（J.Barrera Parra）
巴诺书店（BN.com）
巴特利比出版社（Bartleby Editores）
芭芭拉费奥出版社（Barbara Fiore Editora）
白月骑士出版社（El Caballero de la Blanca Luna）
本笃十六世（Benedicto XVI）
彼得·哈格（Peter Hoeg）
毕隐崖（Iñaki Preciado Idoeta / Juan Ignacio Preciado）
冰地图书出版社（Iced Lands Books）
波利·德拉诺（Poli Délano）
博尔赫斯（Jorge Luis Borges）

布拉斯科・伊瓦涅斯（Blasco Ibánez）
布兰登・山德森（Brandon Sanderson）
布鲁盖拉出版社（Editorial Bruguera）
藏书圈之友出版社（Amigos de Círculo del Bibliófilo）
拆读出版社（Editorial Calambur）
陈国建（Chen Guojian）
陈志让（Jerome Chen）
程抱一（François Cheng）
橙色丛书（Colección Naranja）
《出版周刊》（*Publishers Weekly*）
船锚与海豚（Áncora y Delfín）
达西安娜・菲萨克（Taciana Fisac）
大众批评（crítica popular）
丹・布朗（Dan Brown）
德埃尔韦・圣德尼侯爵（Marie-Jean Léon d’Hervey de Saint-Denys）
德斯帕（Despa）
蒂拉・迪斯（Tyra Diez）
蒂娜・农纳利（Tina Nunnally）
东方与地中海出版社（Ediciones del Oriente y del Mediterráneo）
读者圈出版社（Círculo de Lectores）
杜善牧（Carmelo Elorduy）
多明戈・桑托斯（Domingo Santos / Pedro Domingo Mutiñó）
多意维度（dimensión polisémica）
恩里克・巴拉格尔（Enric Balaguer）
恩里克・黑格维茨（Enrique Hegewicz）
恩里克・卡通（Enrique P. Gatón）
恩斯特・克莱恩（Ernest Cline）
儿童特质（huellas de lo infantil）
犯罪类型小说（Crime fiction）
范・沃格特（A.E.van Vogt）
方尖碑出版社（Obelisco）
费尔南多・安度（Fernando Andú）

费尔南多·洛佩兹·罗德里格斯·阿科斯塔（Fernando López Rodríguez-Acosta）
费兰·马约拉尔（J. Farrán y Mayoral）
弗朗西斯科·卡尔多纳·卡斯特罗（Francisco Cardona Castro）
弗朗西斯科·维尔杜（Francisco Tomás Verdú Vicente）
副文学（paraliteratura）
高遁（Sean Golden）
高母羡（Juan Cobo）
宫碧蓝（Pilar González España）
古登堡出版社（Galaxia Gutenberg）
古斯塔沃·普埃塔·莱斯（Gustavo Puerta Leisse）
顾赛芬（Séraphin Couvreur）
归化的（domesticated）
国家出版社（Nacional）
哈维·普斯塔曼特·都纳斯（Javier Bustamante Donas）
哈维尔·阿尔塔约（Javier Altayó）
哈维尔·雷达尔（Javier Redal）
哈维尔·西耶拉（Javier Sierra）
哈维塞克出版公司（Harvill Secker）
海梅·乌雅（Jaime Uyá）
海梅·西莱斯（Jaime Siles）
海鸥出版社（Gaviota）
韩南（Patrick Hanan）
汉娜·詹森（Hanne Jansen）
汉斯·迈恩克（Hans Meinke）
行星出版社（Editorial Planeta）
行星集团（Grupo Planeta）
何塞·安东尼奥·加西亚·桑切斯（José Antonio García Sánchez）
何塞·安赫尔·西列鲁埃罗（José Ángel Cilleruelo）
何塞·蒂托（José Tito）
何塞·费兰·伊玛约拉（José Ferrán y Mayoral）
何塞·卡纳莱哈斯（José Canalejas）
何塞·拉蒙·孟雷阿·萨尔瓦多（José Ramón Monreal Salvador）

何塞・路易斯・桑切斯（José Luis Sánchez）
何塞・帕劳（José Paolo）
赫苏斯・费雷罗（Jesús Ferrero）
赫苏斯・玛利亚・比耶那（Jesús María Villena Martín）
黑色小说（Novela negra）
胡安・贝尔古（Juan B. Bergua）
胡安・冈萨洛（Juan Gonzalo）
胡安・戈多（Juan Godó）
胡安・何塞・希卢埃拉（Juan José Ciruela）
胡安・鲁伊斯・德拉里奥斯（Juan Ruiz de Larios）
胡安・路易斯・巴罗那（Juan Luis Varona）
胡安・米格尔・阿吉雷拉（Juan Miguel Aguilera）
胡安・伊格纳西奥・科斯特罗・德拉弗洛（Juan Ignacio Costero de la Flor）
胡里奥・桑切斯・特拉巴隆（Julio Sánchez Trabalón）
胡利安・穆尼奥斯（Julián Muñoz Goulin）
华金・贝尔特兰（Joaquín Beltrán）
华金・佩雷斯・阿罗约（Joaquín Pérez Arroyo）
华语语系文学（literatura sinófona）
幻想与科幻大会（HispaCon）
黄金时期（The Golden Age of American Science Fiction）
黄马策（Ma Ce Hwang）
黄玛赛（Marcela de Juan）
黄玛赛汉西翻译奖（Premio de Traducción Marcela de Juan del chino al español）
豪尔赫・维涅斯（Jorge Viñes）
霍金・撒拉（Joaquín Sala）
吉列尔莫・塔尼诺（Guillermo Dañino）
加布里厄尔・特罗尔（Gabriel Terol Rojo）
加迪出版社（Gadir Editorial）
加泰罗尼亚国际插画奖（Premio Internacional Cataluña de Ilustración）
加西亚・卡萨诺瓦教授（Juan Francisco García Casanova）
讲席出版社（Cátedra）
杰罗姆・曼库索（Girolamo Mancuso）

杰西卡・麦劳奇兰（Jessica Mclauchlan）
九〇年一代（La generación de los noventa）
居伊（Guy Gagnon）
卡布列尔・加西亚・诺布雷哈斯（Gabriel García Noblejas）
卡尔瓦尼・拉劳盖雷（Galvany Larrouquere）
卡洛斯・阿古尔图（Carlos Agurto）
卡洛斯・鲁依斯・萨丰（ Carlos Ruiz Zafón）
卡洛斯・马丁内斯・肖恩（Carlos Martínez Shaw）
卡洛斯・曼萨诺・德弗鲁托斯（Carlos Manzano de Frutos）
卡洛斯・萨斯・奥罗斯科（Carlos Saz-Orozco）
拉塞尔・玛斯（Russell Maeth Ch. ）
卡门・拉弗莱特（Carmen Laforet）
卡伊洛斯出版社（Kairós）
凯尔出版社（Kier）
凯伊拉斯出版社（Kailas）
凯卓（Khedroob）
科幻（ciencia ficción）
科幻小说（ciencia ficción）
科学小说（novela científica）
克拉拉・哈内斯（Clara Janés）
克劳迪娅・孔德（Claudia Conde）
克雷多斯出版社（Gredos）
肯尼斯・雷克思罗斯（Kenneth Rexroth）
口袋读物（bolsilibros）
快速消费产品（producto de consumo rápido）
拉法埃尔・阿尔贝蒂（Rafael Alberti）
拉法埃尔・马林（Rafael Marín）
拉法埃尔・拉萨雷塔（Rafael Lassaletta）
兰登企鹅出版公司（Penguin Random House）
兰登书屋（Random House）
蓝色出版社（Editorial Azul）
朗达・拜恩（Rhonda Byrne）

劳动出版社（Labor）
劳尔·安特罗（Raul Antelo）
劳拉·罗薇塔（Laura Rovetta）
劳雷亚诺·拉米雷斯（Laureano Ramírez）
雷尔玛·佩拉埃斯（Lerma Peláez）
雷吉娜·亚马思（Regina Llamas）
雷孟笃（José Ramón Álvarez）
雷特·杨（Rhett Young）
里卡多·洛佩兹·高提克（Ricardo López Göttig）
理查德·威廉（Richard Wilhelm）
理雅各（James Legge）
利玛窦（Matteo Ricci）
莉莉亚娜·阿尔索夫斯卡（Liljana Arsovska）
比拉·吉拉尔特·科里纳（Pilar Giralt Gorina）
联合出版社（Ediorial Alianza）
廖燕平（Liao Yanping）
另类文学（la otra literatura）
刘宇昆（Ken Liu）
鲁比乌斯（El Rubius）
鲁蒙出版社（Lumen）
鲁文·达里奥（Rubén Dario）
路易斯·阿尔伯特·德昆卡（Luis Alberto de Cuenca）
路易斯·阿维莱斯·奥尔特加（Luis Avilés Ortega）
路易斯·安东尼奥·德比耶纳（Luis Antonio de Villena）
路易斯·恩里克·德拉诺（Luis Enrique Delano）
路易斯·马丁内斯·艾伦（Luis Martínez Elen）
路易斯·玛丽亚·安森（Luis María Anson）
伦德瓦尔（Lundwall）
罗贝托·萨维亚诺（Roberto Saviano）
罗宾·莱恩·福克斯（Robin Lane Fox）
罗杰·阿姆斯（Roger Ames）
罗拉·迪亚兹·帕斯托（Lola Díez Pastor）

罗美尔·阿雷汉德罗·科尔内霍（Romer Alejandro Cornejo）
罗飒岚（Sara Rovira）
罗莎里奥·布兰科（Rosario Blanco）
罗洋出版社（Rollán）
马蒂亚斯·索伊奇（Matías Soich）
马丁·德拉达（Martín de Rada）
马丁·里奥斯（Javier Martín Ríos）
马丁内斯·罗卡出版社（Ediciones Martínez Roca）
马厄杜出版社（Mateu）
马里奥·埃斯特万·罗德里格斯（Mario Esteban Rodríguez）
马里奥·梅力诺（Mario Merlino）
马利亚诺·比利亚雷亚尔（Mariano Villarreal）
马努埃尔·阿尔瓦尔（Manuel Alvar）
马诺（Manuel Pavón）
马如丹（Francois Martin）
马娅莲（Maialen Marín Lacarta）
玛尔塔·罗西琪（Marta Rossich）
玛尔塔·纳瓦罗·加西亚（Marta Navarro García）
玛古勒基出版社（Maguregui）
玛丽莎·普雷萨斯（Marisa Presas）
玛丽亚·特蕾莎·拉蒙（María Teresa Ramón）
玛利亚·杜埃尼亚斯（María Dueñas）
玛利亚·克里斯蒂娜·戴维（María Cristina Davie）
玛利亚·特蕾莎·莱昂（María Teresa León）
玛利亚·法塞（María Fasce）
迈克尔·布洛克（Michael Bullock）
曼努埃尔·色拉特·克雷斯波（Manuel Serrat Crespo）
梅拉尔（C. H. Maillard）
美地出版社（Ediciones Bellaterra）
门多萨（Juan González de Mendoza）
米尔克·拉乌埃尔（Mirko Láuer）
米尔塔·罗森伯格（Mirta Rosenberg）

米格尔·德利维斯（Miguel Delibes）
米格尔·德·乌纳穆诺（Miguel de Unamuno）
米克尔·巴塞洛（Miquel Barceló）
米拉瓜诺出版社（Miraguano）
米欧敏（Olivia Milburn）
命运出版社（Ediciones Destino）
莫里娜·奥尔蒂斯（Molina Ortiz）
幕布之语出版社（Lengua de Trapo）
纳塔利奥·里瓦斯（Natalio Rivas）
内斯托·卡布雷拉·洛佩斯（Néstor Cabrera López）
妮基·哈曼（Nicky Harman）
努里娅·毕塔尔克·莱德斯玛（Nuria Pitarque Ledesma）
诺埃米·索布雷格斯（Noemí Sobregués）
欧洋安（Manel Ollé）
欧洲出版商联合会（Federation of European Publishers, FEP）
欧洲科幻文学协会（European Science Fiction Society）
欧洲通信与信息出版社（Compañía Europea de Comunicación e Información）
帕丽娜·黄（Pauline Huang）
帕斯·奥尔特加·蒙特斯（Paz Ortega Montes）
帕西·埃奇卡·拉萨（Patxi Ezkiaga Lasa）
帕依多斯出版社（Paidós）
庞培法布拉大学（Universidad Pompeu Fabra）
培生教育出版集团（Pearson PLC）
裴瑞清（Carles Prado）
佩德罗·冈萨雷斯·卡莱罗（Pedro González Calero）
佩德罗·圣吉内斯（Pedro San Ginés）
皮奥·巴罗哈（Pío Baroja）
普拉萨哈内斯出版社（Plaza&Janés）
普拉斯·皮涅罗（Blas Piñero Martínez）
普利萨传媒集团（PRISA）
企鹅出版集团（Penguin Group）
企鹅兰登书屋（Penguin Random House）

乔迪·阿依诺德（Jordi Ainaud）
乔迪·费布拉（Jordi Fibla）
乔治·R. R. 马丁（George R.R. Martin）
青铜出版社（Ediciones del Bronce）
取景器出版社（Visor）
去自动化策略（estrategia desautomati- zadora）
全球在线计算机图书馆中心（OCLC）
人民出版社（Editorial Popular）
萨尔迪（Sardi）
萨尔瓦特出版社（Salvat）
萨缪尔·沃尔平（Samuel Wolpin）
塞尔西奥·皮托尔（Sergio Pitol）
塞克斯·巴拉尔（Seix Barral）
塞萨尔·古阿尔德（César Guarde Paz）
塞塔传媒公司（Grupo Zeta）
赛博朋克（cyberpunk）
神秘小说（Ficción de misterio）
神秘与侦探小说（Mystery and detective fiction）
圣迪亚那出版集团（Grupo Santillana）
时代出版社（CICLO）
视觉话语（discurso visual）
书友（Libro amigo）
书之家（Casa del Libro）
斯蒂芬·米切尔（Stephen Mitchell）
斯提耶格·拉森（Stieg Larsson）
苏珊娜（Susana）
孙歌迪（Gladys Rosario Nieto）
孙璋（Alexandre de la Charme）
索尼娅·莉迪亚·盖哈那（Sonia Lidia Quejana）
塔贝内罗（Tabernero）
塔尔特所斯出版社（Tartessos）
太空歌剧（Space opera）

谭恩美（Amy Tan）
特奥莱玛出版社（Teorema）
特克诺斯出版社（Tecnos）
特蕾莎·特赫达·马丁（Teresa I. Tejeda Martín）
特洛塔出版社（Trotta）
图斯盖茨出版社（Tusquets）
托尔出版社（Tor Books）
托雷莫萨斯出版社（Torremozas）
托伦特·巴列斯特（Gonzalo Torrente Ballester）
托马斯·克利里（Thomas Cleary）
瓦罗（Francesco Varo）
外语中国文学（literatura sinoextranjera）
旺泉出版社（Alfaguara）
维尔弗雷多·卡里萨雷斯（Wilfredo Carrizales）
维克托·加西亚（Víctor García）
卫礼贤（Richard Wilhelm）
文化与图书产业总署（Dirección General de Industrias Culturales y del Libro）
文前出版社（Pre-Texto）
文字话语（discurso verbal）
西班牙幻想、科幻、恐怖文学协会（AEFCFT）
西克勒出版社（Cicle）
西里奥出版社（Sirio）
西蒙·莱斯（Pierre Ryckmans /Simon Leys）
西语美洲出版社（Editora y Distribuidora Hispano Americana, S.A.）
希卢埃拉出版社（Siruela）
希梅内斯·罗梅罗（Jiménez Romero）
线索谜题（clue puzzles）
肖恩·戈登（Sean Golden）
辛飞（Xin Fei）
新谷弘实（Hiromi Shinya）
新奇理念（Novum）
新图书馆出版社（Biblioteca Nueva）

新星（Nova）
新星俱乐部（Nova Club）
虚构出版社（Ficciones）
亚力克西斯·莱赫（Alexis Légel）
亚历杭德罗·巴尔森斯（Alejandro Bárcens）
亚马逊（Amazon.com）
亚洲之家（Casa Asia）
伊巴涅斯·戈麦斯（D. Ibáñez Gómez）
伊拜扎巴尔出版社（Editorial Ibaizabal）
伊比利亚·帕依多斯出版社（Paidós Ibérica）
伊比利亚出版社（Ediciones Ibéricas）
伊格诺图斯奖（Premios Ignotus）
伊卡利亚出版社（Icaria）
伊丽丝·梅内德斯（Iris Menéndez）
伊梅尔达·黄·王（Imelda Huang Wang）
伊培里翁出版社（Hiperión）
伊萨克·阿西莫夫（Isaac Asimov）
伊莎贝尔·杜索（Isabelle Duceux）
伊莎贝尔·卡尔多纳（Isabel Cardona）
伊莎贝尔·塞尔维拉（Isabel Cervera）
伊西德罗·莫拉斯（Isidro Molas）
译者的隐身（The Translator's Invisibility）
译者行会（Sección Autónoma de Traductores de la Asociación Colegial de Escritores de España）
英雄奇幻文学（Fantasía heroica）
约翰·伯恩（John Boyne）
约瑟夫·马利亚·罗梅罗（Josep Maria Romero）
展望小说（novela prospectiva）
张淑英教授（Luisa Chang）
重音出版社（Acento）
朱利斯·莫尔（Julius Mohl）
专业批评（crítica profesional）

参考文献

外文参考文献：

Álvarez, José Ramón. *Esbozo de la sinología española*. http://www.iberchina.org/frame.htm? images/archivos/sinologia_espana_alvarez. (2020-02-24)

Arbillaga, Idoia. *La literatura china traducida en España*, Alicante: Universidad de Alicante, 2003.

Berman, A. "La traduction comme épreuve de l", étranger Text 4 (1985): 67-81. Trans. L. Venuti. "Translation and the trials of the foreign", ed. L. Venuti (2004): 276-289.

Berman, A. *L'épreuve de l'étranger: Culture et traduction dans l'Állemagne romantique*, Paris: Éditions Gallimard, 1984. Trans.S.Heyvaert. *The Experience of the Foreign: Culture and Translation in Romantic Germany*, Albany: State University of New York, 1992.

Blanca, R. S. "Semblanza de Áncora y Delfín (1942-)", 2015. Biblioteca Virtual Miguel de Cervantes—Portal Editores y Editoriales Iberoamericanos (Siglos XIX-XXI). http://www.cervantesvirtual.com/obra/ancora-y-delfin-barcelona-1942-semblanza/

Blanco Facal, Rosario, Trans. *Breve historia de la novela china*, Barcelona: Azul Editorial, 2001.

Borao Mateo, José Eugenio. *España y China 1927-1967*, Taipei: Central Book Publishing Company, 1994.

Castaños, M. P. "El cuento español de ciencia ficción (1968-1983): los años de 'Nueva Dimensión'", Doctoral dissertation. Universidad Complutense de Madrid, 2014.

Chevalier, J. A., & Mayzlin, D. “The effect of word of mouth on sales: Online book reviews”, *Journal of Marketing Research* 43–3(2006):345–354.

Corsi, E. “Reseña de Confucio. Los cuatro libros clásicos”, trans. Oriol Fina Sanglas. Barcelona: Ediciones B, 1997. (Biblioteca de bolsillo) *Estudios de Asia y África* 33–2 (1998): 420–423. https://estudiosdeasiayafrica.colmex.mx/index.php/eaa/article/view/1483

Cronin, M. *Translating Ireland: Translation, Languages, Cultures*, Cork: Cork University Press, 1996.

Di Marco de Grossi, M. “Dos tonos, un mismo ritmo de lectura: Abrazos de Jimmy Liao, y la representación del niño como lector activo del libro álbum”, *VII Jornadas de Poéticas de La Literatura Argentina Para Niñ@s*. 13 y 14 de Mayo de 2016 Ensenada. Argentina: Universidad Nacional de La Plata, Facultad de Humanidades y Ciencias de la Plata, 2016.

Díez, J. “Ensayos introductorios a la cf en castellano”, *Gigamesh* (1997).

Dueñas Lorente, J. D. *Traducción y tendencias recientes en la Literatura Infantil y Juvenil*, Universidad de Zaragoza, 2015.

El Sector del Libro en España (2017). https://www.oepli.org/desc/noticias/ OEPLI-tea_20170615.% 20Junio%202017 (2020–02–24)

El Sector del Libro en España (2018) https://www.cegal.es/wp-content/uploads/2018/05/El-Sector-del-Libro-en-Espa%C3%B1a.-Abril-2018. (2020–02–24)

Espósito, F. “Seix Barral y el boom de la nueva narrativa hispanoamericana: Las mediaciones culturales de la edición española”, *Orbis Tertius* 14–15 (2009). http://www.ed-bellaterra.com/

Fawcett, P. “Translation and power play”, *The Translator* 1.2 (1995): 177–192.

Ferreras, J. I. *La novela de ciencia ficción: Interpretación de una novela marginal*, Madrid: Sigle XXI de España Editores,1972.

Fisac, Taciana, ed. *Los intelectuales y el poder en China,* Madrid: Editorial Trotta, 1997.

Fisac, Taciana. *El otro sexo del dragón*, Madrid: Narcea, 1997.

Galán Herrera, J. J. “El canon de la novela negra y policíaca”, *Tejuelo* 1(2008): 58–74.

García Noblejas, Gabriel, ed. *Estudios de Traducción e Interpretación chino-español*, Granada: Universidad de Granada, 2014.

García Sánchez, José Antonio & Zhao Zhenjiang. *Sueño en el pabellón rojo: memorias de una roca (1)(2)*, Barcelona: Galaxia Gutenberg, 2017.

García-Noblejas, Gabriel, trans. *Libro de los cantos*, Madrid: Alianza. 2013.

García, A.D.P. "Confucio y la escuela de los letrados: humanidad y armonía", *La Albolafia: Revista de Humanidades y Cultura* 4(2010): 51–64.

Golden, Sean. *China en perspectiva*, Barcelona: Edicions Bellaterra, 2012.

Gónzalez España, Pilar, ed. & trans. *Las veinticuatro categorías de la poesía*, Madrid: Trotta. 2012.

Hábitos de Lectura y Compra de Libros en España (2017) https://www.federacioneditores.org/ img/documentos/HabitosLecturaCompraLibros2017. (2020–02–24); https://www.barbarafiore -editora.com/informacion/sobre-nosotros (2020–02–24); https://www.barbarafioreeditora.com/ editorial/jordi-ainaud-i-escudero (2020–02–24)

Hanne Jansen. "I'm a translator and I'm proud: how literary translators view authors and authorship", *Perspective* (2018).

Herrera Feligreras, Andrés. *España y China (1973–2005), del reconocimiento diplomático a la alianza estratégica*, Barcelona: Bellaterra, 2015. http://www.mcu.es/webISBN/tituloSimpleFilter.do (2020–02–25)

Javier Bustamante Donas, Juan Luis Varona. "Bibliografía seleccionada y comentada sobre Taoísmo Clásico (II): *Dao De Jing* (*Tao Te King* / *Laozi*)", *'Ilu. Revista de Ciencias de las Religiones* 21(2016): 211–246.

Jia, M. *El don*. Ediciones Destino. 2014.

Jimeno Revilla, Raquel. *Semblanza de Hans Meinke(1937–)*. En Biblioteca Virtual Miguel de Cervantes-Portal Editores y Editoriales Iberoameri-canos (siglosXIX–XXI)–EDI–RED.2016. http://www.cervantesvirtual. com/obra/hans-meinke-1937-semblanza (2020–02–24)

Knight, S. T. *A hundred years of fiction*, Wales: University of Wales Press, 2004.

Ku, M. "La literatura taiwanesa cruza la frontera: observaciones sobre la traducción de los libros ilustrados de Jimmy Liao al español", *Estudios de Asia y África* 45–2 –142 (2010): 471–490.

Liao, J. *El sonido de los colores*. Granada: Barbara Fiore, 2011.

Liu, C. *El problema de los tres cuerpos*, Barcelona: Ediciones B, 2016.

Malmgren, C. D. "Anatomy of murder: Mystery, detective, and crime fiction", *Journal of Popular Culture* 30–4 (1997): 115–135.

Manrique, J. F. "La metafásica de Confucio", *Saga: Revista de Estudiantes de Filosofía* 7–14 (2006).

Marcela de Juan, ed. & trans. *Poesía china: del siglo XXI a.C.a las canciones de la Revolución Cultural.* Madrid: Alianza. 1973.

Marín Lacarta, M. *Mediación, recepción y marginalidad: las traducciones de literatura china moderna y contemporánea en España.* Universitat Autònoma de Barcelona. 2012 https:// ddd.uab.cat/pub/tesis/2012/hdl_10803_96261/mml1de1.pdf (2020–02–03); https://www.trotta.es/ blog/teoria-del-editor/4/ (2019–06–07); https://www.elperiodico.com/es/ocio-y-cultura/20171016/ alicia-relinque-gana-el-i-premio-de-traduccion-del-chino-al-espanol-6357242 (2019–06–08); https: //www.elmundo.es/cultura/2015/10/22/5628bfd7ca474146758b45ed.html (2019–06–08); https:// www.trotta.es/blog/teoria-del-editor/4/ (2019–06–08)

Martín Ríos, Javier, ed. *El camino de China hacia la modernidad,* Granada: Editorial Comares, 2015.

Martínez Ríos, Javier. *Estudios de Literatura China Moderna*, Granada: Editorial Comares, 2013.

Martínez Roca, Santos, D. "Nueva Dimensión, la revista española de ciencia ficción", *La Ciencia Ficción Española.* Madrid: Ediciones Robel, 2002.

Martínez-Robles, David & Prado-Fonts, Carles, Eds. *Narrativas chinas, Ficciones y otras formas de no-literatura*, Barcelona: Editorial UOC, 2008.

Moreno, F. Á. "Notas para una historia de la ciencia ficción en España", *Cuadernos de Filología Hispánica* 27 (2007) : 125–138. http://search.proquest. com.upc.remotexs.xyz/ docview/214111698/fulltextPDF/17B6CE7E535643FEPQ/3?accountid=43860%0A; http://revistas.ucm.es/index.php/DICE/article/view/DICE0707110125A (2020–02–16)

Moreno, F. Á. *Teoría de la Literatura de Ciencia Ficción*, Gijón: Sportula Ediciones, 2015.

Munday, J. *Style and Ideology in Translation: Latin American Writing in English*, New York: Routledge, 2018.

Ortiz de la Fuente, C. *Análisis del álbum ilustrado "hermosa soledad" de Jimmy Liao*, Cantabria: Universidad de Cantabrias, 2017.

Palacios Banuelos, Luis. *Franco-Mao 1973, las relaciones entre España y China*, León: CSED, S.L., 2013.

Pérez Arroyo, Joaquín, Trans. *Analectas: reflexiones y enseñanzas*, Barcelona: Círculo de Lectores, 1989.

Piñero Martínez, Blas, Trans. *La mala hierba*, Madrid: Bartleby Editores, 2013.

Prado Fonts, Carles, ed. *Narrativas chinas*, Barcelona: Editorial UOC, 2008.

Preciado, Juan Ignacio y Shiao, Miguel. *Grito de llamada*, Madrid: Alfaguara, 1978.

Ramírez, Laureano, Trans. *Contar nuevo de historias viejas*, Madrid: Hiperión, 2001.

Ramírez, Laureano, Trans. *Los mandarines: historia del bosque de los letrados*, Barelona: Seis Barral, 1991.

Relinque, Alicia, ed. *La construcción del poder en la China antigua*, Granada: Universidad de Granada, 2009.

Relinque, Alicia, Trans. *Erudito de las carcajadas I & II*, Girona: Atalanta, 2010.

Sánchez, P. *Los clubes del libro en el mundo editorial: el caso de Círculo de Lectores.* Trabajo de grado. Facultad de Traducción y Documentación de la U. de Salamanca, 2005. https://core.ac.uk/ reader/11888480 (2020–02–03)

Santos, D. *Lo mejor de la Ciencia Ficción Espáñola* (Vol. 75), Barcelona: Martínez Roca, 1982.

Sardi, V. "Arte, literatura e infancias en la obra de Jimmy Liao: algunos diálogos posibles entre producción y recepción", *FronteiraZ. Revista Do Programa de Estudos Pos-Graduados Em Literatura e Crítica Literaria* 17(2016): 4–21.

Scaggs, J. *Crime Fiction*, London and New York: Routledge. 2005.

Shih, S. M. "Global literature and the technologies of recognition", *Publications of the Modern Language Association of America* 119–1(2004): 16–30.

Shih, S.M. *Visuality and Identity*: *Sinophone Articulations across the Pacific,* Berkeley (Calif.), Los Angeles (Calif.), Londres: University of California Press, 2007.

Suárez Girard, Anne-Helene, ed.& trans. *A punto de partir*, Valencia: Pretexto. 2005.

Suárez, Anne-Helene, Trans. *Confucio,Lun Yu. Reflexiones y enseñanzas*, Barcelona: Kairós, 1989.

Tabernero, R. "Leer Y Mirar : Claves Para Una Poética De La Recepción Del Libro-Álbum Y Del Libro Ilustrado Read and Look (Keys for the Poetics of Picture Books and Illustrated Books)", *Ensino Em Re-Vista* (2011): 93–109.

Toshihiko Izutsu. *Sufismo y Taoísmo*, trans. Anne-Hélène Suárez Girard. Madrid: Siruela, 2019.

Trabado Cabado, J. M. "Remodelando el álbum ilustrado: Jimmy Liao y el autorretrato melancólico (Reshaping picturebooks): Jimmy Liao and the melancolich self-portrait", *Signa: Revista de La Asociación Española de Semiótica* 25−0 (2016): 1131.

Uribe, A. "De las proto-máquinas del tiempo a las anticipaciones de lo por venir", *La Ciencia Ficción Española*. Madrid: Ediciones Robel, 2002.

Valls, F."El largo destino de 'Áncora y Delfín'", 2004 https://elpais.com/diario/2004/11/11/catalunya/1100138841_850215.html

Venuti, L. *The translator's invisibility: a history of translation*, London and New York: Routledge, 1995

Venuti, Lawrence. *The Scandals of Translation: Towards an Ethics of Difference*, London: Routledge, 1998.

Yan, G., Harman, N. *The flowers of war*, London: Harvill Secker, 2012.

Yan, G., Pitarque, N. *Las flores de la guerra*, Madrid: Santillana, 2012.

Zhao, Z. "Confucio, ética y civilización", *Co-Herencia* 11−20 (2014): 165−178.

中文参考文献：

安田朴:《中国文化西传欧洲史》，耿昇译，北京：商务印书馆，2000年。

白鸽:《现当代科幻小说的对外译介与中国文化语境构建》，载《小说评论》2018年第1期。

陈芳蓉:《类型文学在美国的译介与传播研究：以〈三体〉为例》，载《浙江师范大学学报（社会科学版）》2017年第42（03）期。

费尔南·布罗代尔:《菲利普二世时代的地中海和地中海世界》(全2卷)，吴模信译，北京：商务印书馆，1996年。

冯全功:《〈红楼梦〉翻译研究散论》，杭州：浙江大学出版社，2018年。

冯樨:《〈金陵十三钗〉的版本变迁与主题生成》，载《世界华文文学论坛》，2013年第4期，第57—62页。

弗雷德里克·詹姆逊:《现代性、后现代性和全球化》，王逢振、王丽亚等译，北京：中国人民大学出版社，2018年。

顾钧:《鲁迅翻译研究》，福州：福建教育出版社，2009年。

顾忆青:《科幻世界的中国想象:刘慈欣〈三体〉三部曲在美国的译介与接受》，载

《东方翻译》2017年2月刊。
郭建中:《科普与科幻翻译: 理论,技巧与实践》,北京:中国对外翻译出版公司,2004年。
郭齐勇:《中国古典哲学名著选读》,北京:人民出版社,2017年。
郝媛媛,叶强,李一军:《基于影评数据的在线评论有用性影响因素研究》,载《管理科学学报》2010年第8期。
胡安江:《中国文学“走出去”:问题与思考》,载《中国翻译》2017年第5期,第77—80页。
黄新生:《侦探与间谍叙事:从小说到电影》,台北:五南出版社,2008年。
季进:《“我译故我在——葛浩文访谈录”》,载《当代作家评论》2009年第6期,第45—56页。
姜哲:《西蒙·莱斯〈论语〉英译本“前言”及“导论”研究》,载《中国文化研究》2014年第1期。
郎静:《论〈三体〉英译本中的女性主义翻译策略》,北京外国语大学硕士论文,2015年。
李林倩:《中国科幻小说英译研究——以〈三体〉为例》,北京外国语大学硕士论文,2015年。
李奭学:《中国晚明与欧洲文学》,北京:三联书店,2010年。
梁昊文:《中国当代科幻小说外译及其研究述评》,载《广东外语外贸大学学报》2019年第30(01)期。
廖紫微,毕文君:《从译介效果看当代文学的对外传播——以刘慈欣〈三体〉系列为例》,载《对外传播》2016年第7期。
刘慈欣:《三体》,重庆:重庆出版社,2006年。
刘亚猛:《韦努蒂的“翻译伦理”及其自我解构》,载《中国翻译》2005年9月刊。
刘云:《〈金陵十三钗〉中篇到长篇的历史叙述演变》,载《名作欣赏》2012年第27期。
刘云虹,许钧:《文学翻译模式与中国文学对外译介》,载《外国语》2014年5月刊。
麦家:《解密》,北京:北京十月文艺出版社,2014年。
梅谦立,王慧宇:《耶稣会士罗明坚与儒家经典在欧洲的首次译介》,载《中国哲学史》2018年第1期。
门多萨:《中华大帝国史》,何高济译,北京:中华书局,1998年。
缪佳,汪宝荣:《麦家〈解密〉在英美的评价与接受——基于英文书评的考察》,载

《中国现代文学研究丛刊》2018 年第2期，第229—39页。
逄伟，孙延军:《阅读狂潮何以被掀起——几米绘本在青年中流行的心理学探析》，载《中国青年研究》2007年第2期。
裴化行:《天主教十六世纪在华传教志》，萧濬华译，上海：商务印书馆，1936年。
钱林森主编:《法国汉学家论中国文学——古典诗词》，北京：外语教学与研究出版社，2007年。
钱林森主编:《法国汉学家论中国文学——现当代文学》，北京：外语教学与研究出版社，2009年。
沈利娜:《麦家作品的全球推广——也说作家“走出去”和出版“走出去”》，载《出版广角》2015 年第6期，第68—71页。
沈利娜:《在偶然和必然之间：麦家作品缘何走红全球》，载《出版广角》2014年第16期，第36—39页。
孙尚扬，钟鸣旦:《1840年前的中国基督教》，北京：学苑出版社，2004年。
余文婷:《传播学视角下的麦家小说〈解密〉海外译介模式探究》，载《湖北广播电视大学学报》2016年第36（03）期，第51—55页。
汪世蓉:《身份博弈与文化协调：论华人离散译者的文化译介》，载《中国比较文学》2017年4月刊。
王昊:《中国古代叙事文学研究》，芜湖：安徽师范大学出版社，2017年。
王家平:《鲁迅域外百年传播史 1909—2008》，北京：北京大学出版社，2009年。
王雪明，刘奕:《中国百年科幻小说译介：回顾与展望》，载《中国翻译》2015年第36（06）期。
魏艳:《麦家与中国当代谍报文学》，载《当代作家评论》2017年第1期，第162—171页。
文军，王昕娟:《〈金陵十三钗〉英译本评论研究》，载《外语教育研究》2014年第3期，第44—50页。
吴钧:《鲁迅翻译文学研究》，济南：齐鲁书社，2009年。
谢天振:《中国文学走出去——问题与实质》，载《中国比较文学》2014年1月刊。
徐韡亮:《科幻小说〈三体〉跨文化传播分析》，载《新闻前哨》2016年2月刊。
许钧:《试论中国文学外译研究的理论思考与探索路径》，载《中国比较文学》2018年1月刊。
严歌苓:《金陵十三钗》，北京：作家出版社，2015年。
杨波，封兴中:《从大众文化的角度看几米绘本的文化意义》，载《文学界（理论版)》2010年第7期。
杨平:《20世纪〈论语〉的英译与诠释》,载《孔子研究》2010年第2期。
伊塔马·埃文-佐哈尔,张南峰:《多元系统论》,载《中国翻译》2002年第4期,第19—25页。
殷国鹏:《消费者认为怎样的在线评论更有用?——社会性因素的影响效应》,载《管理世界》2012年第12期,第115—124页。
袁行霈等:《中国文学史》,北京:高等教育出版社,2002年。
张岱年:《中国古典哲学概念范畴要论》,北京:中华书局,2017年。
张铠:《中国与西班牙关系史》,郑州:大象出版社,2003年。
张璐:《认知规律与作品魅力——几米绘本畅销不衰的内因探究》,载《出版发行研究》2011年第7期。
张伟劼:《〈解密〉的"解密"之旅——麦家作品在西语世界的传播和接受》,载《小说评论》2015年第2期,第110—117页。
张西平:《西方汉学的奠基人罗明坚》,载《历史研究》2001年第3期。
赵振江,滕威:《中外文学交流史——中国西班牙语国家卷》,济南:山东教育出版社,2015年。
赵志荣,方佳明:《在线评论对于图书销量的影响:基于豆瓣网的实证性研究》,见《第十届(2015)中国管理学年会论文集》,2015年。
周先慎:《明清小说》,北京:北京大学出版社,2013年。
朱振武,刘文杰:《汉学家韩斌的"创造性叛逆"——以〈金陵十三钗〉的英译为例》,载《外文研究》2017年第2期。

后 记

2011年春天，学生时代曾经常常一起海阔天空聊天的唐均教授联系我，说他在做《红楼梦》译介研究，秋天在成都组个会，让我友情支持一篇介绍《红楼梦》在西班牙语世界翻译情况的文章。动手收集资料时，发现我的导师赵振江教授居然是《红楼梦》西语版的译者之一。享近水楼台先得月之便，我顺利完成了论文撰写。也因为这次会议，认识了一些各个语种译介研究的专家，开始对翻译研究有了一些粗浅的认识。

2012年秋天我到西班牙格拉纳达大学翻译系工作。这是一个北京大学和格拉纳达大学已经延续二十多年的项目。行前，读博期间的好友曾琼教授嘱咐我，既然格大是西班牙汉学研究中心，好好收集一些材料，她正在协调一个"东方学"研究的项目。恰巧我在格大的工作便是教授汉语，自然认识了在格大工作的诸位汉学家，从他们那里收集了不少一手资料。

2013年秋天归国，参加了刘曙雄教授主持的"东方学"会议，偶然同社科院的鲁迅研究专家赵京华教授闲聊。在赵教授的鼓励下，我完成了鲁迅作品在西班牙语世界的研究工作。

同年冬天，寒假前北京大学外国语学院通知大家可以申请国家社科项目。我想自己正做着中国文学在西班牙的翻译研究工作，不妨一试。寒假开始，先是经师妹黄晔华认识了西班牙在京的版权代理人David López。我们初次见面，他便向我全面展示了出版世界。那次会面，我们谈到咖啡馆关门，让我对北京隆冬深夜的平安大道至今印象深刻。感谢他，让我知道了西班牙文化部下属的 ISBN 数据库、西班牙出版业每年的行业公报和 AC 尼尔森公司的销售数据统计。可以说，这本书的定量研究部分最初设想都来自 David López。之后，我写完了社科申请的材料，交到北大外院当时的科研秘书丁昱处。2014 年 2 月 14 日，我接到了丁昱老师的电话，她觉得我写得不行，必须大改。那个沟通电话我们打了一上午，我把丁老师的建议逐条记下。那个下午和晚上，我认真按照建议修改，然后当天夜半提交了电子版。2014 年的情人节，我是和社科申请活页一起度过的。如今丁老师已经退休了，每每想起，都特别感谢她当年的倾囊相授，来点化我这个愚钝不入门的年轻人。

2014 年 6 月社科项目名单公布，我有幸位列其中。想着自己对汉学和汉学研究的认识实在有限，亟须提高。一要拓展视野，不能局限于西班牙；二要学习汉学研究的方法论，看看其他同行怎么做。最好的办法便是跟一位大家学习。朋友向我推荐了北京外国语大学海外汉学研究中心的张西平教授。2014 年秋天一开学，我便开始了每周去张老师课堂蹭课的活动。学期至半，张老师了解了我的研究兴趣后，又推荐何明星教授与我认识，说何老师是出版研究领域的方家。何老师给了很多建议，慷慨赠送了他关于出版研究的相关著作，同时建议我关注一下麦家小说在西班牙语世界的译介。2014 年秋天，我到延边大学参加中国比较文学年会，认识了谢天振教授，开始更深入了解中国译介学研究的发展状况，同时也认识了成桂明，决定来年春天去参加北京大学比较文学研究所的《文心雕龙》读书会，好好提高一下自己对中国古典文学的认识。可惜人生的变化太快,《文心雕龙》都没有来得及读完，更遑论其他，但我也要感谢张辉教授在他门下的读书会上，接纳了我这个不速之客。那些周四的午后，是我非常快乐的时光。

2015 年寒假，我开始搜集麦家小说在西班牙语世界的相关信息。时任阿根廷拉普拉塔孔子学院中方院长的同窗好友龙敏利向我介绍了独立出版人李程。李程参与了麦家小说在西班牙语世界出版、推广的全过程。李程将我对文学作品翻译和海外出版的认知带到了一个新的高度。知道了原来畅销书，甚至书店进门展示架上的图书、媒体书评、公车广告是如何生成的。李程又为我介绍了五洲出版社西班牙语图书负责人姜珊。此后，姜珊一直为我的研究工作慷慨提供各种信息。可惜2015年春天开始，工作内容和地点几番变动，我忙于适应新的工作内容和工作环境，以致研究工作一拖再拖，部分工作完成得也相对粗浅，有待将来进一步完善。

要感谢2015年夏天在重庆汉办培训课程中遇到的阎纯德老师，他鼓励我完成了对21世纪西班牙汉学家和汉学中心的梳理工作。后来邮箱被入侵，病床上的阎老师以为我经济出了问题，支撑着想要给我汇款，前辈的热忱与善良令我感动。

要感谢帮助我在马德里、巴塞罗那、墨西哥城和布宜诺斯艾利斯各发放了一百份问卷的曹安妮、杨姮、韩璐和龙敏利，感谢她们的鼎力相助。尽管因为西语世界目前对中国文学的整体认识实在有限，这些问卷结果暂时没有用上。我期待在将来的研究中能够用到它们。

要感谢李程的好友、行星集团的版权部负责人Daniel Cladera。在我和AC尼尔森公司多次协商，因为价格过高无法购买销售数据后，他为我慷慨提供了相当数量的图书销售数据，以供研究之用。

还要特别感谢李彼蔚，作为一个基本只会文字输入的电脑使用后进生，研究中的数据确认、录入、比较和分析，很多时候，依靠他来完成。在我的前辈和同龄人都忙到飞起的生活中，有一个在国外翻译研究第一线的年轻人一直在慷慨支持我的研究工作，不时用他新学到的翻译理论和研究范式来激荡我的思考是十分幸运的。

程弋洋

2020年9月